W0242884

Dominique Sylvain est née en 1957 en Lorraine. Elle débute en tant que journaliste, puis part vivre au Japon, où elle écrit son premier polar. Elle a obtenu, en 2005, le Grand Prix des lectrices de *Elle*, catégorie polar, pour son huitième roman *Passage du Désir*, qui signe l'acte de naissance d'un formidable et improbable duo d'enquêtrices, l'ex-commissaire Lola Jost, armée de sa gouaille et de ses kilos, et sa comparse Ingrid Diesel, l'Américaine amoureuse de Paris. Dominique Sylvain est également l'auteur de *Vox*, prix Sang d'encre 2000 et de *Strad*, prix polar Michel-Lebrun, 2001.

Dominique Sylvain

L'ABSENCE DE L'OGRE

ROMAN

Viviane Hamy

TEXTE INTÉGRAL

ISBN 978-2-7578-1185-6
(ISBN 978-2-87858-242-0, 1re publication)

© Éditions Viviane Hamy, mai 2007

Le Code de la propriété intellectuelle interdit les copies ou reproductions destinées à une utilisation collective. Toute représentation ou reproduction intégrale ou partielle faite par quelque procédé que ce soit, sans le consentement de l'auteur ou de ses ayants cause, est illicite et constitue une contrefaçon sanctionnée par les articles L. 335-2 et suivants du Code de la propriété intellectuelle.

J'ai passé au long du bois
Où y avait des hiboux
Ça disait dans leur langage :
Cou cou !
Et moi je comprenais ça disait :
Coupe li le cou
Et moi je m'ai sauvé.
J'ai passé au long du bois
Où y avait des pique-bois
Ça disait dans leur langage
Pic pac, pic pac !
Et moi je comprenais ça disait :
Mis les dans le sac
Et moi je m'ai sauvé.

Comptine acadienne

Le parfum vanillé des magnolias embaumait Harmony Street, mais la seule odeur que respirait la jeune fille était celle du nabot teigneux qui la plaquait contre un van de livraison.

– Lâche-moi, espèce de malade !

– Très malade, et j'ai besoin d'une petite infirmière dans ton genre.

Elle n'en croyait pas ses oreilles. À quoi ce putois alcoolique en chemise hawaïenne croyait-il parvenir en plein jour, et avec son format Mickey mouse ? L'orage couvait au nord, sous une méchante chape mauve, mais pile au-dessus de Garden District un puits de soleil perçait le plomb du ciel et chauffait la blancheur des villas ; des bribes de musique, des voix de gamins et de mères de famille ou de nounous sautaient les haies.

– Va cuver ailleurs ! Ou j'ameute le quartier.

Une ombre dansa sur sa droite.

– Tu crois vraiment que ce quartier de rupins s'intéresse à toi, mon chou ?

Elle se tourna vers la voix. L'autre homme était nettement plus grand que le premier, il portait un costume froissé, une chemise noire avec un col raide et clair de prédicateur ; les pouces glissés dans les poches d'un gilet crasseux, il avait au moins quarante ans et l'air d'un ministre du diable. Elle se souvint de la façon dont son copain Ronny avait rossé un type qui comptait lui voler son blouson. Elle visa le front du putois, projeta son crâne de toutes ses forces. Et détala, un tombereau d'étoiles dans les yeux.

– Ezekiel ! Elle m'a donné un coup de boule !

– Attrape-la au lieu de couiner. J'arrive avec la bagnole et on l'embarque.

Ses jambes couraient sans elle. Le cœur électrifié, elle sentait l'odeur de son propre sang dans sa gorge rétrécie. Une masse obscure s'ouvrit d'un coup. Elle manqua s'y écraser. Venait de surgir un géant, armé d'une trogne et d'un poitrail de grizzli. Et d'un outil rugissant.

Le premier coup de tonnerre éclata au-dessus du lac Pontchartrain.

C'est fini, pensa-t-elle, je peux donner un coup de boule à un putois mais pas à un ours équipé d'une tronçonneuse. Garden District n'est pas un quartier chic et résidentiel et sûr. C'est le dernier cercle de l'enfer, et un trio démoniaque y fait la loi.

L'homme grizzli chargea et son hurlement domina celui de la scie. Elle gémit tandis qu'il fondait sur elle. Mais il se mit à courser le putois, lequel décampa en direction d'une décapotable décatie. Le prédicateur venait d'y sauter à pieds joints et tentait de mettre le contact. Un éclair zigzagua dans le lointain. Le nabot plongea tête la première dans la voiture, grogna, battit des jambes dans son pantalon verdâtre puis se figea, assommé, en botte de poireaux. La tronçonneuse déchiqueta dans un pneu. Le prédicateur tenta de s'extirper du véhicule, le plantigrade s'avança, muscles bandés, barrique sur le point de rompre. La lame fendit le cri inhumain du prédicateur.

– C'est pas Dieu possible, articula la jeune fille.

Elle ne vit plus que le dos du grizzli tressautant au rythme de la tronçonneuse. Elle n'entendit plus que le vagissement de la lame acharnée sur une matière trop molle pour ce monde sans merci.

Quand il eut fini son carnage, il se tourna vers elle, lui fit un clin d'œil et demanda si ça allait. Elle constata que le prédicateur, toujours vivant, avait vomi sur son gilet. Les sièges n'étaient qu'une charpie de cuir, le volant avait été sectionné. Le géant utilisa un téléphone public pour appeler la police et expliquer qu'il venait de coincer deux *bougues* en pleine tentative de viol, un *basset* et un grand *ragondin*.

– Je m'appelle Brad Arceneaux, dit-il en raccrochant. Et toi ?

– Ingrid.

– Ingrid comment ?

– Ingrid Diesel.

– C'est pas cajun comme nom.

– Je suis née en Californie.

– Tu habites La Nouvelle-Orléans ?

– Je viens d'arriver, avec mes parents.

– Tu sais, c'est pas tous les jours comme ça, dans le coin.

– Heureusement.

La première goutte lui tomba sur l'épaule. La deuxième sur le coin du nez. Elle l'essuya du bout du doigt, leva les yeux vers le ciel prêt à rompre.

– Viens, y fait mouillasseux, on va attendre les flics à l'abri, décida Brad Arceneaux en désignant un arrêt de bus. (Et, s'adressant au prédicateur) : Toi, tu bouges pas d'un cil, ou je te convertis en steak tartare. Vu ?

– No problemo.

– On dit « oui, monsieur », tête de nœud !

– Oui, monsieur.

– C'est mieux, tête de nœud.

Ingrid s'assit sous l'abribus, à côté de Brad. La scie tournait au ralenti, posée près du banc.

– T'as quel âge ?

– Je vais avoir bientôt quinze ans.

– Tu ne vas pas nous faire un trauma, hein ? Ce serait dommage.

– Je vais essayer.

– Qu'est-ce que tu fais dans la vie ? T'es lycéenne, bien sûr.

– Bien sûr. Et toi ?

– Jardinier.

Les salves s'abattirent en hachures argentées sur les toitures des villas, l'auvent de l'abribus, la décapotable massacrée. Les cheveux du prédicateur étaient plaqués sur sa figure ruisselante, son costume brillait telles plumes de choucas, les jambes du putois viraient au vert bouteille. Et l'homme grizzli souriait, sa tronçonneuse vrombissant à ses pieds comme un animal domestique.

*

– Pas question que tu travailles mains nues. On n'a jamais vu ça !

– Mais j'ai chaud, Brad.

– Tu vas me choper le tétanos.

– Je suis vaccinée.

– Enfile-moi ces gants.

Ingrid obéit et continua de remplir la brouette de branchages, ceux qui tombaient du chêne que Brad redessinait avec sa fidèle tronçonneuse. Quand elle eut fini, elle s'essuya le front et contempla Magnolia Hall. C'était la plus belle et la plus vieille propriété qu'elle ait jamais vue. Brad lui avait raconté qu'elle avait été construite en 1852 sur les directives de l'honorable Trevor Deschanel, un colonel qui, malgré son vilain métier, avait autant de goût que de moyens. Ses colonnes doriques, la blancheur de ses façades en cyprès ceinturées par des balcons en fer forgé ressortaient à merveille dans l'écrin vert que son jardinier attitré soignait avec amour.

Bien sûr, une armée de magnolias charnus dominait la situation, mais il semblait qu'une divinité de la nature avait saupoudré le parc d'une substance magique, laquelle avait fait jaillir de chaque recoin une magnificence généreuse mais un peu folle, qu'il fallait tenir en respect sous peine d'engloutissement. Les clématites déployaient leurs roses, mauves et blancs crémeux le long des hautes grilles noires. Une profusion de forsythias et d'azalées entourait de vigoureux lauriers. Des palmiers ponctuaient une coulée de pelouse drue qui descendait vers l'étang bordé de cyprès chauves où s'épanouissaient nénuphars, iris, jacinthes et lys d'eau.

Sherman Frazier avait racheté la propriété à un cardiologue dans les années 70, à l'époque où sa société, Frazier Realty, générait des profits record. Parti d'une petite agence immobilière, il avait bâti l'une des plus belles affaires de La Nouvelle-Orléans. Ces derniers temps, il était moins vaillant et déléguait souvent la gestion de ses affaires à son fils unique. Depuis la mort d'Eleanor Frazier, la mère de Ben, père et fils se partageaient la vaste demeure.

Brad et Ben s'étaient connus quand Sherman n'était qu'un modeste employé installé à Saint-Bernard, et le géniteur de Brad un sergent dans le commissariat de ce même quartier ouvrier. Les deux garçons étaient restés liés, depuis leurs premières parties de pêche dans le bayou à leurs dernières descentes dans les bars de jazz du French Quarter. Ben était certes dix fois plus riche que Brad, mais il se faisait un point d'honneur de conseiller la petite entreprise de son volumineux copain à ses clients.

Depuis son sauvetage, Ingrid passait ses week-ends à Magnolia Hall et s'initiait aux lois du monde vert et au chant des perroquets.

– On va se croquer un morceau sous le Géant, annonça Brad en enlevant ses gants pour les coincer dans sa ceinture.

Ingrid suivit sans objection. Elle jardinait depuis une heure très matinale et se sentait affamée. Elle ouvrit son sac à dos : il contenait une salade de pommes de terre à l'aneth, une tarte à la citrouille confectionnées par sa mère et quelques cerises.

Cyprès majestueux à l'âge plus que respectable, le Géant était envahi de mousse espagnole et habité par une tribu de perroquets. Et quelquefois par Brad, qui y grimpait quand l'idée le prenait, avec une souplesse surprenante, et pour des périodes indéterminées. Parlait-il aux oiseaux, aux nuages ou aux dieux du monde végétal juché sur son conifère de légende ? Ingrid abandonnait la question aux pinailleurs ; elle avait mieux à faire que de questionner un homme grizzli aussi libre que l'air saturé de senteurs ou que maringoin ou ouaouaron[1].

Ils déballèrent leurs victuailles sur une toile cirée assombrie par l'ombre puissante du Géant. Les criquets faisaient un raffut du tonnerre ; Brad avait raison de les appeler les diables sauterelles. Ingrid accepta un œuf dur et Brad une portion de salade. Ils mangèrent sans trop rien dire. Leur béatitude fut interrompue par le ronronnement d'un moteur. Ingrid nettoya son tee-shirt colonisé par mille brindilles.

– Pourquoi souris-tu ?

– Ben se présente, et mademoiselle se fait belle. Ah, vous les filles !

Et il y avait de quoi secouer les brindilles, et toutes les imperfections du moment, et il y avait de quoi se faire de l'émoi, car Ben Frazier s'y entendait pour faire chavirer l'assoupissement des fins de pique-nique et la quiétude des parcs et jardins. Ses yeux étaient bleus et ses che-

1. Moustique et grenouille en langue cajun.

veux d'autant plus sombres, ses manières lisses comme feuille vernissée de magnolia. Et il portait le costume sans avoir l'air d'un vieux notaire. Aujourd'hui, il était vêtu d'un complet gris foncé à rayures claires, d'une chemise d'un blanc éclatant. Il s'était débarrassé de sa cravate, et elle dépassait de sa poche.

Il enleva sa veste, s'assit sur l'herbe et accepta une part de tarte. Il leur raconta les caprices d'une cliente avec laquelle il avait parlementé sans fin parce qu'elle n'aimait pas la piscine rectangulaire d'une splendide villa de Melrose Drive. Elle l'aurait voulue en forme de haricot. Accompagnée de ses filles et de ses chiens, elle avait laissé les quadrupèdes arroser la collection de bonsaïs du propriétaire.

– Elle a fini par acheter ? demanda Brad.

– Oui, et je lui ai dit que je connaissais un excellent jardinier. Le jardin ne lui plaît pas plus que la forme de la piscine. Elle veut supprimer les cyprès.

– Jc suis jardinier, pas fossoyeur, répondit Brad d'un air courroucé.

Ingrid observait Ben. Elle ne connaissait pas grand-chose aux hommes, mais sentait que celui-ci se forçait à être gai. Il leur avait raconté son histoire de cliente capricieuse pour ne pas gâcher leur pique-nique et se couler dans l'ambiance. Mais, visiblement, il aurait préféré se taire et contempler le jardin. C'était d'ailleurs ce qu'il était en train de faire.

Quand Ben repartit travailler, la jeune fille rassembla son courage et demanda pourquoi l'ami n'avait pas de fiancée. Brad garda le silence et Ingrid regretta sa question.

– Je me mêle de ce qui ne me regarde pas…

– Non, c'est pas ça… En fait, Ben en avait une.

– Avait ?

– Julia. Julia Clarke. Elle a disparu en janvier. Depuis, ses parents harassent les flics, mais personne ne sait rien. Et, pour tout arranger, ils ne se comportent pas comme il faudrait. Le père de Julia a laissé entendre aux enquêteurs que Ben était derrière la disparition de sa fille.

– C'est horrible !

– Non, humain. Le vieux Clarke n'a rien trouvé de mieux pour ne pas devenir dingue. De son côté, sa femme reste cloîtrée chez elle. La domestique a dû causer parce que les gens prétendent qu'elle ressemble à un fantôme. Le père de Julia s'agite partout mais c'est la même angoisse qui lui bouffe le cœur. Tu sais, cette ville est belle mais dure. Enfin, tu t'en es aperçue.

Ingrid remarqua un corbeau sur l'une des basses branches du Géant. Il fut bientôt rejoint par un deuxième compère, puis un troisième. Ils étaient intéressés par les restes du pique-nique. Perdu dans ses pensées, le jardinier ne les avait pas repérés. Elle rangea les dernières victuailles dans son sac à dos. Brad sortit une photo de son portefeuille.

– Voilà, c'est Julia.

Une belle fille au regard clair, aux longs cheveux blonds et aux formes pleines prenait la pose entre Ben et Brad. Les deux hommes la tenaient par la taille. Ingrid rendit la photo. Brad se leva et marcha vers l'étang. Elle avait autant de questions pour lui que de branchages dans sa brouette, mais elle le laissa en paix.

*

Le soir venu, contents de leur travail et couverts de terre, Brad et Ingrid utilisèrent tour à tour la douche du sous-sol. Il était question de pénétrer avec respect dans la cuisine immaculée de Lucinda, la femme de ménage des Frazier, et de dénicher un rafraîchissement. Dans le réfrigérateur, Brad trouva un pichet de limonade maison. Ils la dégustèrent tournés vers les baies ouvertes sur le perron. La Toyota de Ben se trouvait à sa place habituelle, mais une Coccinelle décapotée était garée derrière. Brad et Ingrid entendirent des voix. Le ton montait entre Ben et son interlocutrice ; il gardait son sang-froid tandis que sa visiteuse se maîtrisait mal. Ingrid lui trouvait la voix rauque d'un gamin en pleine mue.

– Je te rappelle que je suis une Frazier moi aussi !

Ils la virent sortir sur le perron. La visiteuse avait forcé sur le maquillage et l'opération avait réussi à la vieillir d'au moins une semaine ; elle avait l'air d'une môme déguisée en femme. Son petit visage triangulaire était mangé par une énorme paire de lunettes de soleil et une coiffure afro couleur caramel. Robe décolletée, sandales à plates-formes, sac à main à paillettes brillant comme un soleil : ces artifices ne cachaient pas qu'elle n'était guère plus épaisse qu'un diable sauterelle.

Ben arriva d'un pas nonchalant, une main dans une poche, l'autre resserrée autour d'un verre, de scotch probablement.

– Il ne manquait plus que cette enquiquineuse, bougonna Brad.

La fille se plaqua contre Ben, l'embrassa sur la bouche avant qu'il ait le temps de se dépêtrer. Il la repoussa. Elle marmonna quelque invective, monta dans sa voiture, glissa une cigarette entre ses lèvres et se pencha vers la boîte à gants avec un sourire qui n'avait rien d'angélique.

Brad se redressa d'un bond. La fille visait Ben avec un pistolet.

– Charlize ! Lâche ça ! cria-t-il.

Elle maintenait l'arme d'une main assurée. Ben hochait la tête, l'air de désapprouver ces enfantillages.

– Toi, le gros poivrot, tu te la ferme, dit la fille en tournant le pistolet vers son propre visage.

L'arme se révéla briquet, et elle alluma sa cigarette. Elle mit le contact, profil embrumé par la fumée, exécuta un demi-tour habile et accéléra sur l'allée en direction de la grille.

Ben lut la question qui dansait dans l'œil d'Ingrid.

– Charlize est ma demi-sœur. Mon père m'a appris son existence l'année dernière. Cette révélation était impossible du temps de ma mère.

Pour la première fois, Ingrid notait de l'amertume dans sa voix. Rien qu'une once, Ben restait l'homme le plus élégant du monde, malgré son haleine parfumée au scotch et sa mélancolie. Ou peut-être à cause d'elle.

– Pourquoi était-elle si fâchée ?

– Parce qu'elle aimerait entrer au conseil d'administration de Frazier Realty. Je lui ai expliqué qu'il fallait d'abord qu'elle fasse quelques études et démarre à un échelon plus modeste.

– Qu'est-ce que Sherman pense de ça ? demanda Brad.

– Mon père a cessé de se tracasser quand il a découvert les charmes du golf, de son point de vue une pratique supérieure au zen. En parlant de relaxation, si on allait pêcher dans le bayou, demain matin ? Ingrid, tu es la bienvenue.

– Pas trop tôt ! répliqua Brad en donnant une vigoureuse tape dans le dos de son ami. J'ai bien cru qu'on n'y remettrait jamais les pieds dans ce foutu bayou !

Ingrid avait toujours envisagé la pêche comme l'activité la plus ennuyeuse qui soit, ex aequo avec la broderie et les collections de timbres. Mais pêcher en compagnie de Brad et de Ben était une autre affaire. En rentrant chez elle, elle ne put s'empêcher de repenser à l'incident. Brad ne buvait rien de plus excitant que de la limonade. Pourquoi la fille l'avait-elle traité de poivrot ? Juste avant de s'endormir, elle s'imagina grimpant avec son ami jardinier dans la verdure du Géant, écartant les volutes de mousse espagnole et narguant les perroquets, pour traverser le tulle des nuages et embrasser le ciel, puis se penchant vers l'immensité émeraude de Garden District. Magnolia Hall n'était plus qu'un cube minuscule.

1

Le p'tit blanc de Zaza lui avait laissé un goût fruité dans la bouche ; Manu sifflotait en franchissant la grille nord du parc Montsouris quand il vit arriver un couple de joggeurs. Qu'est-ce qu'ils avaient tous à suer comme des phoques et à s'obséder sur la consistance de leur bedaine ? Il aurait voulu qu'à cette heure matinale le parc n'appartienne qu'à lui. Il se reprit ; pas question que des pensées noiraudes gâchent ce glorieux début de journée. Des piafs froufroutaient dans les thuyas, unc pic faisait sa maligne sur la plus belle branche du hêtre pourpre, le système d'arrosage automatique projetait ses gerbes chantantes ici et là, et une délicieuse odeur humide flottait dans l'air, vous donnant l'impression d'être né une seconde fois. Manu emprunta le sentier qui longeait le RER, les rosiers qui s'épanouissaient sur la barrière surplombant la ligne embaumaient. Il inspecta les bourgeons frémissants de santé du ginkgo biloba mâle. Cet arbre était une merveille et résistait à tout, grands froids, trop-plein de pluies, parasites. On racontait même que l'espèce avait survécu à Hiroshima et à la dinguerie des hommes.

– Salut, Koizumi ! Ça gaze, mon gars ? Oh mais oui, tu es en pleine forme, comme d'habitude.

Non seulement Manu aimait converser avec ses arbres préférés, mais il avait pris l'habitude de les baptiser en puisant son inspiration dans le monde politique. Le fait que les phoques sportifs et les badauds de tout poil le toisent d'un air affligé en surprenant ses monologues ne le dérangeait pas. Bien au contraire.

Il alla jeter un œil à Tony Blair. Le pommier du Devon avait souffert de l'hiver. Il ausculta ses feuilles : Tony avait connu de meilleurs moments, mais il n'était pas en mauvaise santé. Le RER arriva en gare dans le fracas habituel, puis repartit en crissant. Montsouris chantait d'une manière inhabituelle. On n'entendait que les oiseaux et le ronronnement du trafic des rues avoisinantes. Or, on aurait dû entendre la chanson bien plus entraînante des tronçonneuses. Manu se dirigea d'un pas vif vers la zone des marronniers. De Gaulle avait besoin d'une taille sérieuse. Comme Mitterrand, Chirac, Pompidou, Giscard et les autres. Il n'accorda pas un regard aux sculptures grotesques qui enlaidissaient son parc. L'adjoint à la culture avait décidé de l'infester d'une meute d'épouvantails réalisés par des malins qui se prétendaient artistes mais étaient plus doués pour palper les subventions que pour donner de la joie au bon peuple. Ces croquemitaines d'occasion, construits avec tout et n'importe quoi, ne faisaient peur à personne, surtout pas aux merles qui leur riaient au nez. Ils donnaient simplement envie d'aller voir ailleurs si l'herbe était plus verte.

Il fut stupéfait de découvrir P'tit Louis et Jean-Christophe affalés sur la pelouse bordant la cascade. Un épouvantail fait de boîtes de conserve rouillées les fixait d'un air idiot.

– Debout là-dedans ! Y a du boulot et de la branche à abattre, au cas où vous ne seriez pas au courant.

– On attend Bernard, répondit Jean-Christophe de l'air d'un premier communiant poussé en graine et surpris à boire le vin de messe.

– « On attend Bernard », le singea Manu. Et pourquoi donc ?

– Y a pas de raison qu'on bosse plus que lui, répliqua P'tit Louis avec son ton de cousin du chef.

– Belle mentalité. Et si jamais Bernard est malade, vous allez attendre que les marronniers fassent leur toilette tout seuls, comme les chats ?

– Bon, ça va, on s'y colle.

P'tit Louis était certes le cousin de Blaise Macaire – et il en profitait de temps à autre –, mais, dans le fond, il n'était pas mauvais garçon et n'avait pas plus de caractère qu'une endive. Manu observa les branquignols ajuster les harnais qui les empêcheraient de chuter du haut des marronniers, puis partit vers la cabane à outils en se demandant où pouvait bien être leur coéquipier. Il ne fallait pas se fier à son gabarit de plantigrade, Bernard n'avait pas peur du labeur, et s'il menait son affaire sans jamais s'énerver, ça ne l'empêchait pas d'assurer autant que trois P'tit Louis réunis. Voire quatre.

Accaparé par ses pensées, Manu passa devant Gandhi et Gorbatchev sans leur adresser la parole. La porte de la remise était entrouverte, il accéléra le pas. Quelqu'un avait défoncé la serrure. Il vit le corps volumineux occupant le banc, entendit un ronflement sonore, s'approcha du dormeur. C'était Bernard. Accompagné d'un remugle d'alcool à réveiller les catacombes enfouies sous Montsouris. Manu posa la main sur son épaule, le secoua, lui tapota les joues. Bernard ronfla de plus belle. Qu'est-ce que c'était que cette histoire ? Jamais le grizzli ne s'était comporté comme un mollusque. Il était toujours le premier la truffe dans les mottes, ou la tronçonneuse dans la pogne.

Manu quitta la remise ; sa main portait des traces rouges, il la renifla. Ça ne sentait ni la peinture, ni l'engrais. Il retourna voir Bernard et mit un certain temps à le rouler sur le dos. Son visage était griffé comme s'il avait croisé un matou mal luné.

Un cri strident le fit sursauter. Celui d'une femme.

Il courut vers le tumulte. Près du grand Kennedy et de l'épouvantail en pots de yaourt armé d'une fourche, des joggeurs s'étaient regroupés autour de P'tit Louis et Jean-Christophe. Bien sûr, ces deux-là n'allaient pas rater une occasion de retarder le moment de se mettre au turbin. Il n'y avait pas le moindre gardien dans les parages. Un des phoques sportifs consolait une fille en short.

– Bon sang, qu'est-ce qui se passe ? s'exclama Manu lassé de voir le monde s'acharner sur sa belle matinée.

C'est à ce moment qu'il repéra un soulier abandonné à côté du séquoia *dendrum gigantum*.

Il contourna le grand Kennedy. La lumière dense plastifiait la pelouse ; une fille était allongée dans cette brillance. Cheveux noir bleuté, peau blanche comme farine, lèvres mauves, nez et oreilles farcis de breloques, elle portait un tee-shirt à tête de mort, des bracelets en cuir cloutés, et il lui manquait une chaussure. Manu pensa à une crise d'épilepsie, se dit qu'il faudrait lui renverser la tête en arrière vite fait pour qu'elle n'avale pas sa langue. Puis il comprit que son cerveau faisait un effort impressionnant pour le convaincre que la fille était toujours vivante. Ses jambes se transformèrent en tiges de flanelle, et il s'arrima à la fourche du stupide épouvantail. Les yeux de la morte étaient vitreux. Il hésita puis lui toucha l'avant-bras : plus raide et froid que métal. Il revint vers le groupe, tout flageolant mais la tête droite.

– Manu, qu'est-ce qu'on fait ? chevrota Jean-Christophe.

– Tu vas chez les gardiens, tu leur dis d'appeler les cognes.

– J'ai un téléphone, proposa un joggeur. Je peux le faire.

Manu se força à réfléchir. Le sacré vin blanc de Zaza n'aidait pas.

– Non, non, ne nous éparpillons pas dans tous les azimuts, c'est dangereux pour le raisonnement, faut faire les choses dans les règles ; les gardiens, c'est les représentants de l'ordre, faut passer par eux, détour obligatoire, sinon c'est sur nous, les jardiniers, que ça retombe, et quand ça retombe, c'est de trop haut pour que ça fasse pas mal comme une pluie de fers à repasser à l'ancienne.

Manu recula, l'air de rien, puis repartit en vitesse vers la cabane à outils. Il avait un mauvais pressentiment. En attendant, il se sentait prêt à tout pour réveiller Bernard. Lui plonger la tête dans une bassine de guano, lui faire respirer un bon coup d'ammoniaque, lui piquer la peau au râteau. Et recommencer, plusieurs fois, si nécessaire.

2

Les quatre hommes avaient revêtu d'épaisses combinaisons, mais seul le légiste et son assistant portaient un casque à visière. Le lieutenant Nicolet avait chaud et essayait d'adopter la même attitude que son patron, tranquille et concentrée. Il n'avait jamais eu l'occasion de respirer l'air vicié de l'IML[1] à six heures du matin. Sacha Duguin avait remué des montagnes pour activer l'autopsie, et ce créneau était le seul disponible.

Nicolet n'avait qu'une envie : qu'on exécute la besogne en vitesse. Malheureusement, le médecin légiste – Armand Duvauchelle, un vieux de la vieille que le patron connaissait bien et ménageait – aimait prendre son temps. Il avait confirmé que la victime n'avait pas subi de sévices sexuels, puis passé un certain temps à

1. Institut médico-légal.

s'étonner de l'intégrité des veines et des sinus d'une rockeuse squatteuse, adepte des maquillages de vampire ; il étudiait le visage pâle garni de piercings sans se presser.

– Cette fille a l'air d'une nuit de pleine lune, tu ne trouves pas, Sacha ?

Ludovic Nicolet mit cet accès inattendu de poésie sur le compte du printemps. La remarque n'avait pas entamé la décontraction du commandant. Duvauchelle émit un vague soupir avant d'écarter les lèvres peinturlurées de violet ; il étudia la cavité buccale à la lumière d'une petite lampe, puis la fouilla avec un outil métallique repoussant. Il en extirpa un disque pâle. Gagné par l'ambiance, Nicolet pensa à un copeau de lune et se mit immédiatement une claque mentale : mon patronyme est Ludovic Nicolet, pas Arthur Rimbaud, je suis flic, pas poète maudit, bordel de merde.

– Un morceau de sac d'emballage en plastique, diagnostiqua le légiste. Géométrie nette. Ça doit être une chute au moment de la fabrication.

– Si on retrouve le sac, on a peut-être une chance de repérer des empreintes, enchaîna Duguin. Tu as une idée de la façon dont elle a été attaquée ?

– Par-derrière, d'après les traces sur le cou. On lui a passé le sac sur la tête, on a serré les anses sur la nuque, puis attendu qu'elle suffoque. Ça a pu prendre un certain temps.

Duvauchelle sollicita l'aide de son assistant pour faire pivoter le corps, et désigna des hématomes à l'arrière des bras.

– Elle a été plaquée sur le ventre. L'assaillant s'est servi de ses genoux pour lui immobiliser les bras.

– Un homme ?

– Ou une femme déterminée.

– Un seul assaillant ?

– S'il y a eu un comparse, il s'est contenté de faire de la figuration. La pauvre gamine n'était pas bien grosse, mais elle s'est débattue, j'ai repéré des taches d'herbe et de terre sur ses vêtements. À cause du placage au sol, on trouvera de la terre sous les ongles, mais si on déniche le moindre ADN, Sacha, tu pourras t'estimer chanceux. Bien. L'extérieur du corps n'ayant plus rien à me révéler, je vais me pencher sur l'intérieur.

Ludovic Nicolet s'avoua qu'il donnerait cher pour vieillir d'une heure. Duvauchelle abaissa sa visière avec une lenteur exaspérante. Il allait procéder à la grande découpe frontale, du cou au pubis. Et ouvrir le corps comme un fruit vénéneux, pensa Nicolet. Il s'interrogea une fois de plus quant à cette éruption de métaphores qui ne pouvait que traduire une faiblesse de sa part, et jeta un coup d'œil à son patron, histoire de retrouver un ancrage dans le réel. Sacha Duguin avait reculé d'un pas, gardait les bras croisés et la mine concentrée.

*

Un soleil pétillant teintait de jaune clair la place Mazas. Sans se concerter, ils marchèrent vers la Seine, emportant avec eux l'image d'un corps exsangue sur une table en inox, celui d'une fille un rien sous-alimentée, à peine menacée par un léger souffle au cœur, et qui n'avait jamais enfanté. Un corps sans cicatrice, sans tatouage, bref, sans histoire, et c'était bien le problème, se disait Nicolet, mais cette neutralité n'avait pas l'air de perturber le commandant.

Le fleuve brassait des vagues puissantes et ocre, une brise chargée d'une odeur d'algue se conjuguait aux vapeurs du trafic mais restait revigorante comparée aux remugles de l'IML. Nicolet prit un comprimé pour la digestion et écouta Duguin téléphoner au jeune Fernet. Il lui demanda d'interroger les commerçants du quartier qui proposaient des emballages blancs et opaques à leur clientèle, et d'inspecter les ordures du parc. Il raccrocha, l'air satisfait.

– Fernet dit que Blaise Macaire, le chef des jardiniers de Montsouris, a appelé. Un de ses vingt-cinq employés manque à l'appel.

– Un client intéressant, patron ?

– Il vit à l'hôtel. Ce qui n'en fait pas une personnalité très sociable et intégrée. Et il est taillé dans la masse d'un baobab. Ça colle avec les hématomes de Lou Necker.

Le commandant fut interrompu par la sonnerie de son mobile. Il écouta son interlocutrice, le lieutenant Corinne Moutin, et répéta une adresse près du métro Glacière.

– C'est l'hôtel du jardinier ?

– Oui, on retrouve Moutin sur place.

Nicolet contint son énervement. Corinne Moutin avait encore fait dans l'excès de zèle. Tout était bon pour impressionner le patron : lui montrer qu'elle était d'une disponibilité totale, d'un dévouement sans faille, et surtout plus rapide que la Seine en crue. Nicolet regretta d'avoir avalé son médicament pour la digestion devant Sacha. Il allait penser qu'il manquait d'estomac.

– Ce particulier me plaît de plus en plus, ajouta Duguin.

– Pourquoi ?

– Il a deux passeports. Un français et un américain. Pas banal pour un jardinier de Paris, non ?

3

Rue du Champ-de-l'Alouette, le planton qui gardait l'entrée de l'hôtel des Arts leur annonça une attaque de journalistes. Le gros de la meute s'était égaillé, mais une bande têtue planquait dans un café.

– Personne n'entre et tu vérifies l'identité de ceux qui se prétendent clients, lui ordonna Duguin.

Le directeur était aussi morose que l'ambiance générale, et il se plaignit de l'impact des journalistes sur la réputation de son établissement.

– Quand on s'appelle l'hôtel des Arts, on ne craint rien, lança Duguin, l'œil aussi inexpressif que possible. Quelle chambre ?

– La 23.

La pièce était triste et minuscule, et le dernier coup de peinture devait remonter à la Libération ; la seule note de couleur provenait d'un lecteur de CD orange vif. Duguin et Nicolet saluèrent le lieutenant Moutin et le technicien de l'Identité judiciaire occupé aux relevés papillaires. Duguin nota que Moutin n'était pas ravie de voir Nicolet jouer les poissons-pilotes. Elle portait son éternel pardessus, s'était fait un chignon serré qui lui arrondissait les joues. C'était la seule femme officier de la brigade, et elle en voulait, d'autant que Nicolet était plus jeune et aussi motivé qu'elle par l'avancement. Saine émulation, pensa une nouvelle fois Duguin.

– C'est ça ? demanda-t-il en désignant une enveloppe en papier kraft posée sur le lit.

– Oui, patron. Je l'ai trouvée derrière la grille d'accès à la robinetterie de la baignoire.

– Combien ?

– Dix mille euros. En billets de cinquante. J'ai demandé, à tout hasard, qu'on me vérifie si les numéros correspondaient à ceux d'un braquage. Mais j'ai du nouveau dans un autre domaine.

Duguin et Nicolet enfilèrent des gants et étudièrent les photos qu'elle leur tendait. Elles montraient la victime en concert avec son groupe, les Vampirellas.

– Planquées derrière une plinthe. Le coup classique.

– Trop classique, non ?

– C'est bien ce que j'ai pensé, patron.

– Photo digitale. On voit les pixels, précisa Nicolet.

– Du papier brillant Epson, ajouta Duguin, et il n'y a pas de numéro au dos. Du travail fait maison.

– Il n'y a ni ordinateur ni imprimante ici, répliqua Moutin.

– Et le matériel de l'hôtel ? demanda Duguin.

– J'ai vérifié, ça ne correspond pas.

– Il a pu faire tirer les photos chez un complice, reprit Nicolet.

– Parmi les artistes du squat de Lou Necker, il y a des graphistes et des photographes. Je vais envoyer un gars inspecter leur matériel.

– Et moi, patron ? demanda Moutin.

– Toi, tu m'étudies l'ambiance à Montsouris. Je veux savoir ce que fabrique l'armada de jardiniers. L'un d'eux a dû donner cette adresse aux journalistes.

Elle n'eut qu'un serrement de mâchoires, et Duguin admira son calme. Moutin aimait enquêter sur du tangible et détestait les planques vagues et lentes. Et celle-ci promettait d'être alanguie.

– Tu vas jouer les naturalistes et m'observer ces oiseaux dans leur milieu naturel, ajouta-t-il avec un petit sourire. Tout est clair ?

– Limpide, patron.

– À part ça ?

– Il y a les passeports dont je vous ai parlé. Si ce type est bel et bien américain, il est né en Louisiane et domicilié à La Nouvelle-Orléans. Et il y avait aussi cette affichette. Punaisée au mur.

Duguin lut à haute voix :

– « Massage de qualité, passage du Désir. Relaxation garantie, prix raisonnables et bonne humeur ! Par une masseuse professionnelle. Je fais tous les styles : shiatsu, balinais, californien, thaï… »

– Faut croire qu'il était stressé, lança Nicolet.

– Tu me convoques cette professionnelle relaxante et polyvalente. D'ici à ce que notre homme lui ait fait des confidences…

Duguin souleva les quelques CD abandonnés à côté du lecteur orange : un Neville Brothers se battait en duel avec un Otis Redding et un disque sans titre protégé par un étui vierge. Il les glissa dans sa poche.

– En parlant de confidences, le veilleur de nuit vous attend, dit Moutin.

Duguin et Nicolet redescendirent à la réception pour interroger un dénommé Carlos. Il avait la mine défaite d'un type tiré d'un sommeil âprement gagné. Duguin commanda un café serré au directeur, qui servit son veilleur de nuit de mauvaise grâce. Duguin laissa Carlos boire une gorgée avant d'attaquer.

– Vous avez vu le client hier soir ?

– Oui, il est rentré vers vingt-deux heures trente.

– Vous êtes sûr de l'heure ?

– *Incroyable mais vrai* venait de commencer.

– Comment était-il ?

– Bourré grave. Il a commencé à me parler. C'était bien la première fois. « Comment ça va, mon ami Carlos, tu t'ennuies pas, tout seul devant ta petite télé ? » et des âneries dans le genre. Il est monté en faisant du boucan, et s'est mis à chanter. Au bout d'un moment, des clients sont venus se plaindre. Je lui ai demandé de se calmer. J'en menais pas large, c'est un baraqué.

– Il avait l'air menaçant ?

– On n'est jamais trop prudent. La preuve.

– Il vous a agressé ?

– Non, il a foutu le camp.

– Il transportait un sac, une valise ?

– Rien du tout.

– Comment était-il habillé ?

– Il portait sa salopette et son tee-shirt verts de jardinier et une grosse chemise à carreaux.

– Il avait un sac en plastique ?
– J'ai rien remarqué.
– Il a dit où il allait ?
– Non. Et il n'est pas revenu.

*

En quittant l'hôtel, Duguin et Nicolet se retournèrent sur un troupeau de journalistes et de photographes lancé au petit trot.

– Vous faites un rapprochement entre l'étouffée de Montsouris et l'étranglée de Citroën ? beugla Moréchand de RTL qui avait la plus belle voix de stentor de la profession.

Les autres se lancèrent dans la bagarre, leurs questions se fondirent dans une cacophonie fatigante, Duguin et son lieutenant se retrouvèrent comprimés contre leur voiture.

– On nous rend notre espace vital, ordonna-t-il. Merci, et bonne journée !

Les deux officiers montèrent dans la Renault banalisée qui démarra sous le crépitement des flashes.

En arrivant au commissariat, Ludovic Nicolet ne perdit pas de temps et appela les États-Unis. Sacha Duguin sortit les deux dossiers qu'il avait bouclés dans son tiroir. Le premier regroupait les documents de l'affaire Lou Necker ; le second contenait une copie intégrale des pièces de l'homicide du parc André-Citroën, fournie par le commissariat du 14e arrondissement. Il les feuilleta un moment puis se souvint des CD glissés dans sa poche. Otis Redding, les Neville Brothers. Des grands musiciens, et des artistes de La Nouvelle-Orléans. Un bon choix, pensa-t-il. Celui d'un homme fidèle à la musique de sa région. Il se leva pour glisser le CD sans titre dans le lecteur de sa chaîne. Un rock énergique démarra sur une attaque de guitare et de basse. Puis la voix s'imposa. Celle d'une fille qui donnait tout ce qu'elle avait.

Les chants du monde / Les rêves du monde sont à toi / Il suffit que tu m'les demandes / Je les ai en moi / La rage du monde / Et la peur du monde, tu les as déjà / Il suffit que tu les rendes / Je n'attends que ça…

Peut-être pas la plus belle voix du monde, pensa Duguin, mais un timbre particulier, une vraie personnalité. Et de la générosité dans le flot des guitares. Il fut interrompu par le téléphone, appuya sur la touche pause du lecteur. Il décrocha, perçut le ronronnement du trafic, puis la voix de sa femme.

– Sacha, je n'ai pas beaucoup de temps. J'ai un déjeuner avec le député Pérontay. Comment avance ton affaire ?

– La presse fait monter la tension mais l'enquête se déroule normalement.

– Les journalistes font le rapprochement avec l'homicide de Montsouris ?

– Bien sûr. C'est plus croustillant, j'imagine.

– Et intéressant dans le fond. Je peux te prendre un rendez-vous avec un excellent psy. Il a passé du temps aux États-Unis à étudier les techniques américaines de profilage.

– Ce n'est pas utile pour le moment.

– Chéri, je suis sûre que tu vas casser la baraque avec cette affaire, ce sera l'occasion de demander ta mutation à la Crime…

– Chaque chose en son temps. À propos, j'ai pensé qu'on pourrait se détendre un peu ce soir et aller dîner…

– Ce soir, je suis invitée par le club Réflexion. Je t'en ai déjà parlé ? Ils sont incontournables.

– OK, pas de problème.

– Et l'un des réguliers fréquente un ponte de la Crime…

– Je gagnerai moi-même mon entrée à la Crime, Béatrice. Le meilleur moyen serait de mener cette enquête vite et bien. Vite, surtout, tu connais les problèmes de restrictions de budget.

– Comme tu voudras, Sacha. Je vais rentrer tard. Je dormirai dans la chambre d'amis pour ne pas te réveiller. Je t'embrasse.

Duguin raccrocha et demeura un instant les yeux dans le vague. Il fut interrompu par Nicolet.

– Patron, vous avez deux minutes ?

– Oui, entre.

– Les Américains m'ont donné du tangible. Brad Arceneaux est fiché en Louisiane. Un fidèle des réunions des Alcooliques Anonymes de sa paroisse mais qui a fait des rechutes. Tapage nocturne, démolition de biens publics…

– Des histoires de mœurs ?

– Je continue de creuser. Mon correspondant a encore des réserves, mais il attend le feu vert de sa hiérarchie.

– Beau boulot, Ludovic.

Duguin lui fit signe de s'asseoir.

– Qu'est-ce que tu en penses ? demanda-t-il en désignant les deux dossiers posés sur son bureau.

– Et si le point commun était le visage caché, patron ?

– Lou Necker meurt avec un sac sur la tête. Nathalie Pouget est retrouvée sur un banc de Citroën, une veste sur la figure. On pourrait y voir un modus operandi de serial…

– Mais Pouget a été violée puis étranglée. Pas Necker.

– Le tueur a peut-être été interrompu avant de passer à l'acte.

– Dans ce cas, ça supposait qu'il allait la violer post mortem. Ce qui ne colle pas avec Pouget.

– Tout diffère. Âge, physique, mode de vie. Mais il y a peut-être un lien qui nous a échappé, Ludovic. On va relire les deux dossiers. À la loupe. Avant ça, tu m'envoies un gars au squat.

– Vous avez du nouveau ?

– Le CD que j'ai récupéré dans la chambre de l'Américain. Il y a des chances que ce soit un enregistrement des Vampirellas. Tu me fais vérifier tout ça.

– L'Américain a planqué les photos de Lou Necker mais laissé le CD en évidence. Bizarre, non ?

Au lieu de répondre, Duguin appuya sur la touche play du lecteur et monta le son.

Les rires du monde / Les désirs du monde sont à toi / Il suffit que tu m'les demandes / Je les ai en moi / La peau du monde / Et la bouche du monde sont à toi / Il suffit que tu te rendes / Je n'attends que ça…

4

Sa courte chevelure blonde disparaissait sous un bandana rouge où pullulaient les zèbres. Elle était vêtue de son short préféré (une affaire kaki ayant connu moult saisons sous plusieurs latitudes) et rapiécé au moyen de quelques écussons smiley, d'un débardeur arborant un panneau sens interdit, d'un solide duo de Pataugas maronnasses et, pour la touche féminine, de chaussettes décorées de girafes miniatures. Elle patientait dans un couloir maussade, ses paupières papillotaient. La veille, elle avait travaillé au *Calypso* jusqu'à deux heures, et cette convocation matinale au commissariat du 13e arrondissement ne lui convenait guère. Elle finit par s'endormir et se rêva de retour dans son lit. Frank Sinatra en personne lui chantait *My Funny Valentine*.

Le jeune homme qui vint la chercher étudia son allure tropicale avant de l'interpeller.

– Ingrid Diesel ?

– *Not now, please... I love this song...*

– INGRID DIESEL !

– Y*es*, oui. C'est moi.

– Lieutenant Nicolet. Le patron va vous recevoir.

Le patron en question était un trentenaire guère grand mais musclé, aux cheveux courts, drus et bruns, debout contre un bureau garni de dossiers en piles soignées. L'homme et ses piles respiraient l'ordre et le calme. Néanmoins, elle remarqua la piste d'atterrissage pour Lilliputien qui partageait son sourcil droit. C'était la seule parcelle endommagée dans le paysage qu'offrait son visage méditerranéen. Elle se demanda s'il pratiquait la boxe.

– Bonjour. Commandant Duguin. Asseyez-vous.

La voix était grave et autoritaire, mais plutôt mélodieuse. Elle retint un bâillement et obéit. Elle se doutait que s'il la faisait asseoir en restant debout, c'était pour créer un rapport de force. Il se contenta de lui tendre une feuille et de l'inviter, d'un simple coup de menton, à l'étudier.

– C'est une des affichettes dont je me sers pour faire ma pub, admit Ingrid.

Elle se préparait à un laïus désagréable. Son activité de strip-teaseuse au *Calypso* était dûment déclarée, mais pas son cabinet de massage du faubourg Saint-Denis. Pour autant, elle avait du mal à saisir ce qu'on lui voulait si loin de son quartier.

– C'est ce que j'avais cru comprendre, reprit Duguin d'un ton badin. Vous faites tous les styles : shiatsu, thaï, balinais, californien, et j'en passe.

Le lieutenant Nicolet l'observait de ce regard fixe qu'affectionnent les flics du monde entier. En comparaison de son patron, elle lui trouvait l'air d'un ado efflanqué. Duguin reprit l'affichette, fit mine de la relire avec intérêt.

– C'est du racolage ou j'ai mal lu ?

– Vous avez mal lu ! C'est du massage non déclaré, d'accord, mais sérieux. Interrogez mes clients et mes amis.

– Admettons. À vrai dire, que vous soyez sérieuse, déclarée ou pas, m'importe peu.

Il lui décocha un autre de ses petits sourires éclairs. Elle attendit la suite. Il saisit un dossier sur le sommet de sa pile, l'ouvrit et le feuilleta en prenant son temps.

– Vous connaissez un certain Bernard Morin ?

– Non.

– Et Brad Arceneaux ?

Ingrid ne put brider ses émotions. Brad, les magnolias, le Géant, les perroquets, la pêche dans le bayou. Elle n'avait plus de nouvelles depuis une bonne année.

– Oui, je connais Brad… On s'est rencontrés à La Nouvelle-Orléans.

– Quand ça ?

– Il y a environ quatorze ans.

– Que faisait-il là-bas ?

– Il est né dans cette ville.

– Son métier ?

– Jardinier.

– Comment l'avez-vous connu ?

– Brad m'a sauvé la vie. Deux sales types m'avaient agressée. Il les a fait arrêter par la police.

– Quand l'avez-vous vu pour la dernière fois ?

– Il y a plus de dix ans, quand ma famille est repartie en Californie. Après le désastre du cyclone Katrina, j'ai essayé de savoir si Brad allait bien.

– Et ?

– Et rien. Je n'avais plus d'attaches en Louisiane, personne pour me renseigner.

– Mais avant Katrina, vous restiez en relation ?

– Je lui envoyais des mails de temps à autre.

– C'est-à-dire ?

– Deux ou trois fois par an.

Mais pourquoi donc un flic parisien s'intéresse-t-il à un citoyen américain, qui plus est à un tranquille jardinier ? Et qui est ce Bernard Morin ? Ingrid sentait l'agacement la gagner.

– On a retrouvé votre affichette dans sa chambre d'hôtel. Punaisée au mur. Et c'était à peu près la seule déco.

– Brad vit à Paris ?

– Depuis le mois d'août dernier, d'après le directeur de l'hôtel. Vous n'étiez pas au courant ?

– Vous voulez dire depuis Katrina ?

– Bravo, vous êtes rapide. Apparemment, c'est bien l'ouragan qui l'a chassé vers nos côtes.

– Mais qu'est-ce que vous lui reprochez ?

– Deux ou trois broutilles. Comme de s'être offert de faux papiers.

– Au nom de Bernard Morin ?

– C'est ça. Et de travailler illégalement, comme jardinier pour la mairie. Gonflé, non ?

– Il parle français ? Première nouvelle.

– Il le maîtrise si bien que ses collègues n'y ont vu que du feu. Mais je n'en suis qu'aux amuse-gueule.

Elle le connaissait depuis quelques minutes à peine, il l'exaspérait déjà.

– Arceneaux a mis une nouvelle fois les voiles, reprit Duguin. On ignore quel vent mauvais l'a emporté cette fois, mais ce qu'on sait, c'est qu'il a laissé un souvenir derrière lui.

– C'est-à-dire ?

– Un cadavre.

Son cœur se serait effondré dans ses Pataugas qu'elle ne se serait pas sentie plus mal. Duguin alla s'asseoir derrière son bureau. Nicolet s'installa à califourchon sur une chaise. Ils la considérèrent en silence comme s'ils ne croyaient pas deux secondes à son effarement.

– Mais le cadavre de qui, à la fin ? s'énerva-t-elle.

– Une jeune femme. Retrouvée asphyxiée, il y a quelques jours.

– Asphyxiée comment ?

– Avec un sac en plastique. Une mort lente et douloureuse.

– Lente et douloureuse… balbutia Ingrid en se sentant pâlir.

Elle eut l'impression qu'ils tentaient de lui scruter la cervelle avec leurs yeux sévères. Duguin faisait danser un stylo entre ses doigts, sur un rythme lent et constant.

– Assassinée au petit matin, précisa-t-il d'un ton plat. Vous n'avez pas lu les journaux ?

– *No.*

– Bizarre, parce que cette histoire met les journalistes en transe.

Elle faillit se justifier, expliquer qu'elle ne lisait que les infos des journaux anglo-saxons sur le Net, puis se ravisa. Elle était chavirée, mais pas au point de se laisser chahuter par un prétentieux cynique et un maigrelet sinistre.

– Où l'a-t-on retrouvée ?

– Dans le parc Montsouris. Où travaillait votre ami et compatriote. Avant qu'il ne se volatilise.

– Attendez une minute ! Vous avez des preuves ?

Il se contenta de la fixer en soupirant.

– Brad est le meilleur des hommes, reprit-elle. Et puis il n'y a pas qu'un jardinier à Montsouris.

– Sûrement, mais il se trouve qu'il connaissait la victime. Il travaillait sous ses fenêtres.

– Vous venez de me dire qu'il travaillait à Montsouris.

– Admettons qu'il faisait des extra. J'ai du mal à croire qu'il n'ait pas pris contact avec vous. Vous affirmez qu'il vous a sauvé la vie. Ça crée des liens, en général.

– Je vous répète que je n'ai aucune nouvelle de Brad depuis Katrina. Et si vous pensez que j'étais au courant de sa présence en France, vous êtes à côté de la plaque. Gravement.

– Si vous pensez que ce ton va marcher avec moi, vous vous méprenez. Gravement aussi.

Ingrid le dévisagea avec toute la froideur dont elle était capable. Il lui décocha un nouveau sourire fugace.

– Vous voulez boire quelque chose ? demanda-t-il d'une voix suave.

– *No.*

– Dommage. Parce qu'on est ici pour un moment.

*

Une lumière admirable nimbait Paris. Ingrid remontait le boulevard de l'Hôpital en se répétant que le printemps était trop radieux pour s'abandonner à la mauvaise humeur. La preuve : on pouvait picorer quelques sourires sur les visages des Parisiens, le ciel était une merveille bleue où glissaient des nuages non moins merveilleux, et une brise inattendue se gaussait des vapeurs d'ozone et vous caressait la peau avec une légèreté mutine qui donnait envie de baguenauder jusqu'à la nuit. Elle se força à prendre de grandes inspirations puis à sourire. Elle avait lu que pour obtenir l'humeur désirée, il suffisait d'adopter la bonne mimique et que le corps se mettait alors à obéir à l'âme sans faire d'histoires. Mais en arrivant à la hauteur de la Pitié-Salpêtrière, elle avisa un banc qui faisait face à un fleuriste et s'y assit en s'offrant une bordée libératoire.

– *Fuck ! Fuck ! Fuck !*

Ce satané commandant l'avait gardée plus de trois heures. Il s'était acharné avant de passer le relais au maigrichon qui lui servait de sous-fifre. Mais pourquoi ne voulaient-ils pas croire qu'elle ignorait la présence de Brad à Paris ? Elle essaya une nouvelle fois de faire le vide en se concentrant sur les seaux en aluminium garnis de fleurs qui débordaient sur le trottoir. Azalées, lys, et même du mimosa, une plante si rare et si fragile. Elle ferma les yeux pour essayer de capter son parfum, mais le remugle des pots d'échappement prit le dessus.

Elle n'aurait jamais imaginé Brad quittant un jour les États-Unis pour s'acheter une fausse identité. Il était certes cajun mais où avait-il bien pu apprendre à s'exprimer comme un Français de France ? Et pourquoi n'était-il pas venu la voir ? Et que faisait cette affichette chez lui ? Et en quoi cet horrible assassinat le concernait-il ? Asphyxiée. As-phy-xiée. Elle avait l'impression que cet adjectif aussi laid qu'imprononçable vibrionnait dans son crâne tel un insecte captif. Asphyxiée. Asphyxiée.

– *Fuck ! Fuck ! Fuck !*

Elle ne réussirait pas à trouver seule la réponse. Elle n'avait qu'une certitude : malgré ses talents pour protéger le monde vert des diverses menaces rampantes ou volantes, Brad était incapable de faire du mal à une mouche, et donc de trucider une pauvre fille à Montsouris.

Elle partit d'un pas décidé vers la station Saint-Marcel. Elle savait où trouver des interlocuteurs qui feraient mieux que répéter les mêmes questions idiotes en espérant obtenir du résultat. À propos, pourquoi utilisait-on le terme « cuisiner » pour évoquer les interrogatoires policiers ? Les cuisiniers et les policiers étaient deux espèces radicalement différentes.

5

– En entrée, je te conseille les asperges.

– Des asperges, comme ça, sans rien ?

– Penses-tu ! Au jambon de Parme et gratinées au parmesan.

– Pas mal. Et ensuite ?
– Ensuite, le gigot d'agneau.
– Avec des pommes de terre ?
– Des charlottes fondantes.
– Et le vin ?
– Un petit côte-rôtie. Je viens de le rentrer. Il est très bien. Tu veux le commencer en apéritif ?
– Si tu le testes avec moi, Maxime.
– D'accord, mais alors une larme, Lola. C'est bientôt le coup de feu, il va falloir que je me concentre.

Lola Jost observa Maxime Duchamp partir d'un pas fringant vers sa cave. Elle aussi se sentait d'humeur guillerette. Elle s'était levée de bon matin et avait siroté son café, accoudée à sa fenêtre ouverte sur une rue de l'Échiquier touchée par la grâce. C'était un grand mystère. Comment une artère dépourvue d'arbres, et aux façades ponctuées de trop rares pots de fleurs, pouvait-elle communiquer cette sensation de nature en ébullition ? À croire qu'il n'y avait pas que les pollens qui flottaient dans l'air, mais aussi des particules chargées par la puissance du regain.

Puissance du regain ! Qu'est-ce que je vais chercher là ? se dit-elle en souriant toute seule.

Elle était assise à sa table habituelle, celle qui offrait une vue panoramique sur les *Belles de jour comme de nuit*, mais l'adjectif était bien grandiloquent pour évoquer l'espace modeste d'un restau de quartier. Maxime arriva avec le vin et un tire-bouchon ; rien qu'à voir l'étiquette, Lola se sentit saliver. Chloé, la serveuse, déposa une coupelle garnie d'olives vertes sur la table ; elle connaissait les habitudes de son patron et de l'ex-commissaire.

Maxime les servit et Lola respira le contenu de son verre.
– Tu sais ce qu'aurait dit Rabelais, Maxime ?
– Non, mais ça m'intéresse.

– *L'odeur du vin, ô combien plus est friande, riante, priante, plus céleste et délicieuse que l'huile !*

– J'approuve, dit Maxime en buvant une gorgée.

Lola suivit le mouvement et eut un claquement de langue satisfait. Puis elle aperçut la silhouette d'Ingrid qui se faufilait le long de la vitrine des *Belles*. Lorsqu'elle pénétra dans le restaurant, elle nota son air tracassé. Elle envisagea de lui proposer une communion autour du côte-rôtie, mais se ravisa. L'amie américaine était une adepte de la vie saine et raisonnable, et ne prenait jamais d'alcool avant une heure très avancée.

Ingrid se laissa tomber sur une chaise comme un grand sac bariolé. Puis elle avisa la bouteille dans son seau, se servit un verre sans même regarder l'étiquette ou la couleur du vin, ne prit pas le temps de faire rêver son nez et engloutit le doux breuvage, cul sec. Maxime et Lola se gardèrent d'émettre le moindre commentaire ; l'heure était grave et les particules chargées de regain n'avaient aucun effet sur Ingrid Diesel. Ils la laissèrent chercher ses mots, et quand elle les trouva, sa voix était gâtée par une colère mystérieuse.

– Ils m'ont convoquée à une heure du très petit matin, pour me dire qu'un de mes meilleurs copains avait assassiné une fille comme une bête avant de se sauver comme un lâche.

– Doucement, dit Lola. Reprends depuis le début. Qui ça « ils » ?

– Tes ex-collègues.

– Les flics du 10ᵉ ?

– Non, ceux de la place d'Italie. Le commandant Sacha Duguin, un type inconsommable.

– Imbuvable, tu veux dire ?

– Imbuvable, immangeable, comme tu veux.

– Je ne le connais que de réputation. Un ambitieux. C'est d'ailleurs un des plus jeunes commandants de Paris. Et il est marié à une fonctionnaire du ministère de l'Intérieur aussi ambitieuse que lui. Et ton ami, qui est-ce ?

Ingrid prit une grande inspiration et raconta Brad Arceneaux, La Nouvelle-Orléans, l'agression, le sauvetage, Magnolia Hall et même les perroquets qui chahutaient dans le Géant, la limonade qui patientait dans le réfrigérateur, et les poissons qui frétillaient dans le bayou. Lola et Maxime la laissèrent dérouler les replis de ses souvenirs. Non seulement ils ne manquaient pas d'atmosphère, mais leur déploiement faisait visiblement du bien à Ingrid, qui décrivait son jardinier avec un maximum d'adjectifs positifs. En bonne retraitée de la police nationale, Lola pensa que l'amie américaine avait besoin de se rassurer, parce que sans vouloir l'admettre, elle n'excluait pas complètement l'implication du dénommé Brad.

– Et l'homicide ? demanda-t-elle.

– C'est une jeune fille. Elle a été asphyxiée dans le parc Montsouris. Lentement et cruellement. Avec un sac en plastique.

– Il me semble avoir lu ça dans le journal, dit Lola. Mais quand était-ce ?

– Mais oui ! intervint Maxime. C'est récent. Ne bougez pas les filles.

– Pas de risques, dit Lola. Avec pareil nectar et pareille compagnie. Et une bonne histoire bien noire.

– Comment peux-tu plaisanter, Lola ? C'est horrible.

– J'évacue la vapeur. Fais comme moi.

– Oh, toi, pour te remuer l'émotion et te glacer la tranquillité, il faut se lever tôt.

– On dit plutôt *s'émotionner* et *glacer les sangs*, Ingrid, mais ce n'est pas grave.

– S'émotionner, c'est moche comme mot.

– Je trouve aussi. Mais ça dit bien ce que ça veut dire.

Ingrid haussa les épaules et se resservit un verre.

Maxime revint avec un vieux *France Soir*. Il le défroissa et le tendit à Lola.

« ASSASSINÉE À MONTSOURIS ! Mercredi 22 mars, à 6 h 45 du matin, un couple de joggeurs a fait une macabre découverte. Le corps sans vie de Lou Necker, vingt-quatre ans, domiciliée dans le 13e arrondissement, gisait dans le parc Montsouris (Paris 14e). La jeune femme a été agressée à l'aube ; un sac en plastique aurait servi à l'asphyxier. Les faits ont eu lieu avant l'heure d'ouverture du parc, mais le commissariat de la place d'Italie lance un appel à témoins. L'enquête est placée sous la responsabilité du commandant Sacha Duguin. »

Un numéro de téléphone accompagnait un cliché tiré d'une pièce d'identité si on se référait à une trace de tampon administratif. Une brune au regard clair fixait l'objectif sans sourire. Son visage aux pommettes hautes était émacié, voire anguleux, mais ne manquait pas de caractère. Ingrid prit le journal et étudia la photo. Puis elle le repoussa et lâcha un profond soupir.

– Allez, haut les cœurs ! dit Lola en lui tapotant la main. Tu vas grignoter un morceau, c'est idéal pour le moral.

– *Sorry*, je n'ai vraiment pas faim. Et Mme Henriette, la vendeuse de la boutique de téléphonie de la rue de Paradis, m'attend pour un balinais à quinze heures.

– Sans doute, mais il est à peine treize heures trente.

– Il faut d'abord que je me calme. On ne peut pas se lancer dans la dénervation des gens si on est soi-même au bord de la crise.

Lola se garda de préciser que la dénervation fonctionnait peut-être mieux dans l'art de la boucherie que dans celui du massage. L'heure n'était pas au pinaillage sémantique.

– Asphyxiée lentement, tu te rends compte ? répéta Ingrid en se levant.

Lola avait rencontré des horreurs de toutes les couleurs dans sa vie policière, mais elle préféra acquiescer d'une mine contrite. Ingrid s'éloigna d'un pas assez mou en comparaison de son punch habituel.

– On se voit plus tard ? lança Lola.

L'amie américaine se contenta de lever le bras en l'air, laissant ainsi la porte ouverte à maintes interprétations ; elle referma celle des *Belles* derrière elle. Lola réfléchit un moment puis composa le numéro du lieutenant Jérôme Barthélemy, son ex-collaborateur au commissariat de la rue Louis-Blanc.

Cela fait trop longtemps que je n'ai pas sollicité ses services, se dit-elle. À force, ce poulet de grain risque de s'empâter les neurones.

6

Le lieutenant Ludovic Nicolet avait desserré sa cravate, s'était offert un nouveau café, et cherchait toujours un détail dans l'homicide du parc André-Citroën qui puisse présenter un rapport avec l'affaire Necker. Nathalie Pouget, SDF quinquagénaire et dépressive, avait oublié les règles de la prudence au point de s'endormir sur un banc au milieu des bambous et des iris d'eau. Étant donné son état de délabrement physique, elle n'avait pas eu la force de se défendre. Ce qui expliquait l'absence d'ADN sous ses ongles, et le violeur avait dû utiliser un préservatif. Ou alors, elle connaissait son agresseur, et ce qui avait commencé dans le consentement mutuel s'était terminé dans la violence. Évidemment, il était difficile d'établir une comparaison dans ce domaine. Les résultats des tests de l'homicide de Montsouris n'étaient pas tous revenus du laboratoire. Une prise de sang avait toutefois confirmé que Lou Necker n'était pas droguée. La jeune rockeuse avait une prédilection pour les parcs, mais n'y passait pas ses nuits comme Pouget. Elle s'y introduisait à l'aube, en sautant les grilles, pour pratiquer une de ces gymnastiques lentes et étranges qu'affectionnent les gens travaillés par les mystères du cosmos. Y avait-elle donné rendez-vous à un partenaire encore plus frappé qu'elle ? La question n'était pas mince.

Nicolet étudia une nouvelle fois les photos post mortem de Pouget. Un visage bouffi, marqué par l'alcool et les privations. Rien à voir avec celui de Necker, une fille qui avait de la gueule même dans la mort avec sa pâleur et ses fringues de comtesse Dracula. Son téléphone vibra dans sa poche, interrompant le fil de ses pensées. C'était le lieutenant Dave Parker de La Nouvelle-Orléans. Nicolet se précipita dans le bureau de Duguin.

Le commandant entama le dialogue dans un anglais assez lisse. Il avait un solide accent frenchy mais ne se débrouillait pas mal. Nicolet, qui avait une mère anglaise, se retint de sourire en entendant quelques gallicismes mais trouva la prestation de son patron très convenable.

Duguin rendit son portable à Nicolet, l'air satisfait.

– Tu ne les as pas travaillés au corps pour rien, Ludovic. Les Américains soupçonnent Brad Arceneaux d'avoir tué un de ses amis.

– Benjamin Frazier, un type qui bossait dans l'immobilier ? Parker m'avait lâché son nom mais en restant dans le vague.

– Frazier a été abattu dans sa propriété de La Nouvelle-Orléans, juste après le passage de Katrina. On peut mettre ça sur le compte des pillards qui se sont déchaînés à l'époque, notamment dans les beaux quartiers, mais Arceneaux plaît bien à nos collègues louisianais. D'autant qu'il y a une dizaine d'années, Julia Clarke, la petite amie de Frazier, a disparu sans laisser de traces.

– Les Américains penchent pour Brad Arceneaux ?

– Ils n'ont rien de concret. Le père de Clarke avait accusé Frazier à l'époque. La disparition pourrait être à l'origine d'une querelle entre Arceneaux et son copain.

– Cette affaire prend de l'ampleur de jour en jour, patron.

– La presse n'est pas près de nous lâcher.

Nicolet se demanda si l'insistance des journalistes était ou non une bonne nouvelle pour Sacha.

– Et le mystérieux CD ?

– C'est bien celui des Vampirellas, patron. Gravé pour faire le tour des maisons de disques. J'ai interrogé la percussionniste. Elle croyait l'avoir perdu. Ça laisse supposer qu'Arceneaux s'obsédait dur sur Lou Necker.

– Peut-être. Peut-être pas.

Le commandant croisait ses mains derrière la nuque et s'étirait comme un félin content. Il faudrait que je lui demande l'adresse de son club de boxe thaïe, se dit Nicolet, il a une forme du tonnerre et les coups de stress glissent sur lui ; pour autant, les bruits de couloir ne le ménagent pas. On disait que Duguin ne faisait rien de manière spontanée, qu'il était prêt à lécher pas mal de derrières pour obtenir son avancement. On prétendait qu'il avait choisi son épouse selon des critères très personnels. Béatrice Duguin, née Bertillon, avait un bon job au ministère de l'Intérieur, et des relations à la pelle. Son père, Jean Bertillon, avait été un superflic en son temps. Un ponte de l'antigang aussi efficace que médiatique. Le grand homme était décédé. On disait Béatrice Duguin obnubilée par la carrière de son mari, rêvant d'en faire un flic de légende à l'instar de papa Bertillon. Mais Nicolet se moquait des bruits de couloir. Sacha donnait envie de se défoncer dans le boulot. Et on se sentait le droit d'être aussi ambitieux que lui.

– Je me demande pourquoi il avait l'affichette de la grande blonde chez lui, dit soudain Duguin.

– Vous voulez dire : sans être passé la voir ?

– N'importe quel homme normalement constitué aurait envie de la voir, non ?

– Elle fait un peu pub pour yaourt scandinave.

– Pour une fille qui se déshabille mieux qu'elle ne s'habille, je la trouve plutôt classe.

– Vous croyez qu'elle nous a menti, patron ?

– Je l'ai sentie sincère. Mais tu vas quand même me mettre un gars en planque.

– Faubourg Saint-Denis ou à Pigalle ?

– Les deux, Ludovic. Puisque miss Diesel a deux vies.

*

Passage du Désir, Lola pénétra dans une salle d'attente vide. Pas un client en vue sur les canapés rose et orange fluo, mais des bouffées musicales aux sonorités asiatiques s'échappaient du cabinet de massage. Elle fouilla la pile de magazines. Léger cliquetis sur le linoléum argenté, elle sursauta. Elle se retourna et découvrit le dalmatien Sigmund. Antoine Léger, meilleur psychanalyste du faubourg Saint-Denis et homme très occupé, confiait quelquefois son chien à Ingrid lorsqu'il partait à un rendez-vous. Ce délicat quadrupède à pois détestait la solitude.

– Comment vas-tu, mon garçon ? lança-t-elle au bel animal qui la fixait de ses grands yeux emplis de sagesse antique.

Elle entama un article sur nos liens avec les chimpanzés et les bonobos, des primates très différents. Le chimpanzé était un animal agressif, prompt à régler ses problèmes à coups de dents, le bonobo un amour de singe, adepte de la paix sociale, toujours prêt à utiliser le sexe comme une alternative à la violence. Le journaliste affirmait que l'être humain tenait des deux, et que les liens avec nos cousins velus étaient plus resserrés qu'on ne l'imaginait.

– Il y a des moments où je nous sens très chimpanzés. Spécialement les jours d'homicide dans la verdure. Pas toi ?

Le chien allongea son museau sur ses pattes, et Lola crut l'entendre soupirer.

Une dame aux cheveux bleu-gris sortit du cabinet avec l'expression radieuse qu'arboraient tous les clients d'Ingrid une fois passés entre ses mains expertes. L'Américaine la raccompagna jusqu'à la porte avec l'assistance de Sigmund, puis vint s'asseoir en face de Lola. Celle-ci lui trouva une mine chiffonnée et le lui dit.

– Je pars me calmer les nerfs à mon club de gym, déclara Ingrid en se levant. Si tu pouvais tenir compagnie à Sigmund une heure ou deux, ça me rendrait service.

– J'ai une meilleure idée, répliqua Lola. Un petit voyage dans le 13e.

Ingrid se rassit aussitôt et attendit la suite, l'œil soudain plus vif.

– J'ai appelé Barthélemy, expliqua Lola.

– *Yes.*

– Il était au courant des détails du dossier Lou Necker.

– *Yes.*

– J'ai appris que Necker était rockeuse et habitait dans un squat d'artistes au croisement des rues de Tolbiac et de Bobillot.

– *Yes.*

– Alors, je me suis dit qu'on pourrait y faire un tour. J'aime bien les ambiances artistiques, moi.

– Lola, je n'en reviens pas.

– De quoi ?

– D'habitude, c'est toujours moi qui te supplie de sortir de chez toi. Qu'est-ce qui se passe ? C'est le printemps ?

– Oui, c'est ça. J'ai eu un coup de mou hivernal mais ça va beaucoup mieux. Ne sens-tu pas ces molécules chargées de regain flotter malicieusement dans l'air ?

– C'est quoi le regain, une chanson ?

– Tu ne vas pas commencer à me pressurer la cervelle comme si j'étais ton dictionnaire franco-anglais portatif. Enfile tes baskets et on y va.

– Je préfère mettre mes Pataugas.

– C'était une figure de style. Mais pas vestimentaire. J'ai cessé de me questionner au sujet de ton look. Depuis longtemps.

Ingrid jeta un coup d'œil à la tenue de Lola. Une robe sac de jute, boutonnée jusqu'au col, et qui semblait commandée sur un catalogue spécialisé dans le troisième âge. Elle resta coite et enfila ses Pataugas. Quant à Sigmund Léger, il avait déjà sa laisse entre les dents. Une laisse sobre et chic, agrémentée d'une médaille d'argent gravée à son nom.

7

Les compagnons de Lou Necker avaient colonisé un immeuble à la façade hollywoodienne. Sur le fronton de pierre blonde, deux nymphes athlétiques encadraient depuis 1937 les élégantes lettres *Ateliers de Mécanique Gervais Jarmond*. D'imposantes poutres en fonte contrastaient avec la délicatesse des mosaïques pastel rehaussées d'or. Ingrid s'extasia jusqu'à ce que Lola lui fasse franchir le porche. Un panneau de bois recensait une ribambelle d'affichettes annonçant concerts, expositions et performances. Il y avait aussi des tracts au ton assez remonté. L'un d'entre eux s'intitulait : *Unis pour la défense du Centre artistique Jarmond !*

Ingrid allait s'engager dans l'escalier de son pas décidé quand Lola l'arrêta, désignant une grille entrouverte. Au-delà, une trouée verte. Elles découvrirent un jardin luxuriant, niché au cœur du pâté d'immeubles, et où travaillait un petit chauve en salopette grise. Sigmund hésita quelques secondes puis fit comprendre à Ingrid qu'il envisageait de renifler cette surprenante explosion de verdure de plus près. Elle lui enleva sa laisse, puis se donna une claque sur le front.

– *Holy cow !*

– Qu'est-ce qui t'arrive ?

– Un détail vient de me revenir, Lola ! Je comprends enfin ce qu'a voulu dire le commandant Duguin.

– Tu as de la chance.

– Brad faisait des extra. Et il connaissait Lou Necker. Parce qu'il avait travaillé sous ses fenêtres. C'était peut-être dans ce jardin !

– Et tu appelles ça un détail !

Lola réfléchit puis envoya Ingrid étudier les tracts de plus près pendant qu'elle s'occupait de cet éden inattendu. Elle s'avança pour admirer un mur couvert de clématites, puis un massif de tubéreuses. Les corolles blanches et drues évoquaient la texture d'une peau. Elle se pencha pour les respirer. Ensorcelant, pensa-t-elle en fermant les yeux. Plus capiteux que le jasmin, plus dense que l'oranger. Elle fit un effort pour se redresser et s'extraire de cette magie olfactive. Des aubépines mêlaient leur effervescence à une profusion de roses dont la palette variait de la nacre au fuchsia le plus intense. Plus loin, capucines, géraniums, œillets et pavots mariaient leurs tons enflammés. Lola repéra une serre en métal ouvragé, bordée par des glaïeuls orangés et des buissons de genêts ; on apercevait des palmes et des lianes au-delà des verrières embuées.

Le crâne du jardinier était lisse comme un pot de fleurs, mais d'abondantes rouflaquettes fleurissaient jusqu'à son menton. Il s'interrompit dans l'arrachage de mauvaises herbes et la salua d'un air avenant. Elle prit le temps de le complimenter sur la beauté de son jardin, en insistant sur les roses et les tubéreuses, avant de lui montrer son ancienne carte de police, souvenir de l'époque où elle dirigeait l'équipe de la rue Louis-Blanc. Agrémenté du buste glorieux de la République, le document avait l'avantage de faire illusion.

– Vous connaissez Bernard Morin ?

– C'est drôle, vos collègues m'ont posé une question dans ce genre-là.

– On ne perd jamais son temps en croisant les informations, vous savez.

– Croisez, croisez, y a pas de dérangement. Et en plus, vous m'êtes sympathique parce que vous parlez bien de mes fleurs. Et votre chien m'est sympathique aussi. Au moins, il ne frétille pas dans mes semis.

– Oui, Sigmund est très bien élevé, dit Lola. Qu'est-ce que vous avez dit à mes collègues ?

– Que Bernard est un brave gars. Sœur Marguerite ne l'aime pas, mais moi il me plaît bien.

– Sœur Marguerite ?

– La patronne du couvent de la Miséricorde. Le jardin leur appartient. Les bâtiments que vous voyez là aussi. Sauf les anciens ateliers Gervais Jarmond. Le vieux Jarmond, je ne l'ai vu qu'une ou deux fois. Et encore en coup de vent. Mais dans le fond, les sœurs c'est pareil.

– Elles quittent rarement leurs murs ?

– Comme vous dites. Je vis ici parce que je fais aussi un peu de gardiennage, précisa-t-il en désignant une petite bâtisse derrière la serre, mais je ne vois pas grand monde. Je suis le gardien solitaire du paradis. Alors avec Bernard, j'étais content d'avoir de la compagnie.

– Il vous faisait la causette ?

– Et me donnait un coup de main. Pour le plaisir.

– Vraiment ?

– Vraiment. Il m'a refilé des tuyaux du tonnerre pour mes cornouillers.

– Pourquoi sœur Marguerite ne l'aime-t-elle pas ?

– Allez savoir. Elle m'a entrepris tantôt. Et il fallait pas que je sous-traite, et il fallait pas que je laisse entrer n'importe qui, et défense de laisser ouvertes les grilles du jardin et la porte de la serre, et mon bon Romain par-ci, et mon bon Romain par-là. Mais moi j'ai fait l'andouille et le sourdingue. Ça marche du tonnerre quand on veut avoir la paix. Voulez que je vous montre ?

Il démonta la pomme de son arrosoir, se le coinça dans l'oreille et fit quelques grimaces. Sigmund vint observer la scène de plus près et s'assit en espérant une suite. Mais le jardinier remit la pomme en place.

– On y croit, dit Lola en souriant.

– Sœur Marguerite, elle est pour le respect du règlement. Pourquoi pas, hein ?

– Bernard ne vous a jamais dit ce qui l'avait amené à Paris ?

– Il n'est pas né là ?

– Non, il est américain.

– Sacré bonsoir ! J'aurais jamais cru. Pourtant, sa mère n'habite pas loin.

– Il vous l'a dit ?

– Je ne sais plus. Mais quand ça a été la floraison des magnolias, Bernard m'a demandé s'il pouvait en faire un bouquet pour sa maman. N'hésite pas, mon gars, que je lui ai répondu. Ces fleurs, c'est des beautés, mais qu'est-ce que ça meurt vite !

Lola hésita, mais pas trop longtemps.

– Vous avez dit à mes collègues que la mère de Bernard vivait dans le quartier ?

– Non. Ils ne m'ont parlé ni de mes roses ni de mes tubéreuses. Alors, de fil en aiguille, et d'épine en pétale, on n'est pas arrivés bien loin.

– Ça vous dérangerait de garder ça pour vous, un moment ?

– Pourquoi, c'est la guerre des polices ?

– Plutôt la guéguerre. Mais ça reste bon enfant.

– Avec vous, sûrement. Alors tope-la ! Je ne leur dirai rien.

Lola le remercia puis retrouva Ingrid concentrée sur les tracts. L'Américaine expliqua que les artistes s'opposaient à une opération immobilière d'envergure. Un promoteur lorgnait l'intégralité du pâté d'immeubles, et son jardin central, pour une réhabilitation de luxe. L'opération « Tolbiac-Prestige », qui devait réunir le couvent datant du XVIIIe siècle et les ateliers de mécanique, n'était pas qu'un vague projet. L'Ordre dont dépendaient les religieuses de la Miséricorde était sur le point de vendre ses locaux à la société Baticap.

De son côté, Lola raconta son entretien avec Romain le jardinier.

– Une mère française ! s'exclama Ingrid. *What the fuck !*

– Pour l'instant, on est seules à le savoir. Ne perdons pas cette longueur d'avance.

Lola appela les Renseignements. Le préposé lui apprit qu'il n'y avait que deux Arceneaux dans le 13e arrondissement et qu'ils étaient sur liste rouge. Elle téléphona au lieutenant Barthélemy pour lui demander d'interroger ses contacts chez France Télécom ainsi qu'à la sécurité sociale et d'étudier les infractions routières au sujet d'une certaine Mme Arceneaux, mère d'un Brad – voire d'un Bradford – du même nom, domiciliée dans le 13e, et peut-être bien dans le périmètre Tolbiac-Corvisart.

Lola proposa à Ingrid de rendre visite aux sœurs de la Miséricorde. Elles remontèrent la rue de Tolbiac et trouvèrent vite l'entrée du couvent. La religieuse de la réception examina Sigmund et Ingrid d'un air inquiet, mais la prestance de Lola eut tôt fait de la convaincre d'appeler sœur Marguerite. Ingrid expliqua à Sigmund qu'il fallait patienter dans le hall.

– Ce chien fait tout ce que mon amie lui demande, déclara Lola à la religieuse dubitative. Si, si, vous allez voir. C'est surprenant.

– Mais nous n'avons aucun crochet pour l'attacher. Vous êtes sûre que…

– Sûre qu'il sera sage, oui. Et puis vous connaissez sans doute la citation de Willemetz, ma sœur ?

– Hélas non, madame.

– *Ne laissez pas votre chien en laisse si vous voulez qu'il vous soit attaché.*

– Non, je ne la connaissais pas, mais vous êtes vraiment sûre que…

– Et celle-là, elle nous vient droit de Perse : *Une main douce conduit l'éléphant avec un cheveu.* Je suis sûre que vous avez les mains douces, ma sœur.

Lola obtint enfin un sourire. On se lança alors dans une conversation badine mais sympathique à propos des animaux de tout poil. Elle fut interrompue par l'arrivée d'une autre nonne. Les deux amies la suivirent dans un labyrinthe où cohabitaient des odeurs de chou et d'encaustique, et se succédaient des portraits de religieux : cardinaux aux visages sévères posant dans des décors cossus, missionnaires évangélisant des contrées chaudes et lointaines, nonnes extatiques. La série se terminait sur trois tableaux intrus, ceux d'un gentilhomme en habit civil et chamarré, au teint rose et à l'œil pétillant, à la chevelure blonde et rebelle domestiquée par un catogan. Au bout d'un couloir, une religieuse à l'air sévère et qui ne devait pas afficher moins de soixante-dix printemps attendait. Son dos était voûté, ses mains déformées par l'arthrite, mais son regard avait la dureté de l'acier. Lola renonça à faire fuser de la citation ou à présenter sa carte périmée, et expliqua sa requête.

La mère supérieure leur fit signe d'entrer. Lola remarqua une splendide bibliothèque d'ouvrages anciens. Au-dessus d'une cheminée dans laquelle on aurait pu faire rôtir un bœuf avec ses cornes, elle reconnut le gentilhomme souriant. Le portrait le montrait en pied, posant à côté d'une table garnie de feuillages et de fruits exotiques. En arrière-fond, un équipage aidé par des porteurs chargeait une caravelle. Lola dépassa un voltaire sur lequel on avait abandonné un plaid et un livre recouvert de papier kraft. Pascal ou saint Augustin, pronostiqua-t-elle tandis que sœur Marguerite s'installait derrière un secrétaire qu'elle avait dû dénicher chez un antiquaire de première classe. La religieuse désigna deux fauteuils et attendit que ses visiteuses soient installées avant d'enchaîner d'un ton sec.

– Que vous soyez liées à ce Morin-Arceneaux ne justifie pas que vous enquêtiez de votre propre chef.

– Je suis une ancienne commissaire de police, dit tranquillement Lola.

– Et quand bien même !

– Quand j'étais jeune, deux hommes ont voulu me violer, lâcha Ingrid. Et si Brad n'était pas venu à ma secourade, je ne serais pas là à vous ennuyer dans votre beau bureau et vos grandes responsabilités. Il faut nous aider, ma mère très supérieure ! Brad est un homme au cœur au moins aussi gros que votre confrérie et on est très inquiètes pour lui.

Le siège de Lola était trop éloigné de celui d'Ingrid pour ajuster un coup efficace dans les chevilles, aussi se contenta-t-elle de la fusiller du regard. Mais l'Américaine était lâchée dans les grandes prairies du sentiment et il était impossible de la rattraper. Lola réussit à capter un changement subtil dans la physionomie de la religieuse. La mère supérieure n'était plus seulement agacée, elle était en complet désaccord avec Ingrid.

– Vous ne croyez pas mon amie quand elle vous affirme que Brad l'a sauvée ? demanda Lola.

– Je vous demande pardon ! lâcha la religieuse offusquée.

– Vous devriez pourtant respecter les partisans de la franchise. C'est une valeur trop dévaluée de nos jours.

– Oh, mais justement, madame, je place la franchise au plus haut point. Et je suis au regret de vous apprendre que votre ami en était dépourvu.

– Comment ça ?

– Eh bien, si vous voulez le savoir, cet homme est un voyeur ! Il a profité de la naïveté de Romain pour s'introduire dans notre jardin et observer sans vergogne Lou Necker depuis son perchoir.

– Quel perchoir ?

– En taillant nos châtaigniers, il lorgnait cette jeune fille.

– Vous l'avez vu ?

– Comme je vous vois, et depuis ce bureau.

La mère supérieure se leva avec une énergie colérique pour écarter de lourdes tentures. Lola suivit le mouvement et découvrit une vue plongeante sur deux châtaigniers taillés à la perfection, et sur les ateliers d'artistes. Un jeune homme accoudé à une fenêtre fumait une cigarette, un photographe faisait prendre la pose à une fille hilare qui avait dû forcer sur quelque substance illicite, un rap solide s'échappait des baies vitrées. Un décalage certain existait entre la communauté religieuse et celle des artistes.

Le téléphone interrompit les pensées de Lola. Sœur Marguerite se lança dans une conversation animée à propos d'un problème d'économat. Lola jeta un coup d'œil à Ingrid. L'Américaine était crispée et dévisageait la religieuse. Lola lui murmura de garder son calme, puis alla étudier la bibliothèque et repéra nombre d'ouvrages anciens consacrés à la botanique. Elle s'approcha du tableau, lut une plaque de cuivre : *Louis-Guillaume Giblet de Montfaury, 1745-1794*. Dans ce grand bureau austère, le fauteuil cosy, la cheminée et le sourire du pimpant gentilhomme évoquaient un îlot de joie de vivre. Elle ne résista pas à l'envie de saisir le livre, ne put réfréner un sourire en découvrant son titre. Elle entendit sœur Marguerite terminer sa conversation.

– Mesdames, il me faut écourter notre entretien. Mes obligations m'appellent.

– Nous en sommes bien conscientes, ma mère, et nous vous remercions d'avoir accepté de nous recevoir, dit Lola d'un ton neutre en suivant Ingrid et son air buté.

La religieuse qui les avait accompagnées attendait derrière la porte. Elles se laissèrent mener vers la sortie, mais Lola profita de la géographie dédaléenne du couloir pour la questionner au sujet du gentilhomme. Elle apprit qu'il s'agissait d'un grand botaniste, un scientifique doublé d'un aventurier qui avait permis l'introduction en Europe de nombreuses et précieuses espèces végétales.

– Ces bâtiments lui appartenaient, précisa la religieuse. Il y avait installé ses appartements, son laboratoire, et même son commerce d'épices. Et le jardin et la serre sont de sa main. Enfin, du moins ce qu'il en reste.

– C'est pourtant une petite merveille d'exubérance.

– Au moment de sa création, le jardin de Louis-Guillaume Giblet de Montfaury avait quatre fois cette taille.

– Pourquoi voit-on son portrait partout ?

– Il est l'ancêtre de sœur Marguerite.

– Les bâtiments du couvent appartiennent à votre mère supérieure ?

– Plus maintenant. À la mort de ses parents, sœur Marguerite en a fait don à notre Ordre.

– Pourquoi l'ordre vend-il, aujourd'hui ?

– Je l'ignore, madame. Les décisions relèvent des hautes sphères.

Lola ne réussit pas à savoir en quoi consistaient ces entités suspendues ; le pas d'Ingrid était trop énergique. Une fois dans la rue, l'Américaine libéra sa colère sous l'œil inquiet de Sigmund et celui, placide, de Lola.

– Supérieure ! Supérieure ! Elle n'a rien de supérieur, cette mère Marguerite. Et elle est imbuvable. Et cette fois-ci, ne corrige pas mon français !

– Ah, mais tu as tout bon. Enfin, sauf « secourade », bien sûr.

– Je dirai « secourade » si ça me plaît ! C'est un mot magnifique !

– Admettons. Mais je mettrais un bémol à ton analyse psychologique de sœur Marguerite.

– Sister Margarita n'est pas plus consommable qu'un jus de chou.

– Tu exagères.

– Les couloirs empestaient. Ce n'est pas humain comme ambiance.

– Il y avait aussi un remugle d'encaustique. À quantité égale. Et puis sœur Marguerite se relaxait en douce avec le *Da Vinci Code*. Et elle n'a pas pu résister à l'envie de décorer son austère congrégation de portraits joyeux de son séduisant ancêtre. Vois-tu, les gens ne sont jamais aussi monolithiques qu'on les imagine.

– Un monolithe, c'est quoi ?

– Une sorte de menhir.

– Ah, mais si ! Cette sœur supérieure, c'est un menhir de la pire espèce. *Da Vinci Code* ou pas.

– L'essentiel est de progresser. Même si le sentier de la Vérité est bordé d'épines.

– Brad, un voyeur ! *What a fucking story !*

– Allons voir les artistes. Ça nous rafraîchira les idées.

8

– Moi, je vais vous raconter une histoire très différente, déclara Alberta en donnant un dernier coup de baguette sur sa caisse claire.

Ingrid, Lola et Sigmund venaient de faire connaissance avec la percussionniste et batteuse des Vampirellas, le groupe de Lou Necker, et l'écoutaient réagir aux propos de sœur Marguerite.

– D'abord, il faut savoir qu'elle ne peut pas nous sentir. Elle déteste notre style, notre mode de vie et, par-dessus tout, notre musique.

Alberta avait les cheveux rouge vif, portait un tee-shirt habité par des héroïnes de manga, une minijupe en cuir noir, un collant à résilles troué et des Doc Martens mauves. Son maquillage lui faisait un visage de craie et des yeux de céramique brillante, sa bouche et son nez étaient décorés de piercings. Il était clair que la congrégation de la Miséricorde et la tribu des Vampirellas ne partageaient ni le même code vestimentaire, ni les mêmes valeurs.

– Bernard était juché sur son châtaignier, une corde autour du ventre, une tronçonneuse en main, et il matait chez nous. D'accord. Mais n'importe qui aurait fait la même chose. Je n'aurais pas été étonnée de découvrir quinze bonshommes nichés dans l'arbre, les oreilles déployées à la Dumbo.

Lola et Ingrid levèrent quelques sourcils interrogatifs.

– On était en train de répéter, fenêtres grandes ouvertes. Un morceau dingue que Lou avait écrit sous le coup d'une inspiration de folie. Ses doigts volaient sur sa Gibson, elle était en transe, sa voix plus perçante que jamais. Moi, je me défonçais à la batterie et Carmen pilonnait à la basse. On était…

Alberta venait de s'interrompre et regardait un point dans le vide. Elle s'effondra sur l'un des matelas posés à même le sol de ciment et éclata en sanglots. Ingrid s'agenouilla près d'elle et la prit dans ses bras. La rockeuse se laissa faire et pleura tout son saoul. Lola s'avança vers la fenêtre et imagina un gros homme en salopette de jardinier, perché sur une branche et savourant le concert de sa vie. Elle perçut un mouvement derrière une fenêtre. Celle du bureau de sœur Marguerite.

Alberta s'était déjà calmée. Ingrid lui avait donné des mouchoirs en papier et proposé des chewing-gums qui traînaient dans sa poche. La rockeuse avait accepté avec une expression reconnaissante.

– Et c'est comme ça que Lou et Bernard sont devenus copains, continua-t-elle en reniflant. Les gens sympas aimaient Lou. C'était la personne la plus tolérante et créative que j'aie connue. Tout l'inspirait. Même le chant lancinant des bonnes sœurs.

– Ça lancine, une bonne sœur ? demanda Ingrid.

– Toi, décidément, tu me plais. Tu ne serais pas musicienne ?

– Non, masseuse. Et danseuse.

– Je l'aurais parié ! Quel genre de danse ?

– Du strip-tease. Au *Calypso*, à Pigalle.

– On adore aller voir du strip avec ma copine. Ne me dis pas que tu es Gabriella Tiger, la Flamboyante !

– *Yes, it's me, dear !*

– Excuse-moi, j'ai failli ne pas te reconnaître avec tes fringues. Et sans ta mer de cheveux roux.

Lola ne put s'empêcher de lever les yeux au ciel. C'était bien la première fois que quelqu'un était d'accord avec Ingrid pour qualifier ses effeuillages de danse artistique. Elle laissa les deux filles jacasser encore un peu avant de s'interposer.

– J'aimerais comprendre pourquoi on a retrouvé Lou à Montsouris.

– Parce qu'elle y allait très souvent, répondit Alberta. Elle faisait du tai-chi.

– Cette gymnastique se pratique en groupe, en général.

– Lou n'aimait pas les groupes, à part le nôtre, bien sûr. Elle s'isolait dans la verdure. Et tôt le matin.

– À l'ouverture ?

– Avant l'ouverture.

– Comment ça ?

– Elle sautait les grilles et allait se réfugier dans son coin buissonneux. Histoire d'avoir la paix pour ses chinoiseries. Et pour composer dans sa tête. Nos meilleurs morceaux lui sont venus dans le parc, au petit matin. Tu ne me crois pas ?

Lola se contenta d'une grimace.

– Je sais ce que tu penses ! Mais c'est pas parce qu'on joue du rock et qu'on est des Goths qu'on est des poivrotes. Ou des défoncées, et qu'on ne vit que la nuit. Lou était du matin.

– Ne nous énervons pas. Lou était du matin. Très bien.

– Je ne m'énerve pas. J'explique. Tu comprends, le squat c'est vibrant, mais un peu trop. Il y a toujours du monde, du bruit. Et puis sœur Marguerite nous interdit l'accès au jardin. Elle nous voit comme des sauvages incapables de respecter la beauté. C'est un comble. Si elle avait laissé Lou faire son tai-chi dans le jardin du couvent, rien ne serait arrivé. Mais non, le paradis, c'est pas pour les vivants. On est tous ici pour en baver. Tu vois la mentalité ?

– Lou était investie dans la défense des ateliers ?

– Et comment ! C'était même elle qui avait eu l'idée du CAJ.

– Le Centre artistique Jarmond ?

– Quand tu veux, tu suis sans problème. Ça fait plaisir. Et donc, tu comprends que celle qui voulait sauver le jardin des griffes des promoteurs, c'était Lou. Pas la mère supérieure.

Elles furent interrompues par des cris et une cavalcade. Alberta ne réagit pas. Sigmund se redressa. Lola crut entendre un bruit de ferraille et des couinements suraigus. Rien ne se passa pendant une longue minute puis une fille furibarde aux cheveux de gitane déboula dans l'atelier, un mince bâton à la main. Lola recula d'un pas, elle venait de comprendre qu'il s'agissait d'une canne-épée. Sigmund tendit le museau dans sa direction et se rapprocha d'Ingrid dans une attitude protectrice. La bretteuse était au moins aussi grande que l'Américaine, mais affichait une vingtaine de kilos de muscles en supplément. Elle était vêtue d'une redingote qu'on aurait dite volée à un cocher de l'époque de Louis-Guillaume Giblet de Montfaury, d'un pantalon lie-de-vin qui la boudinait et d'une paire de cuissardes en vinyle.

– J'en ai tué deux ! jappa-t-elle d'un ton victorieux.

Elle repéra le paquet de mouchoirs d'Ingrid et en extirpa un pour essuyer sa lame. Après quoi elle la rangea dans la canne qu'elle laissa tomber dans un coin. Et elle s'affala sur le matelas d'où elle étudia les deux visiteuses et le dalmatien.

– C'est Carmen, expliqua Alberta. Notre bassiste.

– Oui, et je viens d'en tuer deux, répéta la nouvelle venue. Deux !

– Ils étaient gros ? demanda Alberta.

– Pour des rongeurs, assez. Pour des rats, pas tant que ça.

– *Rats ! Please, no !* glapit Ingrid.

La bassiste la dévisagea d'un air moqueur avant de s'en désintéresser. Elle récupéra un *Métro* qui traînait sur le matelas et se plongea dans sa lecture. Lola secoua Ingrid pour qu'elle reprenne ses esprits. La plupart du temps, l'Américaine était courageuse comme un pirate fou mais la saleté et les miasmes avaient toujours eu un fort impact sur ses nerfs.

– Eh oui, depuis que Baticap s'intéresse aux ateliers de mécanique Jarmond, on trouve des rats et des seringues usagées un peu partout, dit Alberta. Comme par hasard.

– Vous voulez dire que le promoteur de Tolbiac-Prestige utilise des méthodes dissuasives pour vous inciter à quitter les lieux ?

– Tu as parfaitement entendu ma copine, madame, intervint Carmen. Mais nous on ne se sent pas trop dissuadées. Hein, Alberta ?

– Pas trop, non.

– Et Lou, c'était pareil ? continua Lola.

– Pire. Parce que Lou savait y faire. Elle avait ses entrées chez le vieux.

– Quel vieux ?

– Gervais Jarmond, le propriétaire des ateliers de mécanique. C'est un ancêtre, mais il aime bien la jeunesse. Et les arts.

– Lou a toujours su lui causer, précisa Carmen.

– Quand on a commencé à squatter ici, le vieux est venu pour nous vider, reprit Alberta. Lou ne s'est pas dégonflée, elle l'a entrepris. Elle lui a fait visiter nos ateliers. Elle lui a expliqué la valeur de notre travail et lui a demandé de nous prêter les locaux jusqu'à ce que le bâtiment soit revendu. Elle lui a promis qu'il n'y aurait ni désordre ni problème de dope. Elle lui a expliqué que ce jardin, c'était à classer dans le patrimoine de l'humanité. Et pas à offrir en pâture aux pelleteuses. Le vieux a pigé, et accepté.

– Mais ensuite, Gilbert Marquet est arrivé, continua Carmen. Une plaie, ce type.

– Qui est-ce ? demanda Lola.

– Le PDG de Baticap, expliqua Alberta. Il était en relation avec les bonnes sœurs pour leur racheter leur immeuble. En voyant les ateliers, il a vite flairé le coup en or. En gros, il met trente millions d'euros sur la table pour le couvent, les ateliers et le jardin, il retape ça en appartements superclasse, il transforme le jardin en pelouse et parking, et il revend au prix fort.

– Trois ou quatre fois plus cher, ajouta Carmen.

– En revanche, s'il achète seulement le couvent et le jardin, ses appartements de luxe ont vue sur un squat d'artistes. Et le prestige baisse d'un cran. C'est bien ça ? demanda Lola.

– C'est bien ça, madame, confirma Carmen avec un soupir las.

– Mais quel intérêt aurait Gervais Jarmond à faire don de ses ateliers à une communauté d'artistes alors qu'un promoteur est prêt à lui racheter son immeuble ?

– On t'a dit que le vieux était un ancêtre ! tonna Carmen. Tu suis ou tu suis pas ?

– Tu veux dire qu'il est gâteux ?

Carmen fit une mine dégoûtée et se replongea dans sa lecture. Entre-temps, Sigmund s'était approché et lui reniflait les bottes.

– Il est déjà plein aux as, reprit Alberta. Un peu plus, un peu moins, à son âge, qu'est-ce que ça lui fait ? Alors il s'est peut-être dit qu'un projet comme le Centre artistique Jarmond serait un truc marrant à faire avant de calancher. Bon raisonnement, je trouve.

Carmen poussa un grognement exaspéré et se leva d'un bond. Sigmund fila se réfugier contre un fauteuil en ruine. Carmen ouvrit une armoire métallique cabossée d'un geste énergique. Dix chiffres étaient inscrits en gros à l'arrière de la porte.

– Le numéro du vieux, dit-elle. Va donc l'enquiquiner en direct avec tes questions.

Lola garda un visage détendu et prit note dans son calepin. Alberta les raccompagna.

– Faut excuser ma copine. On réagit chacune à notre façon. Moi, je me sens comme un vieux chiffon. Mais

Carmen est dans une rage noire. On a perdu à la fois notre meilleure amie et le pilier des Vampirellas. Je ne sais pas ce qu'on va devenir.

– Il ne faut jamais désespérer, dit Ingrid. Et puis on est là pour apprendre qui a fait cette affreuse méchanceté. Et on est nettement plus chaudes que le commandant Duguin et son sbire. Tu es en de bonnes mains !

– Nettement plus *chaleureuses*, tu veux dire ?

– Oui, si tu préfères.

Lola ne put s'empêcher de sourire. Ingrid était née pour réinventer le français et réconforter le monde entier.

– Lou avait des ennemis, à part Gilbert Marquet ? demanda-t-elle.

– Je vous dis que tout le monde l'appréciait.

– Un petit ami ?

– Elle a eu un truc avec Nora.

– Ah bon ?

– Oui, et alors ?

– Alors rien. Et qu'est-ce qui s'est passé ?

– Ça n'a pas duré, je crois. Ensuite, ça a été Jupiter.

– Une artiste ?

– Non, *un* artiste. Carmen et moi, on est gays. Mais Lou était les deux. Elle avait le droit, non ?

– Je n'y vois aucun inconvénient. Qui est ce Jupiter ?

– Jupiter Toby, c'est son nom de guerre. Il a un atelier de sculpture au rez-de-chaussée. On peut descendre le voir si vous voulez.

Elles profitèrent de la présence d'Alberta pour s'offrir une visite guidée des ateliers. Au premier étage, une brune efflanquée travaillait à un grand tableau montrant un trio de musiciennes sur fond rouge. La figure centrale au visage blafard poussait un cri. Sa guitare électrique d'un noir profond laissait échapper des flammes orangées.

– C'est Nora. Elle y travaille sans cesse. Elle dort à peine.

– Elle peint les Vampirellas ? demanda Ingrid.

– Oui, c'est un hommage à Lou.

– C'était avec cette belle guitare noire que Carmen jouait tout à l'heure, non ?

– Oui, la Gibson de Lou. Une beauté. Carmen essaie de l'apprivoiser. Manche d'ébène, accastillage noir, son d'enfer. On ne sait pas si on doit la garder en souvenir. Ou la vendre. Elle vaut un beau paquet.

Lola fit remarquer que tous les espaces n'étaient pas occupés.

– Avec ce qui est arrivé à Lou et les sales combines de Marquet, pas mal de copains sont partis, dit la musicienne avec amertume. Le CAJ était une belle idée, pourtant.

Elles passèrent devant l'atelier du photographe. C'était l'heure de la pause. L'artiste et son modèle mangeaient des sandwiches. Le modèle avait l'air calme et normal. Lola se rendit compte que cette fille n'était pas droguée mais avait suivi les directives du photographe. Elle voulut en avoir le cœur net.

– Tu me confirmes qu'il n'y a aucune histoire de défonce ? demanda-t-elle à Alberta. C'est important, tu comprends. Et puis, je ne suis plus flic, tu peux y aller…

– On avait un projet. On était là pour bosser. Et on avait des règles. Des règles strictes : respect, et pas de dope.

Lola lui trouvait les accents de la sincérité. Elle décida de la croire. Elles découvrirent l'atelier de Jupiter Toby à moitié vide. Trois grandes caisses en bois attendaient de toute évidence qu'on vienne les récupérer. Lola vit arriver Nora, elle semblait en colère et fila droit sur Alberta.

– Jupiter s'est cassé en douce, t'as noté ?

– Difficile de ne pas s'en rendre compte.

– J'ai appris qu'il s'était trouvé un atelier. Il n'a pas voulu dire où. Mais j'ai demandé aux déménageurs. Figure-toi qu'il est recasé à Montrouge. Dans une ancienne fabrique de carrelages. Une usine pour lui seul, tu vois le genre ? Je l'avais entendu s'engueuler avec Lou, je comprends pourquoi. Quel salaud !

– Vous avez assisté à leur dispute ? demanda Lola.

Nora la toisa d'un air soupçonneux puis interrogea Alberta du regard. La musicienne la rassura.

– J'ai eu la version de Lou, reprit Nora. Elle reprochait à Jupiter d'être un lâcheur. Je ne l'aime pas, mais j'admets qu'il a du talent. Lou pensait que sans lui, le CAJ aurait moins d'envergure. D'ailleurs, elle avait profité de son amitié avec sœur Marguerite pour essayer de la convaincre de ne pas vendre.

– Le sculpteur et la mère supérieure étaient amis ? demanda Lola.

– Jupiter sait y faire avec les gens, répondit Nora. L'éboueur, le pape, le mécène et la concierge. Il se trouve qu'il ressemble vaguement au botaniste, l'ancêtre de sœur Marguerite.

– Montfaury ?

– C'est ça. Il faut dire que Jupiter a réalisé pas mal de sculptures végétales ou à partir de poudres d'épices colorées. La bibliothèque du couvent regorge de vieux bouquins sur les plantes. Ça fascinait Jupiter. Tout comme le jardin. Il y a des espèces rares, qui viennent de pays lointains. Jupiter a d'ailleurs copiné avec Bolodino.

– Qui est-ce ?

– Un écrivain qui a gagné le gros lot. Il vivait ici dans le temps. Jusqu'au jour où il a eu l'idée d'écrire un livre sur Louis-Guillaume. Ça s'appelle *Le Seigneur des épices*, et ça fait un tabac. Lou y est pour quelque chose.

– Comment ça ?

– N'importe quelle pub pour le CAJ était la bienvenue. Elle a tout fait pour soutenir Bolodino. Elle a demandé à Jupiter d'intercéder auprès de sœur Marguerite pour obtenir des documents historiques. Il a refusé. Alors Lou s'est débrouillée pour les dénicher seule.

– De quelle façon ?

– Je n'en ai aucune idée. Mais ce que je sais, c'est qu'elle a mis le paquet. *Le Seigneur des épices* n'aurait pas été un succès sans elle. Ça a failli être une biographie banale. C'est devenu un roman flamboyant.

– Jupiter a quitté le centre à cause de sa mésentente avec Lou ?

– Je ne crois pas. Je mise plutôt sur le syndrome Bolodino. Les ateliers Jarmond, c'était bon pour les vaches maigres. Maintenant que sa cote grimpe, Jupiter voit plus grand.

– Il aurait au moins pu nous dire au revoir, dit Alberta.

– Tu rêves, ma pauvre fille ! lâcha Nora en repartant d'où elle était venue.

Lola consulta sa montre ; elle avait rendez-vous avec un de ses vieux indicateurs. Il ne fallait pas qu'elle le rate : il devait la briefer sur la nouvelle génération de fabricants de faux papiers. Les faussaires de jadis semblaient tous à la retraite.

– Si je veux retrouver le type qui a confectionné sa carte d'identité à Brad, il faut que je réactualise mes connexions, expliqua-t-elle. Tu m'accompagnes ?

– Si ça ne t'ennuie pas, je vais rester encore un peu ici, dit Ingrid.

– Comme tu voudras.

Elle se doutait bien qu'Ingrid avait quelques projets épiques sur le feu. Réconforter Alberta, apprivoiser Carmen, soupeser l'étendue du rêve perdu du Centre artistique Jarmond, et s'imaginer dans la peau de Brad Arceneaux, niché dans un châtaignier centenaire à étudier la technique de chant d'une rockeuse en transe, ou arpentant les ateliers, saluant ses nouveaux amis, commentant leurs dernières œuvres. Et puis, à force, je déteins sur Ingrid, se dit-elle. Elle croit à la colère de Carmen et à la tristesse d'Alberta. Mais elle a du mal à imaginer que l'amitié d'une Goth de Bobillot-Tolbiac et d'un jardinier de La Nouvelle-Orléans ait poussé comme fruit sur arbre.

9

– Bonjour, je voudrais *Le Code avachi*, s'il vous plaît.

– Pardon ?

– Le livre américain plein de suspens, qui explique enfin tous les secrets du Vatican…

Frédéric Ancelin sourit à la jeune fille et extirpa un exemplaire d'une pile. Il lui donna son livre emballé et son ticket de caisse sous l'œil amusé de Lola. La jeune cliente sortit de la librairie l'air enchanté.

– La dernière fois, on m'a demandé *Le Digicode*, dit le libraire. Entre *Les Foutreries d'Escarpin*, et je ne sais plus quel ouvrage des « Éditions Latex ».

– C'est joli, répliqua Lola.

– Joli, je ne sais pas. Divertissant, sûrement. Et de ton côté, que cherches-tu ?

– *Le Seigneur des épices*, d'un certain Bolodino.

– Je vais voir s'il m'en reste. J'en ai vendu tellement.

Frédéric Ancelin réussit à retrouver un exemplaire.

– C'est bien ? demanda Lola.

– C'est un texte hybride entre roman et document, prenant et bien écrit. C'est l'histoire d'un homme qui conquiert un monde mais perd la femme aimée. Et puis, le bouquin a suscité un scandale. Qui a dopé les ventes. Il s'en est vendu plus de cent cinquante mille exemplaires, je crois.

Ancelin expliqua que Daniel Bolodino avait été accusé par la famille Giblet de Montfaury d'avoir « sali leur nom » en inventant une personnalité machiavélique au gentilhomme botaniste. Un procès avait été intenté. L'affaire avait été médiatisée, attisant une fois de plus l'éternel débat sur l'utilisation de la réalité dans la fiction. Mais Daniel Bolodino s'en était tiré finement, grâce à un célèbre agent littéraire qui lui avait apporté le soutien d'un brillant avocat et lui avait permis de signer la vente des droits cinématographiques de son roman à un producteur américain.

Lola sortit de la librairie avec son achat sous le bras. Elle éprouvait une envie folle de rentrer chez elle et de s'y plonger en compagnie d'un porto de cinquante ans d'âge, mais son rendez-vous avec son indicateur rendait le projet impossible. Certains soirs, le devoir primait sur le plaisir. Elle décida tout de même de s'offrir une courte récréation. Elle entra dans le café attenant à la librairie, commanda un thé à la vanille pour se mettre dans l'ambiance et commença sa lecture du *Seigneur des épices*.

Chaque homme porte en lui un jardin idéal. Celui de Louis-Guillaume Giblet de Montfaury alliait délicatesse et luxuriance, émotions passées et émois futurs, fraîcheur et noirceur. Généreux et secret, lumineux et ténébreux, mêlant les parfums des souvenirs d'enfance aux effluves de mondes lointains et inconnus, ce jardin des délices puiserait ses racines dans les voyages d'un jeune botaniste qui mettrait des années à le rêver, et une vie entière à le faire surgir de la douce terre de France.

Les premières herborisations de Louis-Guillaume sur le continent africain allaient le marquer à jamais. L'adolescent mentionne sa découverte « de sombres écorces plissées comme peaux d'éléphants, de sèves évoquant d'épaisses liqueurs ». Botaniste aussi brillant que précoce, il embarque à quatorze ans pour l'Afrique avec son oncle maternel, capitaine de vaisseau. Il ne sait pas encore qu'il en rapportera plus de deux cents plantes vivantes, fournissant ainsi la première description illustrée du baobab. Scientifique dans l'âme, il reste un poète, troublé « par ces chambres mortuaires, creusées dans le tronc fabuleux de celui que les marchands d'onguents et de potions désignent avec respect du terme égyptien de bu hobab. *Au cœur du pays que borde le fleuve Niger, les villageois suspendent, dans le ventre de ces géants, les cadavres de leurs musiciens ambulants. Mi-poètes mi-guérisseurs, suscitant autant de crainte que d'admiration, les griots voient ainsi leurs corps se momifier lentement dans ces nécropoles naturelles, avec pour seule compagnie les esprits malins qui y séjournent depuis des siècles… »*

*

Ingrid remontait la rue de Tolbiac les bras chargés de victuailles. Elle avait fait ses achats chez l'épicier de la rue du Moulinet et reprenait la direction du squat. Elle repéra trois voitures garées le long de la rue, occupées par des jeunes hommes en attente. Ingrid remarqua leurs vêtements sombres, leur immobilité. Et personne n'avait eu l'idée de mettre de la musique pour tuer le temps. Elle se sentait incapable d'attendre dans une voiture sans musique. L'allure de statues des jeunes gens l'incita à mémoriser le numéro d'immatriculation de la voiture de tête.

Elle composa le code du porche que lui avait communiqué Alberta. La plupart des artistes travaillaient, mais un groupe de graphistes mangeait des pâtes autour d'une table de camping. Le photographe et sa muse avaient fermé leur porte en l'équipant d'un panneau « Ne pas déranger » visiblement dérobé dans un hôtel. Délaissant ses pinceaux, Nora étudiait sa toile de loin. Sous les lueurs du jour déclinant, les silhouettes des Vampirellas prenaient une allure poignante.

Allongée sur un matelas, Alberta fixait une portion de ciel violet. Les volets clos du couvent étaient striés de quelques rais lumineux, notamment ceux du bureau de sœur Marguerite. Ingrid pensa avec amertume que Brad avait réussi à s'en faire une ennemie en bien peu de temps.

Carmen terminait un solo sur une guitare noire. Un morceau mélancolique, et beau. Ingrid resta immobile pour l'écouter puis déposa ses victuailles sur une caisse en bois entourée de vénérables poufs en cuir. Elle avait acheté de quoi confectionner des sandwiches, des fruits, de l'eau et une bouteille de vin. Carmen posa sa guitare avec précaution sur son socle et alla ouvrir l'armoire métallique. Sans un mot, elle en sortit de la vaisselle et un tire-bouchon. Elle remplit trois verres et en tendit un à Ingrid.

– Merci pour la bouffe et merci pour le vin.

– De rien.

– Alors comme ça, t'es une amie de Brad Machin-chose alias Morin ?

– Brad Arceneaux.

– Un Ricain, il paraît. Toi aussi, non ? T'as un drôle d'accent.

Ingrid se contenta de hocher la tête. Alberta restait allongée, les yeux dans le vague.

– Dis donc, c'est une ventouse, ta copine, reprit Carmen. J'ai bien cru qu'elle ne décollerait jamais. Qu'est-ce que tu fais à traîner avec une vieille flic ?

– Lola est une ex-commissaire de police et quelqu'un de bien. La seule chose qui l'intéresse, c'est de m'aider à prouver que Brad est innocent.

– C'est pas gagné.

– *Why ?*

– Ton copain m'avait pas l'air si innocent que ça.

Ingrid reposa son verre et se força au calme.

– Moi, j'ai jamais cru à son personnage, continua Carmen.

– Qu'est-ce que tu veux dire ?

– Il tombe du ciel, file un coup de patte gratuit au vieux Romain. Et puis quoi encore ! Je l'ai vu rôder dans nos couloirs. C'était pas pour l'amour de l'art.

– Rôder ?

– Il était toujours à farfouiller. Au moins, les rats, on sait ce qu'ils cherchent. Mais Brad Machinchose, mystère. D'ailleurs, je l'ai dit aux flics. D'habitude, je ne cafte pas à cette engeance. Mais là…

– Il aidait peut-être à ranger. C'est quand même un peu le bazar ici.

– T'es plus agréable à regarder que ta grosse copine, mais pas plus rapide.

– Carmen, détends-toi un peu, intervint Alberta en se relevant.

– Je suis sûre que Brad était payé par ce salopard de Marquet pour espionner les défenseurs du CAJ.

– Gilbert Marquet, le promoteur de Tolbiac-Prestige ? reprit Ingrid. Tu l'as vu avec Brad ?

– J'ai rien vu parce que je me mêle de ce qui me regarde, et ton Brad j'allais pas lui respirer les jointures. Mais à moi, on ne la fait pas.

Alberta sortit un Opinel de sa poche et vint préparer des sandwiches au jambon sans faire de commentaires. Elle en confectionna un gros pour Carmen, un moyen pour Ingrid et un petit pour elle. On entendit une mélopée. Alberta ouvrit la baie sur le chant des religieuses.

– Il faut admettre qu'elles chantent bien, dit-elle en mordant dans son sandwich. Dans le dernier morceau composé par Lou, on retrouve cette ambiance. Je m'en rends compte maintenant…

– Composé par Lou *et* moi, intervint Carmen. Les paroles, c'était toujours Lou. Mais la musique, c'était en duo.

– Je ne vois pas quelle importance ça peut avoir maintenant, soupira Alberta.

– J'aimerais bien écouter vos chansons, dit Ingrid.

– Pour ça, il faudra attendre que je mette la main sur notre enregistrement. On avait préparé une maquette nickel pour un producteur que connaissait Lou. Je n'ai pas la moindre idée de ce qu'elle a pu en faire.

– Raison de plus pour redémarrer à zéro, lâcha Carmen d'un ton excédé. Si Lou pouvait redescendre cinq minutes de l'au-delà, elle te dirait la même chose.

Alberta se contenta de hausser les épaules. Une odeur de verdure humide avait envahi la pièce. Carmen tendit un morceau de jambon à Sigmund. Le dalmatien hésita, renifla l'alléchant cadeau puis le goba. La bassiste lui donna petit à petit le tiers de son sandwich. Après sa dégustation, Sigmund s'allongea près d'elle et posa son museau sur ses pieds bottés.

– Je ne sais pas si tu dis vrai ou pas, dit Alberta à Carmen, mais Lou aimait bien Brad. Et en matière d'êtres humains, elle était comme ce dalmatien. Elle savait reconnaître les honnêtes gens.

– Ce dalmatien ne me prend pas pour une honnête femme mais pour une poire authentique. Il me colle aux bottes parce qu'il aime mon jambon.

– *No way,* lâcha Ingrid. Sigmund a ses têtes. Et il n'aurait pas mangé le jambon d'une malhonnête femme.

– On dit « femme malhonnête » ! entonnèrent en chœur Carmen et Alberta.

– Oui, et on dit une belle femme et une jolie fille, et personne ne sait pourquoi !

– Ne te fâche pas, c'était un réflexe, tempéra Alberta en goûtant le vin avec un air appréciatif.

Elles finirent de manger en silence. Ingrid réfléchissait à ce que venait de dire Carmen ; elle admettait que les réflexions de la bassiste n'étaient pas dépourvues d'une certaine logique. Brad ne devait pas chômer, au cœur du printemps, et dans un parc aussi étendu que Montsouris. Pourquoi venait-il faire des heures supplémentaires dans le jardin de la Miséricorde ? Sûrement pas pour le chant lancinant des bonnes sœurs. Et malgré le talent incontestable des Vampirellas, certainement pas pour leur musique. Brad Arceneaux avait des goûts musicaux qui le portaient plus vers Sam Cooke et les Neville Brothers que vers le rock gothique.

10

Lola attendait son contact dans un vieux bistrot du boulevard de la Chapelle. Elle délaissait son demi, continuait de lire, oublieuse de l'atmosphère enfumée et d'une discussion politique qui s'envenimait au comptoir. Les aventures du futur seigneur des épices s'enchaînaient sur un rythme soutenu.

À son retour en France, à l'âge de dix-sept ans, Louis-Guillaume acclimate ses trouvailles africaines au Jardin du Roi, éveillant l'intérêt de Buffon, l'intendant du jardin, qui lui offre une place de botaniste. Mais le jeune homme ne tient pas en place. En 1766, il délaisse le confort d'un poste prestigieux, ainsi que l'affection de la jeune et jolie Églantine de Montségur fraîchement épousée, pour s'embarquer aux côtés de Philibert Commerson.

La frégate avait quitté Nantes depuis quatre mois déjà, mais Louis-Guillaume Giblet de Montfaury bénissait toujours sa chance. Malgré ses allures de minot et ses vingt et un ans, Philibert Commerson, botaniste renommé, l'avait choisi pour l'assister dans une mission émanant de Louis XV : réaliser la première circumnavigation française. Le chef de l'expédition n'était autre que Louis Antoine de Bougainville.

Le jeune homme s'isola dans la cabine qu'il partageait avec Commerson. Un espace modeste mais déjà encombré par des malles pleines de livres et d'instruments de botanique, zoologie et minéralogie, sans oublier une partie de l'attirail de Véron, l'astronome. Il ouvrit son carnet de voyage et reprit sa rédaction quotidienne.

« J'ai bien conscience d'être un privilégié. Parce que ces beaux messieurs du gaillard arrière ont embarqué moult pacotilles pour les vendre aux escales et en tirer du profit, ou se faire apprécier de la bonne société des Mascareignes[1]*, l'entrepont du gaillard d'avant où s'entassent les matelots est non seulement engorgé d'animaux et vivres en tous genres, de voiles et de canons de rechange, mais aussi de caisses et ballots bien inutiles et fort mal arrimés qui risquent à chaque instant de céder sous la force du roulis. Malgré ces injustices, ces abus intolérables indignes de contemporains des philosophes, nous tous qui formons la petite communauté de* La Boudeuse *sommes bien conscients d'être sur le point de vivre ensemble un moment inoubliable : le franchissement du détroit de Magellan... »*

Sentant un regard, Lola leva la tête vers un nouveau venu. Il s'agissait de ce bon vieil Oswaldo, un garçon qui n'avait en rien le style d'un gentilhomme, ignorait tout de la science botanique, mais connaissait le monde des faussaires comme sa poche. Elle soupira et glissa son marque-pages décoré de coloquintes dans le volumineux ouvrage de Daniel Bolodino.

*

1. Archipel de l'océan Indien, à l'est de Madagascar, formé principalement par la Réunion (ancienne île Bourbon) et l'île Maurice (ancienne île de France).

Sigmund leva le nez des bottes de Carmen et trottina vers la porte, nuque raide et babines frémissantes. Les trois femmes entendirent des chuchotements. Carmen bondit vers sa canne-épée. Alberta récupéra deux battes de base-ball dans l'armoire et trois casques. Les musiciennes enfilèrent chacune le leur. Ingrid ne posa pas de question, se coiffa d'un casque et saisit une batte.

Carmen s'élança dans le couloir, canne-épée en avant.

– ALERTE ! hurla-t-elle.

Ingrid suivit les Vampirellas et vit trois hommes, vêtus de noir, cagoulés, et baraqués. Et équipés eux aussi de battes de base-ball.

– *Holy shit!* C'est qui ces types ?

– Des casseurs, lâcha Alberta. Mais cette fois, on ne se laissera pas faire !

L'organe puissant de Carmen avait fait son office : le sculpteur et trois graphistes étaient sortis de leurs ateliers respectifs, harnachés eux aussi pour le Grand Tournoi.

L'un des casseurs fit un bond impressionnant et fracassa un plafonnier. Puis un autre. Il n'en restait qu'un troisième, un de ses acolytes s'en chargea. En représailles, il se prit un coup du graphiste dans les reins. Il poussa un grognement, et les corps se fondirent dans une bataille rangée.

On entendit des cris, un fracas métallique, des bris de verre. Et une femme qui hurlait d'arrêter le massacre.

– C'est au rez-de-chaussée ! glapit Carmen. Les copains ne les ont pas entendus arriver. On y va !

Ingrid suivit le mouvement. Autour d'elle, casseurs et artistes étaient engagés dans une sévère empoignade, mais les forces étaient à peu près égales. Ingrid aperçut Nora, livide et un seau métallique à la main. Elle lança son contenu vers un des assaillants. Une mer vermillon lui noya la cagoule. Il continua de guerroyer, glissa sur la peinture, tomba en jurant. Nora le frappa à coups de seau.

– Dire qu'on a installé le digicode cette semaine ! tonna Carmen. Comment ils sont rentrés, ces salopards ?

Au rez-de-chaussée, le spectacle était celui de la désolation. Deux femmes pleuraient, serrées l'une contre l'autre. Un homme passait sa rage en frappant ses poings sur une porte, criait qu'on lui avait massacré des mois de travail. Des débris d'ordinateurs, de chevalets, de mobilier broyés jonchaient le sol. Allongé à côté d'une sculpture fracassée, un jeune homme se tenait une jambe en grimaçant. Alberta se précipita pour l'aider.

– Là ! dit Carmen à Ingrid en désignant deux silhouettes vite englouties par l'obscurité.

Elles filèrent sur leurs pas, s'engouffrèrent dans un escalier, débouchèrent dans les sous-sols. Ingrid découvrit une ample cave voûtée, encombrée de vieilles machines. L'éclairage urbain filtrait à travers les soupiraux, dessinant les contours d'un marteau-pilon. Carmen désigna une ombre fugitive droit devant. Elle se jeta à sa poursuite.

– Occupe-toi de l'autre ! cria-t-elle.

Facile à dire, pensa l'Américaine en avançant dans un paysage barré de piliers métalliques et de tôles rouillées. Elle renversa une caisse de vis ou de boulons, frôla des tuyauteries humides de condensation. Elle entendit la voix de Carmen, qui lui sembla lointaine puis mourut tout à fait. Elle demeura immobile, perçut un clapotis, sans doute des gouttes qui s'échappaient de canalisations en bout de course.

Le cri vint sur la gauche. Ingrid recula. La douleur irradia dans son bras gauche. Elle abattit sa batte, heurta une matière dure, entendit un grognement sourd. Un faisceau lumineux dansa sur les parois suintantes, se refléta dans les tôles. Ingrid vit sa batte souillée de sang. Et le visage de l'homme qui lui faisait face, une masse dégoulinante et vermillon. Elle pensa l'avoir blessé. Il leva sa batte.

– LÂCHE ÇA OU JE TIRE ! cria une voix derrière le faisceau de la torche.

Le type hésita. La détonation éclata dans un zigzag lumineux et fit exploser la batte. Il tomba à genoux, mains derrière la nuque.

– C'est déjà mieux, reprit la voix.

– Ingrid entendit le déclic caractéristique des menottes. Elle reconnut Sacha Duguin. Sa chemise blanche barrée par un holster beige était maculée de sang. Elle s'inquiéta puis comprit qui était l'homme capturé : celui qui avait eu maille à partir avec Nora.

– Qu'est-ce que c'est que cette saloperie ? marmonna Duguin en passant sa main sur sa chemise.

– Dieu merci, de la peinture, répondit Ingrid. C'est Nora qui s'est énervée…

Duguin la dévisagea puis s'adressa au casseur en rengainant son arme.

– L'entrée avec digicode est intacte. Alors tu vas me dire comment vous êtes arrivés ici, et vite.

Le gars étudia le visage de Duguin et décida de dire la vérité.

– Par le sous-sol.

– Tu me montres.

Ingrid les suivit. Ils s'enfoncèrent dans un passage étroit puis le casseur désigna le plafond, d'où provenait une lueur. Duguin tâta la paroi et découvrit une échelle de corde.

– Tu m'expliques !

– Un puits bouché. Il donne dans le jardin des bonnes sœurs. C'est par là qu'on est passés. On a juste eu à cisailler le grillage qui sépare le squat du jardin.

– Qui t'a rencardé ?

– Personne.

– De toute façon, tu vas parler. Mais ça sera devant tes copains. Alors si tu ne veux pas passer pour un mouchard…

– Je suis venu faire du repérage ici. Dans la journée, on entre comme dans un moulin. Je me faisais passer pour un amateur d'art. Mais j'étais pas le seul à fureter. Il y avait aussi un gros blond ou plutôt un gros roux. Enfin, un roux blond, quoi.

– Fais un effort.

– Un type vraiment grand et gros.

– Gros ou musclé ?

– Les deux, avec des fringues de jardinier, des bottes en plastique. Je l'ai suivi. Il a passé du temps à dégager le bazar qui bouchait l'accès et il a trouvé le passage et le puits. Et après, je sais pas pourquoi, il a tout rebouché. Mais moi je me suis dit que ça allait me servir.

– Qui te paye ?

– Momo.

– Momo ?

– Momo de Stalingrad. Mais il sous-traite.

– Il ne serait pas en affaire avec un certain Gilbert Marquet, par hasard ?

– Cuisinez-moi devant qui vous voulez, autant que vous voulez, je ne vous en dirai pas plus. Parce que Momo m'a expliqué le minimum. Moi, je fous le bordel où on me demande.

– Chouette philosophie, dit Duguin en le poussant vers la sortie.

Ingrid suivit, sa batte dégoulinante toujours à la main. Elle constata que le vermillon de Nora avait eu raison de son débardeur et de ses Pataugas. Ils se retrouvèrent dans le couloir du rez-de-chaussée. Le lieutenant Nicolet et deux agents en uniforme accoururent.

– Patron, vous êtes blessé !

– Penses-tu, c'est de la peinture. Tu m'embarques le guerrier ninja, et tu appelles nos collègues du 19e. C'est un certain Momo de Stalingrad qui parraine ces messieurs.

– Compris. Et elle ? demanda Nicolet en désignant Ingrid.

– Elle, je m'en occupe, dit Duguin d'un ton sec.

– Je lui prends sa batte, on ne sait jamais.

Ingrid se laissa désarmer.

– Ça ne vous arrive jamais de parler aux gens autrement que s'ils n'étaient pas là ? demanda-t-elle.

– Il y a des jours où on aimerait que les gens ne soient pas là, répondit Duguin. Mais, malheureusement, les gens sont toujours là. À faire des bizarreries. Comme de défoncer des ninjas d'opérette à la batte de base-ball, par exemple. Au fait, d'où sortez-vous ces casques et ces battes ?

– Aucune idée.

– Moi, je sais, dit Nicolet. Un des squatters m'a avoué qu'ils les avaient piqués dans les vestiaires du stade Georges-Carpentier.

– Intéressant. C'était pour une performance artistique ?

– Pour se protéger des casseurs. C'est la deuxième attaque en dix jours.

– La légitime défense érigée au rang des beaux-arts, soupira Duguin. Raffiné.

Nicolet s'en alla, suivi par les deux hommes en uniforme encadrant le casseur. Au loin, assaillants et artistes se faisaient embarquer dans le désordre.

– À nous, dit Duguin en se tournant vers Ingrid.

– Bien sûr, vous allez me demander ce que je fais là.

– Et plutôt deux fois qu'une.

– Je questionnais les Vampirellas. Au sujet de Brad.

– Vous avez l'intention de faire mon boulot à ma place. C'est ça, l'idée ?

– Non.

– Non ?

– Je commence à me dire que vous le faites bien. Je vous ai entendu citer le promoteur Marquet. Moi aussi, je pense que c'est lui qui a payé ces types pour venir semer le terrorisme ici.

Ils se fixèrent un instant. Elle remarqua que ses yeux étaient si sombres que l'iris se confondait avec la pupille.

– Et vous, qui vous a prévenu ? reprit-elle.

– Sœur Marguerite. Elle en a assez de cette agitation.

– Je la comprends, dans le fond.

Sigmund choisit ce moment pour arriver en frétillant de la queue et lécher la main d'Ingrid. Il regarda Duguin et s'approcha pour qu'il le caresse. Le commandant lui gratta un peu la tête. Ingrid repensa à sa conversation avec Alberta et Carmen. *En matière d'êtres humains, Lou était comme ce dalmatien. Elle savait reconnaître les honnêtes gens.*

– D'où sort-il, celui-là ?

– C'est le chien d'un ami. Il me le confie quand il a à faire.

– Et votre petit ami sait que vous emmenez son dalmatien dans des endroits peu recommandables ?

– Ce n'est pas mon petit ami, mais un grand ami.

– Bien, parfait.

– 118 AZD 75.

– Pardon ?

– C'est le numéro d'immatriculation d'une voiture des casseurs. Ça vous aidera peut-être à retrouver Nono de Stalingrad.

– *Momo* de Stalingrad. Vous êtes bien aimable.

– Momo, si vous voulez. À votre service. Bon, qu'est-ce qu'on fait maintenant ?

Il écarquilla les yeux, la bouche entrouverte. Mais ça ne dura pas.

– *Qu'est-ce qu'on fait maintenant ?!* On va danser en boîte, bien sûr !

– Danser ?

– Vous rentrez chez vous. Et je ne veux plus vous voir le nez dans mon enquête. Je me fais bien comprendre ?

– En attendant, c'est le vôtre qui a un problème, dit-elle en sortant un mouchoir en papier de sa poche.

Il leva un sourcil un tantinet agacé. Elle essuya une trace rouge qui lui barrait le nez à la façon d'une peinture de guerre indienne.

– Ça ne part pas. Il faudra du white-spirit.

Elle jeta le mouchoir par-dessus son épaule, sourit et s'en alla avec son dalmatien. Il la regarda s'éloigner un peu plus longtemps que nécessaire.

*

Rue Corvisart, il trouva son appartement plongé dans le silence. Il se déshabilla dans la cuisine, fourra sa chemise et son jean dans un sac en plastique dont il noua les liens avant de le mettre à la poubelle. Il ne voulait pas que sa femme s'effraie en découvrant des vêtements en apparence ensanglantés. Il alla prendre une douche, s'attarda sous l'eau chaude. Il inspecta son visage dans le miroir, une marque rougeâtre persistait sur son nez. Un sombre souvenir lui revint comme un boomerang qui aurait mis des années à accomplir sa révolution. Au début, il n'avait pas cru que ce sang était le sien. Sous l'effet de l'adrénaline, il n'avait pas senti la douleur. Mais le défoncé au crack qui l'avait agressé au cran d'arrêt avait bien failli avoir sa peau. En attendant, il lui avait laissé un sourcil fendu et vingt points de suture sur le flanc. Il avait pensé à Béatrice. Pensé qu'il avait failli la perdre. C'était il y a deux ans. Ça lui paraissait une éternité.

Il se glissa dans le lit. Tournée vers la fenêtre, Béatrice respirait doucement. Avant de parvenir à s'endormir, Sacha Duguin revit le visage de l'Américaine prête aux pires extravagances pour aider son ami cajun. *C'est lui qui a payé ces types pour venir semer le terrorisme ici… Bon, qu'est-ce qu'on fait maintenant ?* Impayable, cette grande blonde… entre parenthèses, ses jambes étaient parfaites… même en Pataugas.

11

Il rêvait qu'il nageait dans une piscine de sang. Il ne voyait pas ses compétiteurs, mais savait qu'il était en tête. Encore quelques mètres et ce serait la victoire. Il sortit du bassin, le corps ruisselant, ses pieds nus laissaient une trace violente sur le carrelage blanc. Un jury l'attendait. Des vieux. Ils allaient lui remettre un trophée…

– Sacha, Sacha ! Lève-toi. On parle de ton affaire à la télé !

Duguin ouvrit un œil, vit Béatrice vêtue de son peignoir blanc.

– Le présentateur vient d'annoncer le reportage. Secoue-toi, chéri, voyons !

Il rejoignit sa femme à la cuisine. Le petit déjeuner était prêt, la télé marchait à plein volume. Il vit des casseurs et des artistes embarqués dans le fourgon, et Nicolet qui supervisait. L'image était bancale et mal éclairée.

– J'aurais dû m'en douter, lâcha-t-il, un riverain a dû vendre son reportage amateur à la chaîne, à moins que ce ne soit un des squatteurs.

Un journaliste en voix off se lança dans une récapitulation de l'affaire Lou Necker et expliqua que la victime vivait dans un squat d'artistes, investi la nuit précédente par l'équipe du commandant Sacha Duguin. L'affaire s'était soldée par une arrestation massive.

– Pas si mauvais que ça comme impact, commenta Béatrice. Et même bon, si tu veux mon avis. Souviens-toi de papa. Il a toujours su utiliser la presse. Et surtout la télé. C'était le roi du visage impassible et de la réplique qui tue. À chacun de trouver son style. J'ai une très bonne copine à la direction de la communication du ministère qui pourrait te donner des tuyaux pour ton image.

– On verra ça à l'occasion.

– Tu veux du café ?

– Oui, merci.

Il la regarda s'affairer, elle avait maigri.

– Tu es sûre que tu n'en fais pas un peu trop, Béatrice ? Je te trouve fatiguée.

– Tu plaisantes. On est tous sur le pont pour le déplacement du ministre en Corse.

Vous êtes tous sur le pont et moi je nage dans une piscine de sang, pensa-t-il. Puis il se ressaisit. Il la prit par la taille et lui proposa de retourner dans la chambre. Elle évoqua ses rendez-vous imminents. Il dénoua la ceinture du peignoir blanc.

*

Ingrid libéra Sigmund de sa laisse et s'installa dans la salle d'attente. Quand Antoine Léger émergea entre deux consultations, elle lui fit signe.

– Sigmund a découché. Je suis rentrée trop tard pour te le ramener. Pardonne-moi.

– Il était en de bonnes mains. Qu'est-ce qui t'arrive ? Tu as mis une robe !

La robe en question était une affaire en synthétique, sans manches, vert pomme, gansée d'une bande en plastique orange. Et Ingrid avait décidé de la porter avec des baskets rose fluo.

– Lola et moi avons rendez-vous avec un très vieux monsieur. Elle m'a conseillé un peu de féminitude.

– De *féminité* plutôt. Ça fait héroïne de science-fiction mais c'est une bonne idée.

– Antoine, tu crois qu'on peut se tromper complètement ?

– À propos d'une robe ?

– Non, à propos de quelqu'un.

Elle raconta sa rencontre avec Brad Arceneaux à La Nouvelle-Orléans et les détails de l'affaire Lou Necker. Elle termina sur l'opération Tolbiac-Prestige et les témoignages de Carmen et du casseur qui avaient vu chacun de leur côté Brad fureter dans les ateliers.

– C'est quelqu'un en qui j'ai entière confiance. Mais les uns et les autres me le dépeignent dans des couleurs que je n'aime pas.

– Tu l'as suffisamment fréquenté pour savoir qui il est, répliqua le psychanalyste. Mais il n'est peut-être pas toujours le même.

– Il pourrait avoir plusieurs personnalités ?

– Et qui cohabiteraient, en s'ignorant. Ce qui expliquerait la complète sincérité du Brad que tu connais bien. Mais des troubles de la personnalité aussi graves ne concernent qu'une infime minorité. Ou alors, ça peut être un problème de dépendance. À la drogue ou à l'alcool.

– Quelqu'un a traité Brad de poivrot, un jour. Mais moi, je ne l'avais jamais vu boire.

– Un ancien alcoolique peut replonger s'il touche de nouveau à l'alcool.

– Replonger comment ?

– Profond.

– Et oublier une partie de sa vie ?

– Le terme officiel est ictus mnésique. Mais on peut parler d'absence. Le corps fonctionne, l'esprit est dans le noir. Ça peut durer plusieurs minutes ou plusieurs jours. Une fois la crise passée, le sujet est incapable de se souvenir de ce qu'il a fait ou dit lorsqu'il était sous l'empire de l'alcool. Mais il faudrait vraiment que je voie ton ami pour établir un semblant de diagnostic.

Elle prit soudain un air résolu qui fit sourire Léger.

– Eh bien, ça me motive d'autant plus pour le retrouver.

En la raccompagnant, il remarqua l'hématome sur son bras gauche. Elle lui raconta sa mésaventure avec le casseur.

– Mais ne t'inquiète pas pour Sigmund. Il ne craignait rien.

– Ce n'est pas pour Sigmund que je m'inquiète. Mon dalmatien n'est pas enclin à se fourrer dans des situations dangereuses. Je n'en dirais pas autant de toi, Ingrid.

*

La Boudeuse *avait enfin levé l'ancre, après de longs mois d'escale dans le Río de la Plata, à espérer l'été austral. « Début décembre, nous pénétrions dans le détroit de Magellan, où nous attendait un vent violent. Ses tourbillons enlevaient la brume qui enveloppait jusque-là les côtes de la Patagonie et de la Terre de Feu. Chaque lame liquide s'engouffrait entre ces sombres terres volcaniques avec rage, et faisait se soulever tout entière la proue de la frégate, de sorte qu'on en voyait la carène. Les vergues, pourtant puissantes, furent flagellées sans pitié et gémirent comme prêtes à se rompre, et à abandonner les voiles aux cieux menaçants. Le détroit n'était plus qu'un gigantesque bouillonnement blafard, creusé de vagues d'ébène, profondes comme des cavernes infernales. Charriée par les rafales, cette écume enragée, chassée jusqu'aux pieds des montagnes, évoquait une neige sortant de la mer pour nous engloutir. Les matelots s'agitaient aux quatre points cardinaux, tout à leur labeur, certains priaient en exécutant les manœuvres criées par les officiers. Je ressentais la même peur que ces marins, et les assistais dans la mesure de mes moyens, mais mon inquiétude disparut bientôt, emportée par ma confiance dans l'équipage et par mon goût incommensurable pour l'aventure. »*

« Je réalisais que le Pacifique était à portée de voiles, malgré la furie bouillonnant dans les infinis chenaux du détroit, et sentais déjà ses parfums et la douceur de ses alizés. La promesse de la terra incognita *prenait corps. Une fois l'épreuve franchie, s'ouvrirait à nous un inconnu merveilleux, le mystère de la terre australe, celle qui jusqu'alors n'avait laissé aucun cartographe capturer ses contours. J'imaginais les courtines flottantes de ses lianes, les drapés voluptueux de sa verdure, les mille essences de ses vallons et de ses gorges qui n'attendaient qu'à être découvertes. »*

« Les éléments continuèrent de se déchaîner mais La Boudeuse *progressa. Sous le commandement de Duclos-Guyot, elle résista et poussa courageusement sa puissante carcasse de chenal en chenal, se jouant de la malice des courants et du chant funèbre des vents. Duclos-Guyot est un grand marin et un homme avisé. Il sut décider qu'une lente navigation et de fréquents arrêts feraient notre affaire. À défaut des splendeurs de la terre australe, mon maître Philibert Commerson et moi-même nous livrâmes lors de ces escales au plaisir d'herboriser sans limites. Ployant sous la charge de nos récoltes, nous explorâmes les richesses de la faune et de la flore de la Terre de Feu. »*

Lola interrompit un moment sa lecture pour lorgner la pendule de sa cuisine. En compagnie de Louis-Guillaume Giblet de Montfaury, le temps avait filé une fois de plus à l'allure vive des alizés, et l'heure du rendez-vous avec Ingrid approchait dangereusement. Elle abandonna botanistes et navigateurs aux portes du Pacifique, et se rendit presque à regret à son rendez-vous.

12

– Tu comprends, Lola, Brad a un physique d'ogre mais un cœur généreux. Et les gens sont rapides comme des flèches empoisonnées quand il s'agit de juger quelqu'un sur son apparition.

– Son *apparence*.

– Ah bon ?

– Les apparitions concernent ceux qui n'ont plus de physique, justement. Les fantômes, tu vois ?

– Je vois. Et *disparence*, ça se dit ?

– Non.

– Dommage.

Lola avait écouté l'amie américaine lui narrer ses aventures au squat puis sa discussion avec Antoine Léger. Ingrid tentait de se rassurer, voulait croire à l'innocence de son ami et compatriote. Ces témoignages évoquant Brad Arceneaux furetant des couloirs à la cave ne disaient rien de bon à Lola. *Un physique d'ogre mais un cœur généreux.* Si généreux que ça ? Et pas ogre pour deux sous ? Mais Lola savait que ce n'était pas encore le moment d'aborder le problème de front. L'Américaine pratiquait le culte de l'amitié. C'était tout à son honneur, mais sa fraîcheur et sa spontanéité, si elles étaient touchantes, avaient tendance à l'aveugler. Il lui faudrait le temps d'admettre la réalité. Elle n'était peut-être pas aussi horrible que l'envisageaient Sacha Duguin et son équipe, toutefois il fallait se méfier d'un homme abonné aux Alcooliques anonymes, et condamné dans son pays pour avoir passé ses nerfs sur la propriété d'autrui.

Gervais Jarmond habitait un immeuble cossu du boulevard Arago. Elles furent accueillies par une jeune fille en tailleur gris, flanquée d'un gamin agrippé à sa jupe.

– Qui t'es, toi ?

– Je m'appelle Lola, et je suis venue voir ton grand-père.

– Mon papy a pas le temps. Il travaille tout le temps. Et toi, qui t'es ?

– Ingrid Diesel.

– Ton nom, il est rigolo, mais j'aime pas ta robe.

– Gaspard, cesse tes impolitesses et dis bonjour à ces dames, ordonna la demoiselle d'une voix éreintée.

– Nan !

– Gaspard !

– Je veux jouer à *Total Armageddon 2* avec ton ordinateur.

La jeune fille adressa un sourire contrit à Ingrid et Lola puis leur désigna une porte entrouverte. Elle leur suggéra de s'y diriger seules, le jeune Gaspard réduisant sa mobilité. Lola la remercia et suivit son conseil.

– Tu vois, il ne faut pas désespérer, Ingrid. *Il y a des moments où l'absence d'ogres se fait cruellement sentir.*

– C'est de toi ?

– Plutôt d'Alphonse Allais.

Elles découvrirent un salon surchargé. Une harpe trônait sur son socle doré, guéridons et commodes supportaient une palanquée de soupières, pendules, bonbonnières, compotiers, tabatières. Une collection de tableaux glorifiait le corps féminin. Des scènes de travaux des champs se mêlaient aux évocations plus languides d'opulentes déesses se délassant aux abords de temples verdoyants. Au-dessus de la cheminée, une paysanne à joues roses et coiffe de dentelle se tenait sur un sentier bordant une rivière brillante ; son panier débordant de pommes était si réaliste qu'il semblait qu'en tendant la main on récupérerait un fruit goûteux. Cette abondance de chairs roses et de trésors des vergers et des sillons contrastait d'autant plus avec l'homme installé derrière un bureau en acajou : un vieillard éclairé par une lampe florale Art nouveau.

Alberta n'avait pas exagéré. Lola trouvait au propriétaire des ateliers Jarmond l'air d'une tortue centenaire perdue dans un costume beige. Ses yeux larmoyants étaient surplombés de sourcils broussailleux tranchant avec son crâne lisse ; quelques touffes rescapées rebiquaient derrière des oreilles aux lobes effondrés de bouddha. Elles s'installèrent dans des fauteuils club qui avaient dû réceptionner des milliers de derrières depuis les Années folles, et Lola remercia Gervais Jarmond de les accueillir. Elle lui rappela les raisons de leur visite.

– Je me souviens bien de notre conversation téléphonique, chère madame, dit Jarmond d'une voix éraillée mais décidée. Je vais vous raconter ce que je sais sur Lou Necker. Elle était charmante, et très volontaire pour son jeune âge. Quel affreux gâchis, n'est-ce pas ?

– En effet.

– Nous étions dans les meilleurs termes, et j'ai l'intention de la coucher dans mes Mémoires. Mais, avant tout, vous prendrez bien un porto ?

– Avec plaisir.

Gervais Jarmond appuya sur une sonnette posée sur son bureau et Mlle Amélie ne tarda pas à glisser son visage lisse et sage dans l'embrasure de la porte.

– Amélie, mon petit, soyez comme d'habitude adorable et apportez-nous le porto et quatre verres.

– Quatre, monsieur Jarmond ?

– Il y en aura un pour vous. Je connais mon Gaspard, il vous faudra bien ça pour tenir le coup jusqu'au retour de ses parents.

– Entendu, monsieur Jarmond.

– Vous êtes une artiste vous aussi, mademoiselle Diesel ?

Lola foudroya Ingrid du regard. Ce n'était pas le moment de se lancer dans une exégèse de l'art de l'effeuillage à la Diesel. L'Américaine se contenta d'expliquer qu'elle était une amie de Brad Arceneaux, un homme injustement soupçonné.

– Je vous imaginais vraiment artiste, mademoiselle. Votre tenue, votre style, votre port… Où en étions-nous, madame Jost ?

– Vos Mémoires.

– Ah oui, mes Mémoires. Eh bien, Mlle Amélie m'aide à les rédiger. Mon projet est de faire revivre les gens épatants que j'ai connus dans ma vie. Et la petite Necker était épatante. Le Centre artistique Jarmond, c'était une splendide idée.

– C'était ?

– J'aurais aimé aider ces jeunes gens inventifs. Mais, vous comprenez, il y a ces histoires de drogue, de bagarres, et on m'a dit que les locaux étaient mal tenus.

– Quelqu'un vous tient au courant de l'état de vos ateliers ?

– Je sais reconnaître les mauvais signes, reprit Jarmond en glissant sur la question de Lola. Alors je vais probablement vendre à des promoteurs qui sauront réhabiliter les ateliers avec soin. On a toujours besoin de beaux bureaux ou de beaux appartements à Paris, n'est-ce pas ?

– Vous allez *probablement* vendre ?

– Je n'ai plus quatre-vingt-quatorze ans devant moi, mais je continue de penser qu'aucune décision ne doit être prise à la va-vite. Je choisirai la meilleure solution en temps et en heure.

– Vous accepteriez de me donner votre opinion concernant Gilbert Marquet ?

– Comprenez que vous m'êtes très sympathique, chère madame, et que j'apprécie votre dévouement pour votre ami, sans doute injustement calomnié, mais je ne peux pas faire cela. M. Marquet est un interlocuteur valable, un partenaire possible et, jusqu'à preuve du contraire, je lui dois le respect que j'accorde à chacun.

Gervais Jarmond avait peut-être l'air d'une tortue préhistorique, mais son cortex cérébral était bien vivace. Lola laissa le sujet Marquet en plan et revint à Lou Necker. Jarmond raconta que Lou la rockeuse n'avait pas lésiné pour le convaincre de jouer les mécènes. Elle avait une vision. Celle d'un lieu de création artistique permanente. Elle comptait restaurer la cave en conservant le marteau-pilon et en faire un cabaret présentant des spectacles hétéroclites et à prix serrés, des arts du cirque au concert rock. Elle envisageait des journées portes ouvertes où public et médias découvriraient les créations des plasticiens du CAJ. Elle proposait d'inviter des artistes européens en résidence.

– Mais comment comptait-elle financer pareil projet ? demanda Lola. Grâce à vous ?

– En frappant aux portes. Mairies, services culturels, investisseurs privés. Cette jeune fille avait une détermination extraordinaire et du charisme. On ne pouvait pas ne pas l'écouter. J'ai connu le Paris d'avant-guerre, voyez-vous, les nuits y étaient plus remuantes qu'aujourd'hui. La vie était moins chère, on s'amusait avec peu, cabarets et cafés étaient pleins chaque soir. Eh bien, Lou Necker voulait retrouver cet esprit, réinjecter de l'énergie dans son quartier, faire sortir le public de chez lui. C'est un affreux gâchis.

– Je n'ai pas réussi à comprendre pourquoi l'Ordre souhaitait vendre lui aussi.

– Les prix à Paris sont au plus haut. Les organisations religieuses n'échappent pas plus aux restrictions que les entreprises. Il y a trop de couvents et moins de vocations. Mathieu Chevilly, le financier de l'Ordre, est un homme très capable. Il pense qu'il est judicieux de vendre.

– Vous le connaissez ?

– J'ai ce plaisir. Chevilly pense que notre pays est mal en point sur le plan économique, au point de friser la faillite. Pour lui, les religieuses ont intérêt à se replier en province. Accessoirement, Chevilly suppose que le marché ne montera plus et qu'il est temps de faire profiter l'Ordre d'une splendide plus-value. En dépit de la solidité de ses arguments, il a eu du mal à convaincre sœur Marguerite.

– Pour quelle raison ?

– Elle est très attachée à l'œuvre de son ancêtre. Ce jardin et sa serre sont les témoignages d'un siècle magnifique. Au fil des années, cet héritage a été réduit à une peau de chagrin. Et j'en suis un des responsables, je l'avoue. Je suis un industriel, voyez-vous. Lorsque j'ai acheté le terrain dans les années 30 pour construire mes ateliers, j'ai sacrifié une partie de cette splendeur. Au XVIIIe siècle, la propriété des Giblet de Montfaury était une élégante gentilhommière qui s'ouvrait sur des champs.

– Vous accepteriez de me communiquer les coordonnées de Mathieu Chevilly ?

– Nous sommes entre personnes de bonne compagnie, n'est-ce pas ? Mlle Amélie se fera un plaisir de vous les transmettre.

Après l'entretien, Ingrid et Lola retrouvèrent la jeune fille. Elle s'était débarrassée de Gaspard, mais semblait tout de même préoccupée. Elle entraîna Ingrid et Lola hors de portée des oreilles de son patron.

– Je suis prête à vous donner des infos sur Gilbert Marquet, mais ça vous coûtera cinq cents euros.

Lola fit des yeux ronds. Ingrid sortit son chéquier.

– Je dois bien ça à Brad, dit-elle en voyant l'expression de Lola.

– D'accord, mais est-ce que ça les vaut ?

– Largement, répondit Amélie. Je n'essaie pas de vous gruger, mais je n'ai pas le choix. J'ai une maîtrise de sciences économiques, à part des recherches, de la dactylographie et du gardiennage de gamin pourri gâté pour Jarmond, je ne trouve pas de boulot, et ça fait deux ans que ça dure.

– Bon, on vous écoute, dit Lola.

Amélie expliqua que Gervais Jarmond lui avait demandé d'utiliser ses compétences pour enquêter sur la solvabilité du PDG de Baticap et initiateur de Tolbiac-Prestige.

– Gilbert Marquet a fait des étincelles au début des années 80 quand les prix de l'immobilier flambaient. Mais il a tenté une opération de trop. En 1986, il a emprunté quarante-cinq millions de francs à la BISN, la Banque d'investissement Schuller et Narbeaux, pour la réhabilitation des locaux d'une ancienne société de courses de chevaux. Les prix ont chuté. Marquet s'est fait lessiver. Manque de chance, il a entraîné la banque dans sa chute.

– Schuller et Narbeaux ont dû liquider ?

– Exact. Alors aujourd'hui, il n'y a pas un seul banquier européen disposé à prêter dix centimes au patron de Baticap. Il a essayé quantité d'opérations pour se sortir le nez de l'eau. À présent, il est aux abois. Tolbiac-Prestige est son dernier coup. S'il le rate, il est bon pour la poubelle.

– Mais on dit qu'il a pourtant trente millions d'euros à mettre sur la table pour l'opération.

– C'est vrai. Et je pense qu'il a trouvé des financements exotiques.

– C'est-à-dire ?

– Dans n'importe quel paradis fiscal où grenouillent des opérateurs peu recommandables.

– Du genre qui se dorent au soleil mais travaillent dans l'ombre ?

– Ce genre-là, en effet. Mais c'est juste une supposition. Je ne suis pas outillée pour creuser si loin.

Lola réfléchit un instant.

– Marquet travaille en solo ?

– Au début, il venait seul à ses rendez-vous. Ensuite, il a bien compris la psychologie de Jarmond. Il est venu accompagné d'une jolie femme. La trentaine ronde, sexy, bronzée. Des cheveux blonds et lisses, surveillés de près par un styliste motivé. Des frais de toilette pour se garantir un maximum d'impact. Du maquillage, du rire sonore. Elle est sans doute américaine. Marquet traduisait pour Jarmond.

– Vous avez un nom à me donner ?

– Mme Hutchinson. Elle veut qu'on l'appelle Hutch ; ça fait plus sympa.

Mlle Amélie glissa le chèque d'Ingrid dans la poche de son tailleur gris. Puis elle redevint la charmante secrétaire et baby-sitter de Gervais et Gaspard Jarmond, communiqua aux visiteuses l'adresse de Mathieu Chevilly et les raccompagna dignement à la porte.

*

Cette nuit-là, Lola n'eut qu'une hâte. Retrouver Louis-Guillaume et ses aventures. Elle se cala dans son fauteuil préféré, s'offrit une belle rasade de son porto le plus vénérable et se replongea dans *Le Seigneur des épices.*

Louis-Guillaume et ses camarades venaient de découvrir Tahiti. Bougainville la baptisa « Nouvelle-Cythère ». Si Louis-Guillaume avait eu son mot à dire, il aurait nommé l'île « Utopia », « parce que ce doux nom allait comme un gant à ce pays, unique en son genre, où vivaient en bonne intelligence des hommes que les vices de l'Occident n'avaient pas infectés ; des êtres libres qui ne s'embarrassaient pas d'inutiles pudibonderies et ne connaissaient ni l'envie ni la discorde... » Pour autant, sa jeune épouse lui manque et il aimerait admirer en sa compagnie les beautés des tropiques. « J'ai découvert dans ces nuages coulissants ou tranquilles toutes les nuances du monde. Le bronze des statues glorieuses, le brun des terres grasses, et ces grisailles argentées qui remémorent les fumées, ces carmins violents qu'on voit dans les forges, ces mauves plus riches que pierreries de sultan. Les vents évoquent des caresses presque aussi douces que les vôtres, ma mie, mon Églantine. Et la nature bruisse tout entière, jusqu'au plus petit insecte. Dans les flancs encaissés des monts, des fleuves de turquoise caracolent sur les roches de vermeil... »

13

Manu avait réuni son monde entre Mitterrand, Giscard, Pompidou et un épouvantail si moche qu'on résistait mal à l'envie de lui coller un sac sur le râble. À part quelques gloussements et chuchotis par-ci par-là, le gros de la troupe avait l'air de suivre, et tous avaient promis de cacher ce conseil de guerre au chef.

Une fois la disparition de Brad-Bernard connue, Blaise Macaire n'avait demandé son avis à personne pour téléphoner aux cognes, et cette attitude de vendu et de dictateur n'était pas à son honneur. Ils étaient d'accord pour admettre qu'un tueur en série opérait dans les parcs parisiens, qu'il ne fallait pas le confondre avec l'ami Brad-Bernard, et qu'il était temps de s'agiter pour coincer le dingo, vu le peu d'empressement des flics pour courir après le bon bonhomme.

– Vous avez noté qu'il agissait en dehors des horaires d'ouverture ? À André-Citroën, c'était au beau milieu de la nuit. À Montsouris, aux petites heures de l'aube.

L'assemblée opina de la casquette.

– Alors voilà ce que je propose. On va lui électrifier les fesses.

Il y eut des murmures, Jean-Christophe en profita pour glousser comme un oison.

– Et comment qu'on va s'y prendre ? demanda P'tit Louis, l'air buté.

– Tu connais les clôtures électriques qui gardent les vaches dans leurs prés ?

– Bien sûr que je connais. J'ai déjà vu des vaches.

– On va coller des fils électrifiés devant les accès des parcs et les zones faiblardes, genre grillages avachis et murets mous des genoux. Et on va faire des patrouilles. Le premier rôdeur qui cherche une femme à attaquer, on le freine en lui grillant le popotin, et on lui tombe sur le paletot. Si après interrogatoire, on décide que l'enfant de salaud est apte à se faire coffrer, on le livre gratis au commissariat. Bien sûr, je vous entends me dire que la collaboration avec les cognes, c'est du laid et du bien bas.

Des marmottements arrivèrent en vagues : la troupe n'aurait jamais eu pareille pensée !

– Mais si, je sais bien, et si Brad-Bernard ne macérait pas jusqu'au cou dans le guano, je serais d'accord avec vous. Et je beuglerais : Manu, t'es qu'un vendu. Mais il faut accepter la réalité malpropre et dégoulinante de drame. Il faut se serrer les coudes et attaquer à fond de train. Donc, on électrocute, on questionne…

– Et on livre aux cognes, dit Germain Pichon, un maestro de la rocaille à l'anglaise.

– Eh ben voilà. C'est pas compliqué.

– Le seul problème, c'est que, la nuit, y a personne dans les parcs, fit remarquer Constantin le Normand. Ni tueur, ni victime. Montsouris et Citroën, c'est des cas rares. Et des hasards. Si le pervers attend de trouver d'autres femmes quand c'est pas l'heure ni le lieu, c'est qu'il a la patience du séquoia pour devenir millénaire.

Manu se doutait qu'avec Constantin, la partie n'était pas gagnée. C'était le spécialiste des racines, et ce n'était pas le hasard s'il creusait toujours à fond les sujets de discussion.

– Cet enfant de salaud est patient, répliqua Manu, mais il ne lui a pas fallu mille ans pour trouver deux victimes. Et quant à Brad-Bernard, il n'a pas sa vie d'innocent à offrir aux cognes.

Constantin prit le temps de la réflexion puis haussa les épaules.

– D'accord, mais quand est-ce qu'on dort ? intervint P'tit Louis.

– Tu te caches dans un épouvantail, et tu dors debout, ni vu ni connu du chef, lâcha Germain Pichon.

– Pas de panique, reprit Manu. Ça ne nous empêche pas de faire notre boulot au parc et de dormir tout notre saoul. C'est une question d'organisation. On va trancher notre temps. Une tranche de boulot, une tranche de dodo…

– Et une tranche d'électro ! ajouta Germain Pichon très en verve.

– Eh ben voilà, répéta Manu.

– Alors, c'est quelle tranche maintenant ? demanda P'tit Louis.

– La tranche info.

– Tu nous as pas parlé de celle-là !

– C'est une petite tranche et ça va nous faire une promenade. Il faut mettre au parfum nos potes jardiniers. Sans oublier personne. Parce qu'on ne va pas électrifier Paris à nous seuls. Je me charge d'acheter le matos, mais il faut qu'ils nous indiquent les points d'alimentation, et qu'ils mettent la main à la pâte.

– Tu veux nous envoyer partout !

– T'inquiète, on fait une répartition. P'tit Louis, tu vas à Kellermann, c'est pas loin. Jean-Christophe, tu vas au Luxembourg. Germain, tu vas…

– Aux Buttes-Chaumont ! Ma belle-sœur habite juste à côté. J'en profiterai pour me faire inviter. Elle cuisine très bien.

– Moi, je suis d'accord pour aller convaincre les copains de Monceau, dit le gros Pierrot. J'aime bien les filles qui prennent des bains de soleil.

– J'irai aux Tuileries, poursuivit Constantin. Mais, au crépuscule, c'est surtout les garçons qui aiment les garçons qui fricotent dans les buissons. Et on risque d'en griller un pour rien.

– Pas faux. Je vois mal le pervers attaquer une femme dans des buissons déjà habités par le sexe opposé.

– Bon, alors j'irai informer nos copains de Georges-Brassens à la place. Et je ferai Citroën, par la même occasion. Parce que rien ne prouve que le pervers ne va pas revenir sur ses pas.

– C'est pour cette raison que je vais me charger d'électrifier Montsouris, reprit Manu. Quand je vous disais que c'était pas compliqué.

– Mais comment que tu vas payer, hein ? demanda P'tit Louis, qui, par cette belle matinée pourtant toute molle et brillante, était dur de l'entendement comme chiendent.

– Je puise dans la caisse de Montsouris, pardi. Et j'incite les copains à faire pareil dans leurs parcs. Je vous signale qu'en défendant Brad-Bernard, on se défend dans la foulée. Donc je ponctionne, d'accord, mais c'est pour la bonne cause. C'est le CID.

– C'est quoi, ça ? demanda P'tit Louis.

– La Caisse d'Intervention anti-Désastre. Tu vois, c'est pas compliqué.

*

Sacha Duguin avait réuni son équipe dans son bureau. Le cadet ouvrait le ban. Fernet avait l'air fatigué mais intense. Le gamin n'avait pas hésité à mouiller sa chemise et à user ses semelles sur les trottoirs, mais ses efforts restaient infructueux. Les poubelles de Montsouris ne recelaient rien d'intéressant, et les commerçants du quartier n'avaient pas remarqué de client particulier. Rien à signaler du côté de l'hôtel des Arts, et quant à la recherche de témoins, elle stagnait. Le planton assigné au standard faisait le tri dans les appels fantaisistes. La récolte était d'une pauvreté affligeante.

Ce fut au tour de Corinne Moutin. Elle semblait aussi réjouie et alerte que si elle avait couru un marathon avec des enclumes aux pieds. Nicolet en éprouvait presque de l'empathie.

– Les jardiniers sont très remontés et font dans la réunionnite aiguë. Ils mijoteraient un renversement de la Ve République qu'ils ne s'y prendraient pas autrement. Le dénommé Manu fait monter la tension et ils sont unis pour courser le serial killer. Ils vont de parc en parc ameuter leurs collègues et ça s'échauffe à tout va. Ils font des rondes de nuit. Si ça continue comme ça, ils vont faire fleurir une belle psychose collective.

Duguin ne paraissait guère bouleversé par la menace de jacquerie. Nicolet était de plus en plus épaté par le calme du patron. Et déçu de n'avoir rien de croustillant à lui offrir sur Momo de Stalingrad.

– Désolé, patron. J'ai ameuté mes tontons. Pas moyen de mettre la main dessus.

– Il a dû avoir vent de notre intérêt pour ses activités de sous-traitance. Ça n'a rien d'étonnant puisque deux casseurs au moins nous ont filé entre les pattes. La recherche sur le numéro d'immatriculation communiqué par Ingrid Diesel n'a rien donné ?

– Ça a donné le nom d'un gars qui ne sait pas où se calfeutre Momo.

– Et la planque devant chez elle ?

– Rien non plus. Cette fille mène sa vie et n'a rencontré personne qui ait un lien avec son camarade de La Nouvelle-Orléans. Mais j'ai des nouvelles de nos collègues américains. Des infos sur Julia Clarke, la fiancée de Frazier. Elle avait vingt-cinq ans au moment de sa disparition.

– La tranche d'âge de Lou Necker, commenta Duguin.

– Exact, et j'ai une photo.

Il découvrit le visage souriant d'une blonde pulpeuse, vêtue d'un uniforme et d'un calot carré.

– Clarke avait été étudiante dans une école de commerce.

– À La Nouvelle-Orléans ?

– Oui, à la Tulane School of Business. Elle avait d'ailleurs un bon poste dans l'entreprise de Ben Frazier. Mais il y a un détail qui tranche dans la perfection du tableau. Cette fille était musicienne à ses moments perdus.

– Pas guitariste gothique, quand même ?

– Guitariste de blues. Dans un groupe d'étudiantes.

– Tu continues de creuser, Ludovic.

– Et la victime de Citroën, elle était musicienne, patron ? demanda Moutin.

Nicolet nota le ton légèrement agacé. Moutin détestait qu'une réunion vire au dialogue Sacha-Ludovic.

– Pas que je sache. J'ai revu sœur Marguerite. Elle est en procès avec Bolodino, l'auteur de la biographie de son ancêtre botaniste. Emporté par son sujet, il en a fait un polar en suggérant que Louis-Guillaume Giblet de Montfaury était un meurtrier. Bolodino s'est inspiré de documents que Lou Necker aurait « empruntés » à sœur Marguerite. Elle serait passée par un puits pour s'introduire dans le jardin puis à l'intérieur du couvent. J'ai vérifié : ce puits existe.

– De là à imaginer l'Opus Dei trucidant Lou Necker… plaisanta Nicolet. Ça plairait à un cinéaste.

– Tu ne crois pas si bien dire. Un producteur a acheté le bouquin de Bolodino. Le film aurait valorisé le Centre Jarmond, Lou Necker ne s'y était pas trompée.

– Elle ne pensait qu'à ça, patron.

– Avant son expédition, elle avait tenté de convaincre le sculpteur Jupiter Toby de fouiller la bibliothèque du couvent à sa place. Il a refusé. Je vais retourner le voir. Ludovic, tu m'accompagnes.

– Et moi, patron ? demanda Moutin avec un chevrotement dans la voix.

– Tu montes en puissance, Corinne. Je veux une surveillance plus sophistiquée. Débrouille-toi comme tu veux, mais colle-moi un planton dans chaque parc. Et tu me tiens au courant.

Un coup de pied dans le ventre, une caresse, pensa Nicolet. Duguin savait y faire avec ses troupes, et Moutin ne se rendait même pas compte qu'elle aimait son style.

Le commandant attendit que Fernet et Moutin soient partis pour sortir un dossier d'un tiroir.

– Jupiter Toby va attendre encore un peu. Et on va se passer de Momo sans problèmes. Ça vient en direct de mon copain Marc Janson de la Brigade financière, ça raconte les magouilles de Gilbert Marquet dans le détail, et c'est chaud. Très chaud.

– Vraiment, patron ?

– Torride.

14

Les cris déchirants de Mme Hutchinson résonnaient dans le vaste atelier de Montrouge. Comme un chant de sirène foldingue. Comme un chant de sirène foldingue en train de se noyer. Jupiter Toby était occupé à la faire jouir pour la troisième fois et avait la sensation de pouvoir nager avec elle dans des eaux de tempête toute la matinée. Au moment du climax, elle poussa un juron américain qui se termina dans un feulement. Ils roulèrent sur le dos, ruisselants de sueur. Elle resta tranquille un moment puis se tourna vers lui, lui lissa les cheveux. Il se demanda à quoi elle pensait. Il y eut une nouvelle série de coups de klaxon. Hutch les ignora et sortit du réfrigérateur le champagne qu'elle avait apporté. Elle secoua le magnum et, avant qu'il ait eu le temps de protester, fit sauter le bouchon devant le lit et l'aspergea.

– Arrête ça !

– Pourquoi ? Le champagne coule à flots dans ton beau pays.

– Ça dépend pour qui.

Elle lécha les gouttes qui parsemaient sa poitrine et son ventre. Jupiter se dit qu'elle avait un corps somptueux mais qu'elle en faisait trop. Il s'assit sur le bord du lit et servit deux coupes.

– Tu n'as toujours pas déballé tes œuvres, dit-elle en désignant les sculptures dans leurs caisses en bois.

– Te faire plaisir, c'est quasiment un job à plein temps, Hutch.

– Tu ne vas pas t'en plaindre, j'espère.

Une nouvelle série de coups de klaxon, plus longue celle-là.

– Ton chauffeur ?

– Mon chauffeur. Cette fois, il faut que j'y aille. Mais tu vas voir, dans quelques minutes je te manquerai déjà.

Elle lui décocha un sourire ravageur et se rhabilla. Elle s'offrait des dessous et une robe ultrachics, un sac, des chaussures et des bijoux qui valaient une fortune. Elle l'embrassa et s'en alla.

Jupiter Toby s'étira et enfila son jean sur sa peau nue. Il mit de la musique, choisit le dernier Donald Fagen et but un peu de champagne. Hutch n'aimait pas Fagen. Il lui avait appris que son premier groupe s'appelait Steely Dan, du nom d'un godemiché cité dans *Le Festin nu* de Burroughs. Mais il n'avait obtenu qu'un verdict à l'emporte-pièce : « Cette musique est ringarde. » Fagen, ringard ? Un homme dont la voix possédait la justesse d'un instrument de musique et qui admirait Coltrane, Parker et Ellington ne pouvait être ringard, même à près de soixante ans.

Jupiter savait qu'il avait un bout de chemin à faire avec Hutch. C'était une contrée sauvage, aux frontières invisibles, à défricher en affrontant la menace des fièvres, la brûlure du soleil, la soif des grands canyons. Elle était belle avec ses artifices, sa lingerie de pute, ses fringues de luxe, sa frénésie, son manque. Et ses seins probablement siliconés. Sophistiquée et vulgaire, sincère et menteuse, dangereuse et abandonnée. Elle était la personne la plus riche et la plus puissante qu'il ait jamais approchée. *Tu vas voir, dans quelques minutes je te manquerai déjà.* Ce n'était pas faux. Intoxicante

Hutch. Et puis elle avait des phrases qui laissaient entendre qu'elle nourrissait des rêves, elle aussi. Le mot « racines » revenait souvent. Elle lui avait dit qu'elle se sentait prête à planter les siennes à Paris. *La catastrophe nous chasse parfois, alors on se réimplante.* Surprenantes, ces poussées métaphysiques chez une femme qui ne pensait qu'à s'envoyer en l'air. Ou alors les apparences étaient trompeuses.

Elle lui avait trouvé cette usine en un temps record. Il savait qu'il n'y passerait pas sa vie. Mais cette période de solitude créative était un luxe que Jupiter ne pouvait refuser pour le moment.

*

Gilbert Marquet faisait les cent pas devant sa Porsche. Hutch comprit que c'était lui qui avait klaxonné et non pas Jim. D'ailleurs, Jim écoutait tranquillement de la soul au volant de la Daimler. Elle salua Marquet.

– Je ne savais pas que ce môme et toi étiez si proches. Tu crois vraiment que c'est une bonne idée ?

– Je me pose rarement ce genre de questions, Gil. Qu'est-ce que tu fais ici ?

– Je t'ai suivie.

– Pourquoi ?

– J'ai bien senti que Jupiter te plaisait. Je voulais en avoir le cœur net. Tu m'as suggéré de lui laisser cette usine, ça me semble suffisant.

– On a ses nerfs aujourd'hui ?

– Je suis convoqué chez les flics, cette après-midi. Chacun ses occupations.

– Ils n'ont rien sur toi. Ce n'est pas toi qui as éliminé cette pauvre fille, alors quoi ?

– C'est une question de réputation, Hutch. Depuis la mort de Necker, Mathieu Chevilly me regarde de haut.

– Ne t'inquiète pas. L'Ordre veut vendre. Ils font les effarouchés par principe, mais ils savent bien que dans l'immobilier on n'est pas des enfants de chœur. De toute façon, sœur Marguerite m'apprécie. J'ai passé des heures à écouter ses histoires de botanique. Je lui ai promis qu'on ne toucherait pas au jardin. C'est pour tes relations publiques que je m'attarde à Paris, Gil. Cette affaire, on la signera.

– Raison de plus pour ne pas en faire trop. Sœur Marguerite apprécie Jupiter.

– Elle a raison. Moi aussi.

– Et si Duguin me colle en garde à vue, l'Ordre va aimer, à ton avis ?

– C'est bien pour ça qu'il faut que tu te lâches un peu avec les flics. Tu avoues pour les casseurs, les rats et les seringues. Tu n'es pas le seul à utiliser ces méthodes. Il n'y a pas eu de bobos sérieux. Et personne n'a porté plainte, non ?

– Non, personne.

– Tu vois bien. On ne va pas en faire une affaire d'État.

Il lui jeta un coup d'œil qui en disait long. Il rêvait de la gifler.

– Jim m'emmène rue du Faubourg-Saint-Honoré. J'ai repéré une robe aux fines bretelles dorées. Je la garderai pour aller déjeuner. Je t'invite. Tu vas nous choisir un très bon restaurant. Pour ça, je te fais confiance. Et ensuite, tu files à ta convocation.

– Tu n'as pas l'intention de repasser à ton hôtel ?

– Pour quoi faire ?

– Prendre une douche, par exemple.

– Non, j'aime l'odeur de mon amant. Elle se marie bien avec mon parfum. Tu ne trouves pas ?

Il détestait qu'elle l'appelle Gil, qu'elle lui raconte sa vie et ses plaisirs, ou qu'elle lui rappelle que Jarmond ou sœur Marguerite appréciaient sa compagnie. Il fit un énorme effort pour rester calme. Elle savait qu'il suivrait la Daimler comme un petit chien, accepterait les courses, le déjeuner. Sans elle, il était démuni. Paris était une ville follement gaie si on savait comment la prendre.

15

Il fallut bientôt déchanter. La Nouvelle-Cythère n'était pas le paradis escompté. Les dangers de la barrière corallienne exigeaient des prouesses du capitaine de La Boudeuse. *De son côté, Bougainville avait fort à faire avec le cacique, un négociateur redoutable, plus pointilleux qu'un vieux notaire. Il ne réussit pas à obtenir la longue escale voulue. Il fallut monnayer les vivres comme sur un souk de Constantinople, et ne s'aventurer que dans les espaces autorisés. L'emplacement de l'hôpital où soigner la trentaine de scorbutiques de l'équipage suscita à lui seul d'interminables palabres. Et Commerson et Montfaury durent accepter des règles drastiques. On ne récoltait que les plantes et les arbustes désignés par les chefs de tribus...*

Lola rangea son livre dans son sac, vérifia qu'elle avait son permis de conduire et les clés de la Twingo puis reprit le fil de son enquête. Il lui fallut un peu moins d'une demi-heure pour arriver à Montrouge.

Elle traversa le parking désert et se gara le plus près possible de l'ancienne usine. Les lettres en céramique jaune de *Franchetti Carrelages* tranchaient sur la façade de brique. Sur le porche métallique, une affiche protégée par une plaque en plastique annonçait : *Jupiter Toby, « Sèves et Rêves ». Avec la participation du*

Conseil régional d'Île-de-France, de l'AFAA et du service culturel de la mairie de Montrouge. L'exposition commençait dans un mois. Lola nota que l'usine n'était pas fermée à clé et entra. De larges verrières diffusaient une lumière crue sur un vaste espace ponctué de caisses en bois identiques à celles qui attendaient toujours dans les ateliers Jarmond. L'ameublement était spartiate : un lit défait, un canapé Chesterfield en cuir râpé, quelques meubles de cuisine, une étagère garnie d'outils. Torse nu, un homme était occupé à ouvrir une caisse à l'aide d'un pied-de-biche.

Ses cheveux clairs encadraient un visage sensuel et gai, ses yeux devaient être gris ou verts. Et si on lui offrait un costume du siècle des Lumières, il incarnerait sans difficulté Louis-Guillaume le botaniste, pensa Lola. Il s'approcha en souriant, lui tendit la main. Elle expliqua qui elle était et les raisons de sa venue.

– Une ex-commissaire de police… Le commandant Duguin n'a plus assez d'actifs ?

– Le commandant Duguin serait mécontent s'il savait que je me mêle de son enquête.

– Il m'a questionné à mort. C'était pénible. Et intéressant en même temps. Je pourrais passer des heures à regarder les professionnels travailler.

– Vous savez, Jupiter, d'habitude je reste chez moi à faire des puzzles et à siroter du porto. Mais en ce moment la puissance du regain me joue des tours.

– La puissance du regain ?

– Le printemps me pousse à sortir. Et puis ma meilleure amie ne supporte pas l'idée qu'on accuse son ami Brad d'avoir tué Lou Necker. Surtout aussi sauvagement. Ça vous va comme raisons ?

Il rit franchement, ce qui lui enleva quelques années.

– Vous n'êtes pas obligé de me dire pourquoi vous vous êtes querellé avec Lou, reprit Lola. Mais j'aimerais autant.

Elle s'était approchée de l'étagère. Elle souleva une perceuse, un rabot, un pilon couvert d'une poudre ocre qui fleurait bon le curry, une masse, elle laissa ses doigts glisser le long du manche d'une tronçonneuse, tapota un sac en plastique empli de branchages.

– Pas de ça avec moi. Vous m'êtes sympathique, mais je n'ai pas envie de jouer.

– On joue à un jeu ? Lequel ?

– Vous tripotez ce sac, l'air dégagé. J'appelle ça un jeu. Vous me voyez garrotter Lou ?

À vrai dire non, elle l'imaginait plutôt caressant la jeune musicienne, et l'éloignant de Nora. Son instinct lui disait que la seule bizarrerie chez Jupiter Toby était le nom qu'il s'était déniché.

– C'est Nora qui vous a dit qu'on s'était disputés, Lou et moi ?

– En effet.

– Lou ne voulait pas d'un « vendu ». C'est le terme qu'elle a employé.

– Vendu à qui ?

– De mon point de vue, à personne. Mais du sien, au diable. J'ai déjà dit tout ça au commandant Duguin parce que je n'ai rien à cacher. Gilbert Marquet, le patron de Baticap, m'a proposé ce local contre un loyer minimum, et j'ai accepté. Il voulait récupérer les ateliers, et moi, j'en avais assez de l'ambiance du CAJ. C'est un vrai moulin et j'ai besoin de me concentrer.

– Ça en a tout l'air, dit-elle en s'approchant du lit en bataille.

Elle attrapa le magnum de champagne, le passa sur sa joue.

– Encore frais, dit-elle.

– Vous en voulez ?

– Non merci. Mais je constate que vous n'avez guère de difficultés à oublier Lou.

– Je n'ai jamais été amoureux d'elle. Je l'aimais beaucoup, j'admirais son enthousiasme, sa mort me bouleverse, mais j'ai ma vie. Mon travail. J'avance et je regarde rarement derrière mon épaule.

Elle décida de travestir légèrement la réalité.

– Nora prétend que Lou a essayé de vous persuader de fouiller la bibliothèque de sœur Marguerite.

– Lou était obsédée par sœur Marguerite.

Elle sentit sa gêne, comprit que si elle ne l'y avait pas poussé, il ne lui aurait pas parlé de l'attitude de Lou.

– Obsédée ?

– Elle voyait en elle le symbole de l'échec du Centre Jarmond. Sœur Marguerite suivait les directives de son Ordre. Ni plus, ni moins.

Lola alla s'installer sur le chesterfield. Jupiter Toby reprit son ouvrage. Une bulle ovoïde brillante et rouge carmin d'un bon mètre de large émergea petit à petit de la caisse. Lola lut le titre : *Sang elliptique*. Elle n'entendait rien à l'art moderne, mais l'œuvre ne manquait pas de force. Gilbert Marquet jouait sur tous les tableaux. Approches grossières avec lâcher de rats, de seringues et de casseurs. Et approche subtile avec éloignement des artistes les plus doués du CAJ.

– Avant, je travaillais les matières végétales. Depuis peu, je suis passé au bronze et à la laque. Mais je n'ai pas renoncé aux épices. Le goût me reviendra.

Lola aimait sa voix, la façon directe et sans prétention dont il parlait de son travail. Elle alluma une cigarette, posa son paquet et son briquet à côté d'elle et le regarda faire. Jupiter avait des gestes précis et soigneux. De la puissance mais pas de violence. Au premier abord, du moins.

Il rangea son pied-de-biche sur l'étagère et s'approcha. Il lui vola une cigarette et se cala dans le coin opposé du canapé.

– Si vous voulez tout savoir, je viens de faire l'amour avec mon sponsor, dit-il d'un ton joyeux.

– Avec Gilbert Marquet.

– Vous rigolez ! Avec Hutch.

– Hutch ?

– Son associée. La troublante Mme Hutchinson. Elle veut qu'on l'appelle Hutch, elle est fantasque. C'est elle qui a insisté pour que Marquet me cède l'usine. Elle est plus astucieuse que lui et pense que pour récupérer les ateliers Jarmond, rien ne sert de s'énerver.

– Et de lâcher des rats ou des casseurs dans les couloirs ?

– Par exemple.

Jupiter Toby alla changer de CD, choisit du jazz-rock. Lola crut reconnaître Miles Davis.

– Je sais ce que vous pensez, dit-il.

– Ah oui ?

– Que Marquet est un violent. Qu'après les rats et les casseurs, il est passé à la vitesse supérieure en payant un tueur pour éliminer Lou. Ne croyez pas que je n'y ai pas réfléchi.

– Je ne crois rien. Je vous écoute.

Lola eut le sentiment qu'il disait la vérité mais que c'était la première fois qu'il émettait ses théories à voix haute. L'exercice devait le soulager. *J'avance et je regarde rarement derrière mon épaule.* Vraiment, Jupiter ?

– La mort de Lou désavantage Marquet. Elle met les artistes en colère. Je savais dès le début que je n'étais qu'en transit. Mais Nora, Carmen, Alberta et les autres vont se battre. Ameuter les médias, faire une mauvaise publicité à Baticap. Vous croyez que Gervais Jarmond et les sœurs de la Miséricorde apprécieront ? ça m'étonnerait fort. Et puis la méthode, vous y avez pensé ?

– Trucider une fille pour l'empêcher de mettre en péril une transaction alors qu'il est de notoriété publique qu'elle s'y est opposée, c'est un peu gros pour un marchand de biens. Je suis d'accord.

– C'est même énorme.

– Si vous ne voyez pas Marquet dans le rôle, qui d'autre ?

Elle s'attendait à l'entendre citer Brad Arceneaux mais Jupiter se contenta de hausser les épaules.

– Vous êtes sûre que vous ne voulez pas un peu de champagne, Lola ? Je ne vais pas finir ce magnum seul.

– Non merci, la puissance du regain me suffit.

– Sûre ?

– Bon, d'accord, mais une demi-coupette.

16

Manu étouffa un juron dans l'escalier bancal de la cave de Zaza. Il venait de frôler la dégringolade, et le moment était mal choisi pour se fracasser un membre. Il trouva Brad-Bernard occupé à grignoter une cuisse de poulet. On avait allumé des bougies, et grâce au bric-à-brac de Zaza, la cave ressemblait à une caverne d'Ali Baba bon marché habitée par un plantureux génie neurasthénique. Ses cheveux ébouriffés paraissaient en feu, mais le reste de son imposante personne était ramolli. Il n'avait pas touché à la salade composée mitonnée par la patronne, et pourtant c'était un délice. Zaza portait des tabliers à fleurs et des savates éculées, mais elle avait le cœur et la délicatesse d'une princesse ; elle n'aurait jamais proposé une vinaigrette de supermarché et ne plaisantait pas avec la qualité des produits.

– Comment va, mon grand ? lança Manu du ton le plus joyeux possible. On ne s'en fait pas ! Du poulet fermier, la célèbre salade Zaza. Il faut nous avaler tout ça pour tenir le coup.

– J'ai pas trop faim.

Brad-Bernard reposa un pilon encore charnu sur une table de jardin rouillée mais recouverte d'un joli morceau de toile cirée, et s'essuya la bouche avec la manche de sa chemise. Elle le boudinait pas mal. Zaza l'avait dénichée dans les frusques de son époux défunt, mais le bistrotier, personnage pourtant corpulent, n'avait jamais possédé le gabarit formidable de l'Américain.

– On y va ? demanda Brad-Bernard de sa voix défaite.

– Tu es sûr de toi ?

– Sûr.

– Alors enfile-moi ce bob et cette veste. Parce que les cognes ne sont pas aussi nazes qu'ils en ont l'air.

Brad-Bernard s'équipa sans discuter de la tenue de pêcheur du regretté bistrotier et monta l'escalier de son pas lourd. Ils traversèrent le café désert. Manu ausculta la rue de la Poterne-des-Peupliers avant de siffler pour prévenir que la voie était libre. Ils pressèrent le pas, ne ralentirent qu'une fois arrivés sur le boulevard Kellermann. Il n'était que 22 h 30, la circulation était encore dense. On ne remarquerait pas leurs silhouettes filant vers Montsouris.

Manu avait repéré un cogne en jupons cet après-midi. Ou plutôt en vieux pardessus beige. Méfiance, le mieux était d'escalader la grille du côté des catalpas bien touffus. Rien de difficile pour Brad-Bernard. Manu l'avait vu à l'œuvre. Il était d'une souplesse inattendue. Ils franchirent la grille avec aisance et s'enfoncèrent dans la moiteur du parc.

*

Les fenêtres du bureau étaient grandes ouvertes, mais Sacha Duguin n'avait pas autorisé Gilbert Marquet à allumer une cigarette. Il se faisait tard, le bruit du trafic s'amenuisait. Le manque de nicotine aidant, le promoteur s'effritait. Des auréoles de transpiration gâchaient la chemise chic à l'élégant monogramme *G.S.M.* Duguin se demandait ce que pouvait bien cacher le S central. Il n'avait pas repéré de deuxième prénom dans le dossier. Marquet trouvait sans doute dans ce détail l'occasion de jouer l'osmose avec ses partenaires d'outre-Atlantique. Gilbert S. Marquet admettait avoir trouvé les financements pour Tolbiac-Prestige auprès d'une société à capitaux américains basée à Panama. Il admettait être grillé auprès des établissements financiers européens. Il n'admettait pas avoir fait pression sur les artistes pour qu'ils évacuent les ateliers Jarmond.

– Reconnais que les seringues, les gaspards et la casse, c'est toi, Marquet. Tu vas gagner du temps, nous aussi.

– On finira par faire parler tes casseurs, dit Nicolet. Tu le sais bien.

– Je me suis contenté de parlementer. Et quand j'ai compris que Jupiter Toby, l'artiste le plus valable de la bande, avait des velléités d'indépendance, je lui ai refilé une villégiature à prix d'ami.

– Une vieille usine à Montrouge, tu nous l'as déjà dit, reprit Duguin. En perdant Toby, les zozos s'amenuisent, ils s'en iront gentiment, bla-bla-bla. Le problème, c'est que Lou Necker s'en est allée moins gentiment. Or des témoins l'avaient vue te tenir tête.

– Et plus d'une fois, ajouta Nicolet.

Le mobile de Duguin sonna. C'était un appel de sa femme. Il passa le relais à son lieutenant, et quitta le bureau.

– Sacha, notre rendez-vous tombe à l'eau. Le ministre vient d'avancer son voyage en Corse. On trouvera une autre occasion. Promis.

Il voulut s'installer dans le bureau de Nicolet mais aperçut Moutin, assise devant l'ordinateur.

– Ne t'inquiète pas. De mon côté, c'est la même histoire. Je travaille Gilbert Marquet au corps, et il fait de la résistance.

– Je crois que c'est une relation de Pérontay. Tu veux que je le questionne discrètement pour récupérer des tuyaux ?

Pérontay. C'était à croire que le député connaissait Paris de la cave au grenier. Duguin cacha son agacement.

– Non, je te remercie. On finira par lui attendrir le cuir, Nicolet et moi.

– Il est très motivé, ton petit lieutenant. Tu as de la chance.

– Je sais comment le prendre. Il a besoin d'avoir l'impression d'être mon adjoint. Si je continue à partager quelques secrets avec lui, il me donnera le meilleur de lui-même. Quant à Moutin, sans le savoir, elle fonctionne à la frustration. Je viens de la voir en train d'espionner l'ordinateur de Nicolet. Elle est prête à tout pour ne pas se faire distancer.

– Et dans le fond, ça t'arrange.

– Ce n'est pas faux.

– C'est mal de manipuler ses troupes, dit-elle en riant. Mais tu as raison, et d'ailleurs je fais la même chose.

– Je vais rentrer tard, mais si tu n'es pas trop fatiguée, on ira tout de même le prendre, ce verre.

– Ça va être difficile, chéri. Le directeur de cabinet veut tout baliser pour la Corse. On va y passer la nuit.

– Bon courage.

Duguin raccrocha et vit approcher le commissaire Castillo qui revenait d'une réunion avec le juge Brissiau. Il avait sa tête d'immolateur ascétique habituelle. Duguin ne se souvenait pas de l'avoir vu sourire.

– Ça avance avec le promoteur ? Brissiau trouve le temps long.

– Je crois qu'on est sur la bonne voie, patron. Je le travaille au corps avec Nicolet dans mon bureau.

– Tant mieux. J'ai parlé de toi à mon ami Dantzig de la Crime. Tu les intéresses. Mais pas un mot à ton équipe. Je ne les ai jamais vus autant se remuer que depuis que tu les cornaques. Qu'est-ce qu'on fera sans toi ? Ah, mais j'oubliais. Personne n'est irremplaçable.

Duguin cacha sa surprise. Castillo lui répéta d'accélérer le mouvement avec Marquet et réintégra son bureau. C'est bien la première fois que le patron s'intéresse à ma carrière, pensa Duguin. Il réfléchit un instant. Il ignorait que Castillo connaissait l'illustre Dantzig. Les deux hommes n'étaient pas de la même génération et fréquentaient des cercles très différents. Décidément, quelque chose ne collait pas dans cette histoire. Duguin rejoignit son lieutenant.

Marquet s'était effrité de quelques millimètres supplémentaires.

– Tu aimes le rock gothique ? demanda Duguin.

Il sortit les photos des Vampirellas du dossier.

– Je ne comprends pas.

– On les a trouvées chez un Américain un peu spécial. Jardinier de son état. Un solide exterminateur de parasites et de mauvaises herbes. Il y avait aussi du cash dans une enveloppe. Tu as probablement importé ce spécialiste des États-Unis.

– Je ne vous suis plus.

– Ton passeport nous a raconté ta vie. Tu es allé à Panama, et aux États-Unis. Comme par hasard, le type qu'on soupçonne d'avoir tué Necker est de La Nouvelle-Orléans. Brad Arceneaux ou Bernard Morin, ça te dit quelque chose ?

– Ça ne me dit rien de rien, commandant.

– Je vais être bon prince et te laisser dormir. On a une cellule modeste mais propre. Il n'y a ni rats, ni seringues.

– Vous me collez en garde à vue !

– Je me tâte.

– Je connais un paquet de journalistes et de politiques. Le harcèlement policier, ça passe de plus en plus mal.

– Qui est-ce qui parle de harcèlement ? Tu vas réfléchir à ce que je t'ai dit à tête reposée, dit le commandant en s'étirant. Arceneaux et ses techniques d'extermination, les douceurs et les malheurs de la Sweet Louisiana, les vicissitudes du monde immobilier… Et on en reparle demain.

Duguin appela deux plantons et leur ordonna d'emmener le promoteur au dépôt.

– Attendez !

– À ton service.

– Pour les séances d'intimidation, j'admets, c'est moi. Je voulais me débarrasser de cette racaille. Les squatteurs ne comprennent que la manière forte. Mais je n'ai jamais payé qui que ce soit pour dessouder cette fille.

– Je crois qu'on progresse. On va noter ça dans un procès-verbal.

Ludovic Nicolet s'assit devant l'ordinateur et posa ses mains sur le clavier.

– On reprend à partir du moment où tu te trouves des financements à Panama, continua Duguin. Tu prends l'avion, tu débarques là-bas, il fait chaud, tu es plein d'espoir… Allez, Marquet, dis-moi tout.

– Mais on en a pour la nuit !

– Moi, ça ne me dérange pas. Et toi, Ludovic, ça te dérange ?

– Non, Sacha, pas spécialement.

Nicolet était ému. Le prénom du patron lui avait échappé, mais celui-ci n'avait pas réagi. De toute manière, il était plus judicieux d'afficher une grande connivence lors d'un interrogatoire en duo.

– Plus tu me donnes de détails, plus j'ai de chances de te croire. Je suis pour la générosité, vois-tu ? Allez, laisse-toi aller.

– J'avais pris contact avec Steve Hutchinson. Le patron d'une firme basée à Panama, spécialisée dans le financement immobilier. J'ai commencé à négocier avec lui mais, rapidement, c'est sa femme qui est devenue mon interlocutrice. En ce moment, Hutch est à Paris. Nous sommes partenaires dans Tolbiac-Prestige.

– Hutch ?

– Elle veut qu'on l'appelle comme ça.

Nicolet jeta un coup d'œil à son patron. Il était décontracté, jambes allongées, mains derrière la nuque, et gardait un visage placide. Il avait l'air d'écouter un ami raconter une bonne histoire. Il n'y avait rien à enlever à sa prestation.

17

Lola Jost posa son oreille sur la porte de l'atelier d'Ingrid et entendit de la musique. Elle sonna. L'Américaine vint ouvrir avec un petit sourire qui ne lui ressemblait pas. Il s'évanouit d'ailleurs très vite.

– Qu'est-ce que c'est ?

– Les Neville Brothers. Le groupe préféré de Brad. On les a beaucoup écoutés en jardinant. Ça nous donnait du courage.

Lola décida de changer de sujet, Ingrid devait quitter d'urgence la rue de la Nostalgie.

– J'ai passé une partie de la journée à boire avec un jeune homme.

Ingrid alla s'échouer sur le canapé orange et attendit la suite.

– Jupiter Toby.

– L'ex de Lou Necker ?

– Lui-même. De fil en aiguille, on a terminé le magnum.

– Tu n'as pas l'estomac renversé ?

– Je boirais bien une camomille. Et puis un estomac c'est comme un sablier. Ça se retourne plus que ça ne se renverse. En revanche, un homme peut être renversant.

Ingrid haussa les épaules.

– Il est plus touché par la mort de Lou qu'il ne le croit, Ingrid. Et il couche avec l'associée américaine de Marquet. Et Marquet est le gentil sponsor qui lui finance son atelier.

– Nora a raison ! C'est un beau salaud, ce Jupiter Toby !

– Beau oui, salaud, pas sûr. Il m'a dit sans faire de manières qu'il voyait Marquet derrière les rats, les seringues et les casseurs.

– Et il accepte d'être sponsorisé par lui ! *Fucking bastard !*

– Je ne le juge pas. La France est dans une situation difficile. Chacun essaie de survivre.

– Moi, si je voulais survivre encore mieux, je coucherais avec les clients du *Calypso* et je ferais des massages cochonneux comme le suggère le commandant Duguin ! Seulement, le matin, j'aurais du mal à me regarder dans le *fucking* miroir !

– Cochons, pas cochonneux. Et puis ne fais pas ta puritaine, Jupiter couche avec Mme Hutchinson, alias Hutch, parce qu'elle lui plaît et non pas parce qu'elle le sponsorise.

– Peu importe !

– Bref. J'ai passé une chouette après-midi pleine de regain mais peu constructive. En revanche, en rentrant chez moi, bingo ! Un message d'Oswaldo m'attendait sur mon répondeur.

– Qui est cet Oswaldo ? Encore un homme renversant ?

– Pas du tout. Mais c'est un indic de première classe. Il a identifié le type qui a fabriqué les papiers de Brad ! C'est pas stimulant ça, Ingrid ?

– Plus que tes histoires d'artiste alcoolique, obsédé sexuel, et renversé.

– Et ma camomille, elle arrive ?

*

À peine installée dans la Twingo, Ingrid sursauta et étouffa un juron.

– Fais un peu attention ! Tu viens de t'asseoir sur le seigneur.

– *What ?*

– Le seigneur des épices, alias Louis-Guillaume Giblet de Montfaury. Le roman de Bolodino. Puisque c'est comme ça, je ne résiste pas à l'envie de t'en lire un passage. Moi, ça me met en transe. Ça sent si bon la nature, la mer, les alizés. Alors voilà :

« Ma mie, mon Églantine, je ne suis parti que pour mieux me rapprocher de vous, et ces pensées couchées dans mes carnets sauront vous l'apprendre dès mon retour. Cette nuit, vous m'avez visité en songe. J'étais allongé sur le pont de La Boudeuse, *sous le brillant des étoiles, car j'avais espéré que l'accent des vagues chasserait de mon âme toute autre agitation. Vous me manquez tant, ma mie, ma douce, que parfois j'en tremble et mets de longues heures à trouver le sommeil, malgré des journées harassantes à herboriser avec mon maître Commerson, à la fois joyeux et épuisé par cette prodigieuse vitalité que nous offre la Nature, comme si chaque instant était l'occasion de débrouiller le Chaos à mains nues. »*

« Vous êtes venue à moi malgré la distance qui nous sépare, et vous m'avez demandé de vous offrir une parcelle du paradis. Réveillé à l'aube par la criaillerie des cormorans, mon esprit était encore possédé par la puissance de mon rêve. C'est alors que j'ai pris une grande décision. À mon retour, je vous confectionnerai le plus beau des jardins qui soit. Il concentrera la fécondité du

monde et la sublimité des mystères. Il sera notre refuge et je n'y aimerai que vous… »

– Je n'ai compris que quelques mots par-ci par-là. C'est un français bizarre.

– C'est un français du siècle des Lumières, ma grande. M'est avis que dans ta lointaine Louisiane, quelques rescapés parlent encore un peu comme ça.

– En tout cas, je n'en ai jamais rencontré. *And now, let's get the fuck out of here!* lâcha l'Américaine en mettant le contact.

*

Ingrid trouva à garer la Twingo dans la rue Manin et elles la longèrent en direction de la rue Cavendish. Elle huma l'air imprégné d'odeurs végétales. Lola était rassurée ; l'amie américaine n'avait pas perdu toute sensualité au profit du gros chagrin qui lui grignotait le tonus. Lola lui saisit le bras pour qu'elle ralentisse. Elle indiqua une porte de garage surmontée d'une inscription mal en point : *Imprimerie Naudet*.

– C'est moi qui cause, murmura Lola.

– Avec mon accent, ça ferait plus sans-papiers.

– Tut-tut, laisse. J'ai toujours eu un faible pour les descentes. Ça me rappelle mes virées avec Barthélemy.

Ingrid leva les yeux au ciel tandis qu'une Lola épanouie tambourinait sur la porte écaillée de l'imprimerie.

– C'est qui ?

– Monsieur Naudet ? Je viens de la part d'un de vos meilleurs clients, répondit Lola en imitant les intonations de Marlene Dietrich.

La porte s'ouvrit sur une odeur chimique compliquée. Un homme petit posa un pied sur le trottoir, puis éclaira le visage de l'ex-commissaire d'un coup de torche électrique.

– Surprise ! cria-t-elle joyeusement.

Le nabot poussa un juron. Lola rua dans la porte. Le nabot fila comme un garenne. Ingrid eut tôt fait de l'intercepter. À la bonne heure, pensa Lola en étudiant le visage du bonhomme. Elle venait de le reconnaître. Il ne s'était pas toujours appelé Naudet. Dans une autre vie, il avait répondu au doux patronyme de Piotr les Doigts Agiles. Et avait fait son apprentissage chez feu Riri Ledoux, un artiste dans son genre, capable de vous fabriquer des papiers d'identité plus beaux que nature. D'après Oswaldo, Piotr les Doigts Agiles était l'un de ses plus habiles successeurs.

– Je vous reconnais, toi et tes doigts, Piotr. Je suppose que tu me remets aussi.

– Je vous croyais en maison de retraite, commissaire.

– Tu veux une claque ? À la retraite oui, mais pas en maison. Reste poli et tout ira bien. Je ne suis pas là pour te coffrer.

– On dit ça.

– Je veux que tu me parles d'un de tes clients.

– Que votre walkyrie me lâche d'abord le colback !

Ingrid relâcha la pression et réajusta le col du faussaire. Il lui décocha un coup d'œil vipérin et se laissa tomber dans un fauteuil providentiel en se massant les cervicales.

– Il s'appelle comment ?

– Brad Arceneaux. Et maintenant, Bernard Morin. Grâce à toi.

– Je vois pas.

Ingrid se lança dans une description.

– Ah oui, le mastodonte.

– À la bonne heure.

– Il voulait un passeport français. Il était pressé. Et un peu spécial.

– Élabore, mon Piotr.

– D'habitude, c'est moi qui choisis leurs nouveaux blazes. Mais ce type voulait s'appeler Morin. Et pas autrement.

– Voilà de l'inédit, reprit Lola. Il t'a dit pourquoi ?

– Non. J'ai essayé de le faire changer d'avis parce que j'aime pas trop que les clients m'embrouillent avec leurs petites envies. Il a rien voulu savoir. Et c'est enquiquinant.

– Pourquoi enquiquinant ?

– Parce que vous allez pas me croire et me coller au train toute la nuit.

– Grave erreur. Avec toi, je ne sens pas la puissance du regain.

Et Lola sortit sans se retourner.

– J'y comprends rien ! dit le faussaire. La puissance du regain ?

– C'est une vieille chanson, répondit Ingrid en tournant à son tour les talons.

18

Ingrid retrouva Lola au croisement des rues Manin et Cavendish. Assise sur un plot anti-stationnement, l'ex-commissaire réfléchissait.

– Il voulait s'appeler Morin. Il y tenait.

– *Yes.* Et dans le jardin du couvent, Romain nous a affirmé qu'il voulait des magnolias pour sa mère, qui habitait le quartier. Sa mère française.

– À la bonne heure, Ingrid, te revoilà en pleine possession de tes moyens. J'avoue que tu m'as inquiétée avec tes langueurs. Tu sais ce que je vais faire maintenant ?

– Téléphoner aux Renseignements.

– Exact.

– Et s'ils n'ont rien, tu vas appeler ton ex-adjoint pour qu'il nous déniche une dame Morin habitant dans le périmètre qui nous intéresse.

Lola sortit son téléphone de la poche de sa robe grise. Le préposé lui annonça que l'Île-de-France ne recelait pas moins de deux mille huit cent soixante-quatre abonnés au téléphone du nom de Morin. On en recensait quarante-sept dans le 13e arrondissement et cinquante-trois dans le 14e. Sans prénom, autant chercher une aiguille dans une énorme botte de foin. Cinq sonneries furent nécessaires pour réveiller le lieutenant Barthélemy.

– Jérôme, tu m'interroges fissa tes fichiers au sujet d'une certaine Mme Morin domiciliée à Paris, et peut-être bien dans le périmètre Tolbiac-Corvisart.

– Mais, patronne, vous m'avez demandé la même chose, il y a peu.

– Réveille-toi à fond, Jérôme. Et écoute-moi bien.

– Euh, oui, patronne.

– Je t'ai demandé la même chose, certes, mais au sujet d'une dame Arceneaux.

– Ah, peut-être bien, oui.

– Sache que la vie est un processus, Jérôme.

– Un processus, patronne ?

– Rien de fixé, de rigide, mais un mouvement continu, tu vois ?

– Non, pas trop, mais bon…

– Les choses paraissent immobiles et pourtant elles évoluent. Un jour, on vide des magnums avec un demi-dieu, le lendemain on se fatigue la rétine et la patience devant d'arides fichiers. Et nous devons nous adapter si nous voulons survivre. Tu peux aller au commissariat cette nuit ?

– Demain matin plutôt, non ?

– Cette nuit c'est bien mieux, Jérôme. Les locaux sont vides. Aucun risque de croiser le Nain de Jardin et ses méchantes questions. Et tu m'appelles à la première heure. Ni vu, ni connu.

Lola savait qu'en évoquant son successeur au commissariat du 10ᵉ, l'inénarrable Jean-Pascal Grousset, elle avançait un pion sur son échiquier. Le Nain ne détestait rien tant que d'apprendre que Lola Jost utilisait toujours les services de son ex-adjoint comme si elle était encore une officielle de la rue Louis-Blanc. Lola raccrocha avec un air satisfait et fit signe à son amie de la suivre.

– Ce banc public nous tend les bras.

– On pourrait plutôt l'oublier et rentrer.

– Il faut qu'on parle, Ingrid. Maintenant. Tu sais, j'ai décidé de m'élancer sur les circuits du très capable commandant Sacha Duguin pour t'aider. Sans ça, je te sentais capable de foncer en roue libre et de récupérer de vilaines surprises sous tes pneus.

– Tu ne crois pas que tu devrais aller te reposer ? Avec une vraie tisane digestive, cette fois ?

– La magie de la camomille attendra. J'ai quelque chose d'important à te dire.

Ingrid fixa Lola d'un regard inquiet.

– As-tu envisagé la possibilité de l'éventualité d'un début de culpabilité de ton compatriote ?

– *What ?* Je ne comprends rien à ce que tu racontes !

Lola poussa un gros soupir :

– Et si Brad était coupable ?

Le visage d'Ingrid se ferma.

– Attends ! Reste avec moi. Respire. Détends-toi. *La lucidité est la blessure la plus rapprochée du soleil.* C'est René Char qui le dit ! Écoute-le et écoute-moi !

– Brad était là quand j'ai failli mourir. Et ça, je ne l'oublierai jamais.

Ingrid fila dans la rue Manin. Lola dut se mettre à courir pour ne pas la perdre de vue. Une sensation étrange. Elle n'avait pas couru depuis l'arrestation de Jean-Patrick Masson, dit le Nantais, en… 1999. Après cette date fatidique, Barthélemy et ses jeunes collègues s'étaient échauffé les jarrets à sa place. Lola retrouva l'Américaine en train d'escalader les grilles des Buttes-Chaumont.

– Qu'est-ce que tu fabriques ?

– *Leave me alone !*

– Ah, mais sûrement pas ! Tu ne vas pas me lâcher comme ça.

Mais Ingrid avait déjà atterri de l'autre côté et s'enfonçait dans la nuit.

– Tu es folle, c'est dangereux !

Lola jeta un rapide coup d'œil autour d'elle et entama à son tour l'escalade de la grille. Sa saharienne cintrée ne lui facilitait pas la tâche. C'est alors qu'elle entendit des voix. Celle de l'amie américaine et de deux hommes. Ils se disputaient.

– POLICE ! hurla-t-elle.

Les voix se turent. Lola imagina son amie devenue la proie de prédateurs fous et fit un effort surhumain pour se hisser au sommet de la grille. Elle risquait de s'empaler sur ses tiges de fer, de basculer, de se rompre le col du fémur… Elle était à deux doigts de regretter son après-midi de farniente alcoolisée avec le demi-dieu romain, quand elle vit revenir Ingrid en petites foulées.

– Tu m'as fait une de ces peurs !

– Descends. Tu vas te faire mal.

Lola retrouva la platitude du macadam avec un soulagement non feint. L'Américaine sauta souplement à ses côtés.

– Vite, à la voiture !

L'ex-commissaire vit arriver deux hommes en salopette et à l'air furibard.

Elle partit en courant. L'Américaine était déjà au volant de la Twingo. Elles démarrèrent en trombe, semèrent les deux hommes en grillant un feu rouge et tournèrent en faisant crisser les pneus dans la rue Cavendish.

– Raconte ! ordonna Lola le souffle court.

– J'ai sauté la grille pour aller faire un jogging et respirer les arbres. Il n'y a que ça pour me calmer les nerfs. Et tu m'avais énervée !

– Chacun ses lubies, moi j'ai décidé d'arrêter le trot pour un ou deux siècles. Qui étaient ces types ?

– Deux jardiniers.

– À cette heure-ci ? Il est 23 h 47, précisa-t-elle en regardant sa montre.

– Ils ont fini par admettre qu'ils installaient un bout de clôture électrifiée.

– Il y a un os dans ton histoire, Ingrid. Les Buttes-Chaumont ne sont ni une prairie suisse, ni un zoo.

– Je te dis la vérité, Lola.

– Mais je vous ai entendus vous disputer.

– Le plus causant a dit à son copain : « Et si le tueur en série était une femme ? On n'y avait pas pensé ! » Et ils ont voulu m'attraper.

– Attends une petite seconde. Tu crois ce que je crois ?

– Que les collègues de Brad s'organisent pour traquer le meurtrier de Lou Necker.

– Eh bien, le commandant Duguin est très mal parti. Quantité de gens gambadent sur ses terres. Une ex-commissaire déterminée, une masseuse effeuilleuse harcelante…

– Et tous les jardiniers de la Ville de Paris.

– Que Bouddha, le seigneur Krishna, Jupiter et tous les dieux latins réunis soient avec lui, car à défaut de pétales de rose, son chemin sera semé de clous. Et ce ne seront pas des clous de girofle.

– C'est de toi ?

– Oui. Et pourtant, cette nuit, emportée par le regain, je m'appartiens si peu…

*

Sacha Duguin retrouva sa femme dans la salle de bains. Elle s'était endormie, assise contre la baignoire, un masque de beauté sur la figure. Le masque était craquelé comme la terre de Somalie. Il la secoua par l'épaule.

Elle finit par se réveiller, le regarda sans le reconnaître puis sourit. Son sourire se transforma en grimace. Elle avait oublié qu'un masque l'emprisonnait. Elle se leva et se passa de l'eau sur le visage.

– Je me suis endormie comme une masse, Sacha.

Il restait une trace marron clair sur l'arête de son nez. Il lui prit le gant de toilette des mains et l'essuya avec douceur. L'image d'Ingrid, dans le squat, le nettoyant avec un mouchoir en papier lui revint sans qu'il s'y attende. Béatrice se serra contre lui. Il lui caressa les cheveux, pensa à la première fois où il l'avait enlacée. Elle lui avait semblé menue, délicate, sa tête reposait juste au milieu de sa poitrine. Il fut interrompu par le téléphone. Béatrice se dégagea et répondit.

– C'est pour toi, Sacha. Ton petit lieutenant.

– Allô ! Patron ! Désolé de vous appeler si tard.

– Il n'y a pas de mal, Ludovic.

– Le lieutenant Parker vient de rappeler. Brad Arceneaux avait une mère française, née à Gentilly, en 1934. Elle a divorcé de Jimmy Arceneaux avant de rentrer en France. Dernier domicile connu : la rue des Champs-Élysées. À Gentilly. Après son expérience américaine, Irène Morin est revenue à la case départ. Mais il y a un hic.

– Oui ?

– Elle est morte dans un accident de voiture en 1975.

– Demain, direction Gentilly, Ludovic. Et encore bravo, beau boulot.

Béatrice était partie se coucher. Duguin mit le réveil, éteignit la lumière et s'allongea.

– Bonnes nouvelles ? demanda Béatrice d'une voix ensommeillée.

– Assez, oui.

– Je suis vraiment contente pour toi… Cette enquête, ça va doper ta carrière… Tu vas voir… C'est exactement ce qu'il nous faut…

Il chercha une réponse sensée, mais n'en trouva aucune. Elle passa sa main sur son ventre, comme elle faisait souvent avant de s'endormir, et se tourna vers la fenêtre.

– Bonne nuit, chéri.

– Bonne nuit, Béatrice.

19

Ingrid choisit une robe fourreau d'un rose presque blanc et de longs gants mauves. Elle irait avec le boa immaculé emprunté à Carlota, la consœur jamaïquaine. Elle hésita devant la collection de dessous et finit par sélectionner un string et un soutien-gorge fuchsia, un porte-jarretelles d'un ton plus soutenu. Elle opta pour les sandales argentées à la semelle en plexiglas ; elles évoquaient le souvenir d'une pluie tiède sur des pétales de magnolia.

Elle poudra son corps pour que la couleur de sa peau se rapproche le plus possible de celle de son fourreau, et ajouta un nuage de paillettes entre ses seins. Elle se maquilla, utilisa des faux cils gris et un rouge à lèvres lilas. Enfin, elle enfila la perruque platine et en lissa les boucles jusqu'à ce qu'elles bordent son visage de deux vagues soyeuses et calmes comme la surface d'un étang au couchant. Elle s'observa dans la glace. Il manquait quelque chose. Elle réfléchit et consulta Marie, la costumière.

Marie aidait Kate à enfiler ses ailes de papillon, mais accepta de rechercher la pièce de tissu qu'Ingrid convoitait. L'Américaine la déploya : l'étoffe avait la couleur exacte des iris d'eau. Elle la noua autour de sa taille, tel un *obi* japonais.

Elle annonça le changement de programme à l'ingénieur du son. Plus question de danser sur Missy Elliott. Elle voulait les Neville Brothers et plus précisément *Yellow Moon*. Laurent lui trouva ce qu'elle demandait.

– Tu n'es pas comme d'habitude, lui dit-il.

– Comment ça ?

– D'habitude, tu es belle comme une sorcière avant le sabbat, mais cette nuit…

– Cette nuit ?

– Tu me fais penser à une fleur. Un grand lys.

– C'est l'effet recherché, Laurent.

Elle croisa Carlota et Juliet, la nouvelle recrue originaire de Miami, qui la complimentèrent sur sa tenue. Elle écarta le rideau de scène. Cindy terminait son numéro, elle n'avait plus que ses chaussures et ondulait sur Marvin Gaye. Le *Calypso* faisait le plein. Ingrid ne discernait pas les visages, les projecteurs étaient orientés vers la scène, mais elle évaluait le volume des corps, celui des voix. La lumière s'éteignit, les applaudissements, les cris, les sifflets éclatèrent. Marie emballa Cindy dans le peignoir blanc du *Calypso*. Les premières mesures des Neville Brothers résonnèrent.

Yellow moon, yellow moon / Why you keep peeping in my window ? / Do you know something I don't know ?[1]

Puis la voix de Fabrice annonça le numéro vedette du *Calypso*, Gabriella Tiger, la Flamboyante. Ingrid ferma les yeux un instant, puis franchit le sas du rideau de

1. Lune jaune, lune jaune / Pourquoi lorgnes-tu à ma fenêtre / Sais-tu quelque chose que j'ignore ?

scène et pénétra dans le jardin des délices. La lumière blanche fut une source jaillissant d'une rocaille. Le soleil brûlant de la Louisiane posait déjà son empreinte sur sa peau. L'odeur des marécages, les cris des perroquets et le crissement des criquets firent le reste. Elle tendit les bras vers les pétales de chair des grands magnolias, huma leur parfum sucré comme un baume d'éternité, et marcha vers l'étang. Elle dénoua lentement son obi en pensant aux iris d'eau de Magnolia Hall.

Elle sentit le public frémir.

Yellow moon can you tell me / If the girl's with another man ?[1]

Elle releva sa lourde chevelure pour que la brise caresse sa nuque. Elle fit rouler son gant avec la lenteur d'une goutte d'eau glissant sur une feuille de nénuphar.

Oh yellow moon, / Have you seen that Creole woman / You can tell me, / Now ain't you a friend of mine…[2]

*

Ingrid remit son short et son tee-shirt, enfila ses Birkenstock, referma sa loge à clé et rangea la pièce de tissu dans le placard de Marie. Elle se retrouva sur la place Pigalle, sac en bandoulière et moral en berne, constata qu'il y avait la queue à la borne de taxis. Elle décida de rentrer à pied. La nuit était douce ; elle descendrait la rue Notre-Dame-de-Lorette vers le faubourg Montmartre et rejoindrait le faubourg Saint-Denis par les rues Richer et des Petites-Écuries.

1. Lune jaune, peux-tu me dire / Si cette fille est avec un autre homme ?
2. Ô lune jaune / As-tu vu cette Créole ? / Tu peux me le dire / Tu es mon amie après tout.

La mélancolie l'enroulait dans ses draps sales. Elle avait voulu exorciser les souvenirs en les offrant au public, mais, malgré les sifflets admiratifs, la chaleur des applaudissements, elle s'en retournait chez elle avec ses soucis intacts et le sentiment de s'enfoncer dans un paysage de sables mouvants. Elle ne pouvait faire taire le chuchotement qui lui répétait que Brad avait peut-être changé, qu'il était devenu un inconnu, un émigré dans un pays de noirceur.

Rue Richer, attroupement, ballet de voitures, c'était la sortie des Folies-Bergère. Elle s'enfonça dans la rue des Petites-Écuries déserte, crut entendre des pas, distingua une silhouette masculine. L'homme entra dans un immeuble, elle poursuivit son chemin. Elle réalisa qu'elle aurait voulu que Brad se matérialise, qu'il lui explique pourquoi il voulait à tout prix retrouver le nom et le domicile de sa mère. Pourquoi il ne ressemblait plus à l'ami qu'elle avait connu.

Une fois dans son quartier, elle regarda machinalement les vitrines des commerces. Sur nombre d'entre elles, elle retrouva son affichette. Lui revinrent les paroles de cet insupportable flic aux yeux noirs : *Et vous faites tous les styles : shiatsu, thaï, balinais, californien, et j'en passe.*

Brad était passé dans son quartier. Il avait récupéré l'une de ces affichettes. Il n'était pas venu la voir.

Passage du Désir, Dédé le clochard dormait à sa place habituelle, devant la brocante, emmitouflé dans de vieux cartons. Elle chercha ses clés dans son sac, sentit une présence.

Il portait un costume et une chemise sombres. Son visage était assorti.

– Qu'est-ce que vous voulez ?

– Je n'arrivais pas à dormir.

Elle trouva ses clés. Il s'approcha.

– Je peux entrer cinq minutes ?

– Les flics ont besoin d'une autorisation ?

– Il y a des heures légales et des heures illégales, répondit Sacha Duguin en franchissant le seuil. Je suis dans l'illégalité. Vous avez le droit de me jeter dehors.

Elle soupira puis posa son sac sur le canapé orange, alla ouvrir son réfrigérateur rose.

– Vous voulez de l'eau ?

– Oui, merci.

– Vous êtes moins relax que d'habitude.

– C'est possible.

– Votre lieutenant Nicolet n'est pas dans les parages ?

– Non.

– Et votre femme, que fait-elle ?

– Ma femme dort. Mais moi, je n'ai pas sommeil.

– Vous me l'avez déjà dit.

– Vous ne devriez pas rentrer seule, la nuit. Vous devriez prendre un taxi.

– Vous m'avez suivie ?

– Je vous ai filée.

– C'est ce qu'on appelle le sens de la nuance en français, non ?

Il se passa une main lasse dans les cheveux.

– On a trouvé de l'argent dans la chambre d'hôtel de Brad Arceneaux. Et des photos de Lou Necker. Et un CD des Vampirellas. À mon avis, il est encore en France. Il a laissé ses passeports derrière lui. Le vrai et le faux. Et je n'arrive pas à comprendre pourquoi. Ni pourquoi il gardait votre affichette dans sa chambre. Il connaissait votre activité de masseuse. Il n'ignore sans doute rien du deuxième versant.

Ils s'observèrent un long moment en silence. Il prit un magazine sur la pile, sortit un stylo de sa poche et inscrivit un numéro sur la couverture.

– Mon téléphone mobile. Au cas où.

Il reposa le magazine à sa place.

– Vous avez peut-être pour habitude de dénoncer vos amis, moi pas, commandant.

– On peut se balancer des répliques au visage comme des directs sur un ring mais je ne suis pas sûr que ce soit utile.

– Alors, pourquoi être venu ?

– Je ne voudrais pas… Je ne veux pas qu'il vous arrive des ennuis. Bonne nuit.

20

Ingrid n'arrivait pas à fermer l'œil. Elle se leva, se prépara le café le plus fort du monde occidental et s'installa devant sa table de cuisine. Elle brassa quelques pensées informes et sortit de chez elle sans but précis. Le soleil enveloppait la rue du Faubourg-Saint-Denis dans une lumière pâle qui aurait pu être celle du crépuscule. Elle eut le sentiment que tout chavirait, la ville, le temps, son passé. Son adolescence avec Brad était venue percuter sa vie à Paris. Sa vie près du canal Saint-Martin. Elle décida de marcher jusqu'au commissariat du 13e. C'était un long parcours mais il l'aiderait à se calmer.

*

Le bureau du lieutenant était couvert de paperasse, un gobelet à café vide tenait compagnie à une queue de croissant sur une serviette en papier.

– Je voudrais voir Sacha Duguin.

– Ça ne va pas être possible dans l'immédiat.

– Il est chez lui ?

– Le patron est là où il a envie d'être.

Ils se dévisagèrent un instant. Puis l'expression du lieutenant se détendit.

– Vous m'avez pris au dépourvu, mais si vous avez une déclaration à faire, je suis à votre disposition. C'est pour l'affaire Necker, évidemment ?

– Non, c'est personnel, je vais l'attendre dans le couloir.

– Vous êtes sûre ?

– Positive.

– Il y a une machine à café.

– Merci du tuyau.

– Je vais essayer de joindre Sacha sur son portable. D'accord ?

Elle s'installa dans le couloir et regarda le personnel vaquer à ses occupations. Un homme menotté arriva entre deux officiers. On le poussa dans un bureau. Deux femmes discutaient près de la machine à café. L'une était en uniforme. L'autre avait un pardessus et un chignon serré. Ingrid fouilla ses poches, trouva quelques pièces et se dirigea vers la machine.

– Je perds mon temps au milieu des brouettes et d'une bande de guignols agités, et pendant ce temps le patron et Nicolet intellectualisent. Après ça, on va nous rebattre les oreilles avec la féminisation de la police française.

– Il n'y a que Nicolet ce matin, et il a déjà le nez dans ses dossiers.

– Quand le patron va revenir de son club de boxe, il sera impressionné par sa dévotion et sa force de concentration. C'est admirable.

– Le commandant fait de la boxe ?

– De la boxe thaïe. Tous les matins.

– Il trouve le temps ?

– Son club est dans le quartier. Et il se lève tôt.

– C'est pour ça qu'il n'est jamais énervé.

– Pas si sûr. Je le trouve tendu, ces derniers jours. Et c'est moi qui vais morfler. Je lui plais bien en défouloir.

– Il est pénible, mais sexy. Non ?

– J'admets, mais certains jours, je préférerais travailler avec un tromblon.

Ingrid quitta le commissariat. Elle questionna quelques commerçants. On lui communiqua l'adresse d'un club de boxe thaïe dans le quartier chinois.

*

Sacha Duguin retrouva Rachid Bahri dans les vestiaires. C'était le partenaire rêvé. Tonique, généreux, spartiate, il vivait la boxe par tous les pores de sa peau. Elle lui avait laissé des tonnes de souvenirs et une gueule couturée. Ils bandèrent leurs mains avec soin, enfilèrent leurs protections. Rachid étudiait Duguin avec un sourire en coin. Il avait le don de lire les visages et sentait bien qu'il mâchonnait un problème. Sacha était certain qu'il ne l'ennuierait pas avec des questions. Rachid était l'homme le plus discret du monde, mais il savait écouter les confidences et, le moment venu, les oublier.

Mis à part le vieux David qui sautait à la corde et le petit Vincent occupé à son ménage, la salle était vide. Ils s'échauffèrent sur le sac de frappe et grimpèrent sur le ring. Rachid commença en douceur, mais Sacha lui fit vite sentir qu'il fallait monter en cadence. Il se mit au diapason, balança des directs ajustés, de plus en plus secs et puissants, lui laboura les flancs à coups de tibia en béton. Sacha riposta sur le même mode. Ils s'interrompirent, ruisselants de sueur, allèrent boire et s'asperger le visage.

– Tu as la rage aujourd'hui, dit Rachid.

Sacha s'apprêtait à lui répondre, mais il remarqua son immobilité. Il suivit son regard et découvrit Ingrid Diesel. Il enleva son casque. Elle lui fit signe et s'avança. Rachid s'éloigna en direction du vieux David.

Duguin récupéra une serviette-éponge et s'essuya le visage et le torse. Il crut un instant que la jeune Américaine allait le gifler mais elle le surprit en lui prenant sa serviette pour s'éponger la nuque. Son visage ne portait pas la moindre trace de maquillage, ses courtes boucles blondes avaient l'air d'un chaos de petites langues, ses yeux avaient viré au bleu foncé. Elle serra la serviette contre sa poitrine, dans un geste enfantin, puis alla s'adosser au ring. Il s'installa près d'elle. Le plus près possible. Elle sentait bon, c'était un parfum de fleurs, de fleurs blanches.

– Je n'ai pas fermé l'œil de la nuit à cause de vous.

Il hocha la tête, essaya de cacher son émotion.

– C'est absurde, reprit-elle. Si Brad était un tueur professionnel, il aurait pris ses papiers, son paiement, et serait loin d'ici.

Il reprit sa serviette et en profita pour effleurer ses doigts. Il la sentit réagir, une décharge légère. Il s'épongea une nouvelle fois. Elle le regarda faire, ses yeux s'attardant sur son visage, son torse. Mais la préoccupation l'emporta.

– Je ne vous laisserai pas le jeter en prison.

– J'ai fouillé les dossiers des deux meurtres. Citroën et Montsouris n'ont rien en commun. Il n'y a pas de tueur des parcs. Vous comprenez ?

– Les jardiniers y croient, eux…

– Les jardiniers se trompent. Ils veulent défendre leur ami, alors ils cherchent une explication. Celle qu'ils ont trouvée n'a aucun sens. La nuit, les parcs sont fermés. Un prédateur n'a qu'une chance infime d'y trouver une victime. Qui aurait pu deviner que Lou sautait les grilles pour trouver un espace de solitude ? Quelqu'un qui la connaissait. Elle a été tuée à Montsouris parce qu'il était impossible de la supprimer dans un squat surpeuplé.

– Mais pourquoi Lou ?

– Et pourquoi Julia Clarke ?

Elle le dévisagea et il n'aima pas son regard.

– La police de votre pays le recherche aussi, dit-il. Dans le cadre de la disparition de Clarke. Et du meurtre de Frazier.

Il pensa toucher son épaule mais se retint.

– Frazier était un ami à vous ?

Elle posa une main sur la poitrine de Duguin comme pour tenir la réalité à distance. Il se sentit remué jusqu'au sang par ce geste, eut envie de prendre cette main dans les siennes, mais elle la retira. Elle était très en colère à présent. Ses yeux étincelaient.

– *Bullshit !* Brad aimait beaucoup Julia. Ben était son meilleur ami.

– Vous avez connu Julia Clarke ?

– *No*.

– Alors comment savez-vous ce que Brad éprouvait pour elle ?

– L'instinct. Moi, je crois au mien.

– Je ne devrais pas renseigner une civile. Mais j'ai peur pour vous, je vous l'ai déjà dit. Alors écoutez-moi deux secondes. Marquet s'est rendu à La Nouvelle-Orléans et a pu y rencontrer Arceneaux. Vous comprenez ?

– Et l'engager pour tuer Lou Necker ? *Are you out of your fucking mind ?*

– Arceneaux avait le bon profil pour exécuter un contrat.

– Ce n'est pas parce que la police de mon pays le recherche qu'il est coupable.

– Frazier était bien plus riche que lui, et plus chanceux en amour. Et justement, Clarke avait le même âge que Necker au moment de sa disparition. Et c'était une musicienne.

Ingrid marqua le coup.

– Vous essayez de bâtir le portrait d'un maniaque, d'un monstre…

– Les Clarke n'ont jamais reçu de demande de rançon. Le père a accusé Benjamin Frazier. L'instinct, comme vous dites. Mais il lui a peut-être désigné la mauvaise personne.

– Je vous ai dérangé pour rien. Je ne sais même pas pourquoi je suis venue…

Elle fila vers la sortie. Il eut envie de crier son prénom. Sa silhouette se dilua dans le soleil de la rue.

– Belle fille, dit Rachid.

– Le problème, c'est…

– C'est… ?

– Qu'elle est aussi émouvante.

– Qu'est-ce que tu comptes faire ?

– Me défoncer à la boxe et au boulot.

– Tant mieux pour moi, et tant pis pour les malfrats.

– Ça t'est déjà arrivé ?

– Il y a longtemps.

– C'est fini ?

– Depuis que je suis marié avec Laetitia, je n'ai plus eu envie d'une autre fille. Ou juste une pensée, comme ça. Ça vient, ça passe.

– J'ai déjà trompé Béatrice, parce que je savais que ce serait sans conséquence. Mais là, c'est différent.

– Différent comment ?

– J'avais tellement envie de la prendre dans mes bras, de l'embrasser, que j'en avais mal. Il ne faut pas que j'aille plus loin. Sinon…

– Sinon ?

– Ma vie va exploser.

– Et tu n'as jamais eu envie de faire exploser ta vie ?

Il faillit répondre et renonça. Il remonta sur le ring. Ils reprirent le combat. Rachid lui offrit toute l'énergie dont il était capable.

Duguin prit une douche aussi chaude que possible. Il pria pour que ses pensées se diluent. Mais ses pensées restèrent un bloc compact. La scène du *Calypso* noyée dans la lumière blanche. La robe fleur. Les mouvements déliés de son corps laiteux, gracieux et provocants à la fois. Les globes des seins comme des lunes de soie. La courbe du dos pâle et ce tatouage qui lui mangeait jusqu'à la fesse gauche et dont il n'aurait jamais soupçonné l'existence. L'insupportable innocence du visage. Et des mains. Elle avait les mains les plus innocentes du monde. Il courba la nuque sous le jet brûlant, le laissa lui abrutir les épaules. La scène du *Calypso* finit par se dissoudre mais la jeune Américaine revint, insistante et fraîche, à pas lents. Et rhabillée. Même avec n'importe quels oripeaux, avec ce vieux short avachi, ces tee-shirts idiots, ces chaussures à la Lawrence d'Arabie, elle était séduisante. Imprévisible, généreuse, et folle. Il n'aurait jamais cru qu'une strip-teaseuse le ferait tomber genoux à terre, et mordre la poussière.

21

Lola tournicotait, s'exténuait, et pourtant la journée venait à peine de commencer. Elle se faisait l'effet d'un Culbuto géant lancé sur les traces d'un homme insaisissable. Mathieu Chevilly était d'essence volatile. Et le pire, c'est qu'il se volatilisait dans le périmètre restreint du 8e arrondissement. Au téléphone, volubile, spirituel voire un rien fantasque, il avait promis qu'il serait chez lui dans la matinée. Sa promesse ne valait pas plus que la parole d'un bonimenteur de foire. Elle s'était rendue à son domicile, rue Galilée, et la gardienne l'avait expédiée de l'autre côté des Champs-Élysées, rue de Ponthieu, au *Café Épicure*, où le financier avait ses habitudes. Une fois sur place, le serveur lui avait annoncé qu'elle venait de rater le sieur Chevilly d'un petit quart d'heure, qu'il était probablement à son club de bridge, rue Alfred-de-Vigny, aux abords du parc Monceau. Lola lui demanda une description de l'homme d'affaires.

– Ce monsieur est mince, blond, ses yeux sont vifs et enfoncés, son costume est souvent noir, sa cravate desserrée et il a toujours l'air de se raconter une bonne histoire.

Lola reprit sa quête en maugréant.

Un portier noir en livrée rouge à galons dorés faisait les cent pas devant l'immeuble. C'est lui qui, à longueur de journée, s'occupait des voitures des bridgeurs dans les rues encombrées du quartier. Il n'avait jamais rien garé pour Mathieu Chevilly. Même pas un vélo, l'homme était un piéton farouche.

– Il est dans vos murs ?

Le portier admit que oui, et un sourire mystérieux s'accrocha à ses lèvres pour déclarer qu'on ne pénétrait pas au Cercle Vigny sans une carte de membre.

– Mon confrère de la réception est un berger allemand en costard italien, expliqua-t-il avant de monter dans une Aston Martin qu'un couple venait de lui confier.

Lola ne le crut pas et tenta sa chance. Un grand blond à l'impeccable costume anthracite et à la politesse glaciale la repoussa fermement. Elle revint sur ses pas. Le portier lui apprit que suivant son humeur, Chevilly pouvait s'attarder là de longues heures. Stoïque, elle s'adossa à une Mercedes et replongea dans *Le Seigneur des épices*.

Bougainville s'était fait une raison. On ne trouverait pas le continent austral et ses épices tant convoitées. Et les ennuis s'étaient accumulés. Il avait fallu encaisser de nombreuses attaques d'indigènes armés de lances et nettement moins hospitaliers que les Cythériens. Au large de Futuna, le scorbut et les fièvres s'étaient mis à décimer une nouvelle fois un équipage éreinté par cette lente navigation dans un archipel interminable. En attendant, les cales étaient pleines et la meilleure idée était sans doute d'en profiter pour avaler autant de miles que possible.

Lola suivit les pérégrinations de Louis-Guillaume et de ses compagnons, éprouva leur déception lorsqu'il fallut admettre que la Grande Barrière de corail demeurerait infranchissable. Bougainville et les botanistes ne découvriraient jamais l'Australie. Elle vogua, doubla le cap de la Délivrance, mouilla aux abords de la Nouvelle-Irlande, atteignit la pointe ouest de la Nouvelle-Guinée et, à défaut de la fin du voyage, celle de l'exploration.

Commerson et Montfaury herborisèrent à Batavia, l'actuelle Djakarta, sous la haute surveillance des autorités coloniales. « J'enrage de ne pouvoir ébranler le monopole des Hollandais sur les épices », écrit Louis-Guillaume dans ses carnets, « mais je ne désespère pas d'y parvenir un jour… »

– Vous avez une patience d'ange, madame. Bravo.

Lola s'extirpa de sa lecture. Le portier lui souriait.

– On dirait que c'est le destin de M. Chevilly de faire attendre les femmes, continua-t-il.

– Comment ça ?

– Une jeune punk l'attendait souvent. Mais lui n'avait jamais l'air ravi de la voir.

Lola obtint une description fidèle de Lou Necker avant d'être interrompue par l'arrivée d'un énorme 4 x 4, piloté par un amateur de cigares et de jeans artistiquement troués. La taille de l'engin n'impressionna pas le portier, qui partit d'un air confiant à la recherche d'un espace de stationnement.

Louis-Guillaume venait de faire une rencontre décisive en la personne de Pierre Poivre, missionnaire, commerçant, manchot, et employé de la Compagnie des Indes devenu intendant de l'île de France, qui partageait la même obsession que lui : faire exploser le monopole hollandais.

*Les deux amis embarquèrent pour les Moluques à bord de l'*Étoile du Matin, *avec pour objectif de dérober des plants de girofle et de muscade, et de défier la peine de mort infligée aux voleurs d'épices. Après mille stratagèmes, des opérations de séduction de rois malais, l'intervention de la providence, entre Bornéo et les Célèbes, au moment de l'arraisonnement de l'*Étoile du Matin *par des vaisseaux garde-côtes hollandais, et malgré la menace de la mousson, Poivre et Montfaury rentrent à l'île Bourbon avec leur précieuse cargaison. Quatre cents pieds de giroflier et dix mille noix muscades. « Nous avons pu pénétrer dans le Jardin des Hespérides et ses muses nous ont offert leurs fruits d'or », écrit Louis-Guillaume dans ses carnets à l'intention de son épouse qui l'attend patiemment à Paris. « Je suis riche, ma mie, mon Églantine, et je m'en reviens vers vous... »*

Bien plus tard, le ciel s'était gâté et l'air alourdi. Lola délaissa Louis-Guillaume pour s'intéresser à un homme dont la description correspondait à celle de Chevilly. Elle le suivit. Il emprunta l'allée principale du parc d'une démarche nonchalante, se retourna sur le passage d'une jolie femme, renvoya son ballon à un gamin.

Monceau faisait le plein comme jamais. Ses jointures craquaient sous les envies de bien-être des Parisiens. Bancs et pelouses regorgeaient d'amateurs de farniente et de lecture. Des jeunes gens se poursuivaient, armés de bouteilles en plastique remplies d'eau, et s'arrosaient en laissant fuser de grands éclats de rire. Des nounous africaines palabraient à l'ombre d'un hêtre pourpre. Des groupes pique-niquaient dans la bonne humeur. Des athlètes, torse nu, s'essayaient à la capoeira, la lutte gréco-romaine ou le kung-fu ; Lola ne voyait pas la différence. Leur style était indéchiffrable.

Chevilly s'acheta une gaufre avant de s'installer sur un banc. Il enleva sa veste et observa quelques mariages asiatiques. Trois noces s'entremêlaient, les mariés s'égaillaient dans la rocaille et prenaient la pose pour les photographes. Lola s'installa à côté de lui, le salua.

– Je suis votre rendez-vous manqué.

– Ne m'en veuillez pas. L'envie de jouer ne se contrôle pas. Il a fallu que je sorte pour un bridge. Maintenant, ça va mieux. Vous voulez un morceau de gaufre ?

– Volontiers.

– J'ai toujours aimé les mariages, commenta-t-il au bout d'un moment. Les femmes ne sont jamais aussi fragiles et victorieuses que ce jour-là.

– Vous êtes marié ?

– Surtout pas. Vous vouliez me voir au sujet de Tolbiac-Prestige ?

Il ne se fit pas prier pour répondre à ses questions. Il parlait à profusion mais ne vous apprenait pas grand-chose. L'Ordre devait vendre. Les temps changeaient, les restrictions n'épargnaient personne. Il y avait de moins en moins de vocations pour gagner son paradis ici-bas à renfort de neuvaines et d'oraisons, mais les prix de l'immobilier grimpaient jusqu'au ciel. L'Ordre misait sur le regroupement des religieuses dans d'autres couvents pour limiter les frais de fonctionnement. Chevilly fit son topo sur l'effondrement de la France. Il faudrait cinq, dix, vingt ans, mais la déchéance était inscrite, inéluctable, et le système s'écroulerait comme château de cartes. La dette de l'État atteignait des niveaux record. Le chômage était une lèpre qu'on ne jugulait plus. L'industrie était exsangue, la recherche sacrifiée, le système éducatif inadapté et définitivement incapable de jouer son rôle d'ascenseur social. Le pays s'effondrerait comme l'Argentine. Les sœurs étaient beaucoup mieux réfugiées à Compiègne.

– Tout le monde n'est pas de cet avis, dit Lola.

– Au sujet de l'Argentine ?

– Au sujet de Tolbiac-Prestige. Lou Necker s'opposait farouchement à la vente.

– Paix à son âme, mais elle faisait partie de ces irréalistes qui croient que l'argent est une manne qui finit toujours par tomber du ciel. Elle souhaitait que Gervais Jarmond et d'autres la subventionnent. Elle trouvait normal d'être logée gratis en plein Paris. Tout ça parce qu'elle se considérait comme une artiste indispensable.

– Elle est venue souvent vous attendre devant le Cercle Vigny. Pour vous convaincre ?

– Nous avons eu des discussions enflammées, sur ce même banc. Dans le fond, elle me ressemblait, elle avait des idées très arrêtées. Et elle adorait convaincre. Mais elle m'a déçu.

– Comment ça ?

– Il fut un temps où elle s'entendait bien avec sœur Marguerite. Elle l'écoutait lui raconter les aventures de son ancêtre, le botaniste. Quand l'Ordre a envisagé de vendre, Lou Necker s'est rapprochée de Bolodino qui écrivait une bio de Louis-Guillaume Giblet de Montfaury. Et elle n'a pas hésité à s'introduire dans la bibliothèque de sœur Marguerite pour dénicher les carnets de voyage et la correspondance du botaniste. Je suppose qu'elle a photocopié les documents avant de les remettre en place. L'avocat de sœur Marguerite n'a rien pour le prouver. Alors Bolodino peut se targuer d'avoir écrit un roman, pur produit de son imagination, et batailler sur le thème de la création brimée.

– Il y avait des traces d'effraction ?

– La porte qui mène du jardin au couvent est aussi vétuste que celle de la bibliothèque. Un crochetage habile, et on entre sans problème, et sans laisser de traces.

– Vous êtes sûr que c'est Lou qui a récupéré ces carnets ?

– Certain.

– Romain l'a vue ?

– S'il l'a vue, il n'a jamais voulu me le dire. Elle me l'a avoué elle-même. En me narguant. Comme si elle racontait un scénario invraisemblable mis au point par ma paranoïa. Elle ironisait, mais je savais qu'elle me racontait la véritable histoire. Elle était plutôt fière d'elle. Tantôt, elle mentait et manipulait ; tantôt, elle cherchait un public pour faire savoir à quel point elle était finaude. Dommage qu'elle soit morte si jeune. Elle serait allée loin.

Il l'entretint encore un peu de l'art subventionné, des mécènes, des illusions des uns, des tactiques des autres, puis épousseta le sucre glace qui tapissait sa chemise et le haut de son pantalon ; il déclara alors qu'il était temps pour lui de rejoindre les bureaux de l'Ordre, le regroupement des sœurs de la Miséricorde n'étant pas le seul dossier qu'il avait à gérer. Après avoir resserré sa cravate et enfilé sa veste, il partit vers le métro.

Une famille africaine prenait d'assaut la rocaille. Les boubous éclataient de couleurs, de nouveaux mariés prenaient la pause. Lola appela Mlle Amélie, qui lui confirma que Mathieu Chevilly avait été très présent auprès de Gervais Jarmond ces derniers temps. Il avait souvent joué de son sens de la conversation pour le convaincre de vendre.

– Tel que je connais votre patron, il a dû vous demander de monter un dossier sur lui.

– Bien sûr, mais si vous voulez en avoir un condensé, il faudra me signer un chèque.

– Le même montant que celui de la dernière fois ?

– J'allais vous le proposer.

– Vous pouvez me faire confiance et me dire ce que vous savez dès maintenant ?

– C'est-à-dire avant réception du chèque, n'est-ce pas ?… Vous êtes une bonne cliente. Je pense que je peux faire ça pour vous.

La voix de Mlle Amélie ne recelait pas une once d'humour. Lola se demanda si elle en avait toujours été dépourvue ou si la vie s'était chargée de la transformer en tiroir-caisse inoxydable. Elle l'écouta attentivement. Diplômé d'une bonne école de commerce lyonnaise, Mathieu Chevilly avait commencé sa carrière chez Danone. Il aurait pu s'y épanouir, et y attendre un effondrement argentin en toute quiétude, mais sa passion du jeu avait fini par remonter aux oreilles de sa direction et lui causer du tort. Chevilly fréquentait le cercle huppé de la rue Alfred-de-Vigny mais également quelques arrière-salles moins recommandables. Il avait été licencié par l'empereur mondial du yaourt et avait retrouvé un emploi en tant que financier de l'Ordre grâce à sœur Marguerite. La mère de Mathieu Chevilly était une Giblet de Montfaury, et la nièce de la mère supérieure.

– Je peux faire des recherches pour vous, madame Jost. Mon patron patine dans ses Mémoires, j'ai du temps libre.

Lola quitta Mlle Amélie sur de vagues promesses. Elle rangea son portable et l'échangea contre *Le Seigneur des épices*. Elle en oublia le ciel de plus en plus tourmenté. Louis-Guillaume était de retour à Paris et avait retrouvé son domaine de la rue de Tolbiac où il avait magnifié son jardin en y construisant une serre pour les arbustes et plantes rapportés de ses lointains périples. Il se partageait entre ses études dans son laboratoire et son fructueux commerce d'épices avec l'île Bourbon et Pondichéry – négoce qu'il avait confié, lors de ses voyages, à son bon ami et associé Archambaud Sarrazin –, et avait juré à Églantine qu'il ne prendrait plus la mer.

Une goutte dodue s'écrasa sur le mot « tropiques ». Lola l'essuya avec le bas de sa robe et rangea le roman juste à temps. La pluie explosa dans un crépitement sonore et odorant. Lola fila s'abriter sous l'auvent du kiosque, et y retrouva les invités de la noce africaine qui encourageaient joyeusement les nouveaux époux restés en arrière. La traîne nuptiale s'emberlificotait dans la rocaille. Le mari en costume crème tendait les bras à sa femme tout empêtrée. Le vent mugissait. La pluie érodait la rocaille. La robe immaculée, le costume assorti se tachaient de terre. Le marié, chevaleresque, prit la jeune épousée dans ses bras pour tenter une échappée vers l'auvent surpeuplé. Quelqu'un proposa une retraite, et le groupe s'éparpilla vers la sortie. Le jeune couple s'engouffra dans une voiture blanche, à vitres fumées, de la longueur d'un bateau.

Les rafales nerveuses cravachaient la toiture métallique. L'ambiance dionysiaque de Monceau, la douceur blonde des façades haussmanniennes s'étaient volatilisées. La nature avait changé de registre avec une brutalité insoupçonnée. Lola pensa à La Nouvelle-Orléans, à cet ailleurs si différent, imagina les tonnes d'eau fracassant les digues, à l'aube, déferlant sur une ville endormie, noyant la vie tranquille dans un torrent de boue et de terreur. Elle imagina Brad Arceneaux dans ce paysage d'apocalypse, le géant devenu ridicule confronté à la férocité des éléments. Quand un paisible jardinier survit au désastre, laisse des amis morts derrière lui et change de latitude, redevient-il un paisible jardinier ? Ou bien la fissure continue-t-elle son lent travail jusqu'à la fracture ?

22

Lola arriva à la première heure. Montsouris ouvrait ses portes, les familles de colverts sillonnaient l'eau grise. Ingrid cachait son spleen derrière des lunettes noires. Elle avait évoqué sa sale journée de la veille et ses découvertes désagréables. L'argent et les photos retrouvés dans la chambre de Brad. Les soupçons de la police de La Nouvelle-Orléans. Lola cherchait sans succès une histoire pour la dérider. Il y avait bien les tortues, mais ce n'était guère réconfortant. Avant de retrouver l'Américaine, elle avait bavardé avec un gardien dans l'espoir de lui soutirer des informations, mais n'en avait obtenu qu'une anecdote sinistre. Quelqu'un avait abandonné un couple de tortues de Floride au bord du lac artificiel. Elles avaient proliféré dans leur nouveau milieu dépourvu de prédateurs naturels, jusqu'à le coloniser. Au début, gardiens et jardiniers s'étaient demandé pourquoi les canetons disparaissaient dans le lac, comme aspirés par un monstre vicieux. Ils avaient vite compris que les tortues les guettaient sous l'eau. Les récents travaux d'étanchéité de la pièce d'eau avaient permis de capturer les reptiles, qu'on avait hébergés dans un zoo. Mais, récemment, des survivantes avaient pointé leur nez dans les fourrés de Montsouris.

Depuis, Lola ne voyait plus Brad Arceneaux que sous les traits d'une énorme tortue ninja cachée dans l'obscurité, prédateur importé d'une ville où le taux de criminalité était l'un des plus élevés des États-Unis, avant Katrina. Elle secoua cette chimère en observant les enfants sur le manège.

Le bruit des tronçonneuses les fit émerger de leurs pensées. Elles s'orientèrent vers la cascade et une troupe d'épouvantails artistiques. Trois jardiniers harnachés comme des alpinistes taillaient des marronniers. Elles s'installèrent dans l'ombre d'un acacia. Au moment de la pause, elles s'approchèrent et Lola s'adressa au plus âgé, un moustachu aux yeux pétillants, tandis que les deux autres la dévisageaient d'un air bovin. Le moustachu leur serra la main et déclara s'appeler Manu. Les dadais se contentèrent de mâcher leurs casse-croûte sans faire de commentaires.

– Brad-Bernard, il est jardinier dans l'âme. Un gars qui aime voir fleurir la vie dans tous les sens, une encyclopédie montée sur pattes, un champion pour reconnaître les espèces les plus exotiques. Et même s'il a oublié de me dire qu'il était ricain, et m'a collé des faux papelards sous le nez, c'est un brave homme.

Pour une fois, quelqu'un soutenait Arceneaux. Lola sentit Ingrid se détendre.

– Il vous a montré ses papiers ?

– Bien sûr. C'est moi qui l'ai fait engager par la mairie.

– Comment l'avez-vous rencontré ?

– Il nous traînait autour. On voyait bien qu'il rêvait de retrousser ses manches. J'ai remué ciel et terre pour qu'on le prenne dans l'équipe. Un pro comme ça, on le laisse pas filer.

– Il vous a raconté pourquoi il avait quitté son pays ?

– Je viens de dire qu'avant cette histoire, je savais pas qu'il venait d'Amérique.

– Il a une mère française. Vous sauriez où la trouver ?

– Non, je saurais pas.

– Il faut que vous nous aidiez, intervint Ingrid. La police est persuadée que Brad a tué Lou. Mais vous, les jardiniers, je sais que vous vous êtes organisés pour rechercher le meurtrier.

Lola se tourna vers son amie. Elle avait pris son air intense. Elle parlait avec les mains, devenait plus latine que les natifs.

– Je sens bien qu'on est du même bord vous et moi, mais je sais rien. Brad-Bernard est un bon copain, mais pas du genre à se répandre.

– Ils ont trouvé de l'argent et des photos de Lou dans sa chambre, insista Ingrid. Et son meilleur ami a été tué aux États-Unis. Alors, vous comprenez, la police croit que Brad est responsable. Il n'a plus que vous et nous pour l'aider.

Lola réprima un sourire. Manu se gratta la nuque, l'air embêté. Ingrid attendait, tendue, visage implorant, comme s'il était un druide capable de mijoter une potion miraculeuse. Les dadais la fixaient de l'air de gars en présence d'une incarnation de la déesse Nature. Ils en oubliaient leurs casse-croûte.

– Venez par ici, dit Manu en s'éloignant de ses compagnons.

Elles le suivirent vers le lac. Une bande de canards naviguait en direction d'un enfant qui leur jetait du pain.

– Ce que je vais vous dire, les cognes le savent pas. Ça doit rester entre nous.

– Parole d'honneur, jura Ingrid en levant la main.

– Et vous ? demanda-t-il à Lola. Ce sont vos ex-collègues, après tout. Eux et moi, on est pas de la même planète. C'est clair ?

– Bien plus que l'eau de ce lac, promit Lola en levant la main à son tour. Je suis à la retraite et n'ai pas l'intention de rempiler.

– Eh bien… quelqu'un a essayé de tuer Brad-Bernard.

– Quand ça ? demanda Lola.

– Une quinzaine avant la mort de Lou Necker.

– Qu'est-ce qui s'est passé ?

– Chaque jardinier a son matériel à lui. Le harnais de Brad-Bernard avait été saboté. Heureusement que j'ai vérifié. Sans ça, il dégringolait de son marronnier et se rompait le cou. Si je tenais l'enfant de salaud qui a manigancé ça, j'organiserais un p'tit interrogatoire à la tronçonneuse…

– Si quelqu'un a monté un sale coup ici, il a dû aussi renifler son hôtel, reprit Lola. Vous connaissez l'adresse ?

– L'hôtel des Arts, rue du Champ-de-l'Alouette. Et c'est tout ce que je sais.

Le ton était résolu. Le temps des confidences était terminé. Manu ne serait pas plus causant qu'une vieille souche de chêne. Elles le remercièrent et remontèrent l'allée en direction de l'avenue Reille. Ses clients attendaient Ingrid. Après un détour par le couvent de la Miséricorde, Lola envisageait d'aller interroger le personnel de l'hôtel et proposa un rendez-vous à la tombée de la nuit dans le parc.

– Pour quoi faire ?

– Étudier les méthodes du druide et de ses adeptes. Je te l'apprends avant que tu ne m'interroges : un druide, c'est un vieux sorcier gaulois. Un as de la potion magique. Vous n'avez pas ça en Amérique.

– Pour un sorcier, Manu m'a paru sincère.

– Il m'a surtout fait l'effet d'un homme le postérieur entre deux chaises. Il nous a donné un coup de pouce. Pour autant, il en sait plus qu'il n'en dit.

– Tu crois ?

– Fie-toi à mon vieux nez. Il connaît la chanson du gazon.

– Pourquoi du gazon ?

– Pour rien, si ce n'est pour la musique des mots. Et puis le gars est jardinier, nom d'une pipe. Essaie de suivre !

– Pourquoi tu t'énerves ?

– Parce qu'il fait chaud et que tu réclames toujours des explications de texte.

– Je voudrais t'y voir. Imagine qu'on parte aux États-Unis.

– Qui, on ?

– *You and me.* Tu te retrouverais ensevelie dans une bouillie sonore.

– Je ne vois pas ce que j'irais faire outre-Atlantique.

– On ne sait jamais ce qui peut arriver, Lola. Crois-moi.

– Je comprends l'anglais.

– On croit comprendre. Mais il y a les détails. Les détails qu'on ne saisit pas. Crois-moi, le soir, un étranger est fatigué par le poids de tous ces mots.

– Eh bien justement, laisse couler et arrête de pinailler.

– Tu vois, ça recommence, ça veut dire quoi « pinailler » ?

– Pitié, grâce, j'abandonne. Ta curiosité me grignote la patience, tes questions me trouent la raison. Je pars au couvent. Et il n'est pas certain que j'en revienne.

– C'est ça. À ce soir, Lola.

L'ex-commissaire haussa les épaules et prit la direction de la rue de Tolbiac.

Romain arrosait ses cornouillers. Et lui proposa de l'aider. Il lui confia un arrosoir vert bouteille, et elle en profita pour s'imprégner de l'atmosphère. Les religieuses étaient lancées dans leur chant lancinant, les musiciens des ateliers Jarmond dans un rock solide.

– Cette cacophonie ne vous dérange pas ?

– Pensez-vous, madame Lola ! Et puis la vie n'obéit ni au doigt ni à l'œil. Elle a le droit de déborder. Surtout au printemps.

– Vous me rappelez un jardinier de Montsouris. Un certain Manu. Il a l'air de chérir la liberté plus que tout.

– Vous connaissez Manu ?

– Je viens de faire sa connaissance.

– Manu est bel et bien un gars dans mon genre. Il aime pas s'en laisser conter. C'est pour me parler de lui que vous êtes venue ?

– Pas vraiment.

– Je m'en doutais.

Romain posa son arrosoir, s'assit sur un banc et sortit de sa poche un paquet de tabac et du papier à rouler. Il confectionna deux cigarettes dodues et soignées, en proposa une à Lola, qui accepta. Elle prit place à ses côtés, admira la haie de clématites et respira les tubéreuses. Elle apprécia le goût du tabac, sa saveur de foin anglais mouillé.

– Daniel Bolodino a habité les ateliers un temps. Lou Necker lui a donné un beau coup de pouce pour son roman. Vous le saviez, n'est-ce pas ?

– Je le savais.

– Je suppose qu'elle est passée par le puits et qu'elle a pénétré dans le couvent par la porte du jardin. Mais je la vois mal agir à votre insu. Vous n'avez pas donné l'alerte ?

Romain s'attarda dans la contemplation de ses bottes avant de répondre.

– Non, mais je l'ai attendue à la sortie. Et on a causé.

– De ce qu'elle avait chapardé ?

– Oui, des carnets de voyage. Et puis des lettres, entre Louis-Guillaume et sa femme. Elle m'en a lu des extraits. C'était beau.

– Des lettres d'amour ?

– Amour et désamour. Elle lui reprochait d'être toujours par-delà les mers, de la laisser seule.

– Louis-Guillaume lui avait promis de ne plus la quitter. Il avait menti. Et puis, il y avait un autre homme. Le meilleur ami du botaniste. Un particulier au nom assorti : Archambaud Sarrazin. Pas le genre à prendre la mer.

– Vous en savez plus que moi, madame Lola. Je n'ai pas lu le bouquin. Trop gros.

– Lou vous a dit qu'elle comptait photocopier les documents pour Bolodino ?

– Lou a fait ce qu'elle a voulu.

– C'est grâce à ces documents que Bolodino a bâti sa thèse de l'assassinat et modifié son projet de départ. Le livre devait être un récit à la gloire d'un illustre botaniste. C'est devenu le portrait d'un homme passionné, et perdu.

– Un homme comme les autres, avec ses faiblesses. Il a choisi son chemin.

– Vous lui en voulez, n'est-ce pas ?

– À qui, à Louis-Guillaume ?

Romain avait eu un rire amer. Il leva les yeux vers la façade du couvent, puis jeta la cendre de sa cigarette dans un pot de fleurs ébréché et plein de mégots.

– Elle a été la patronne, dans le temps, reprit-il. Faut croire qu'il ne lui reste plus que ses grands airs, et que son autorité, c'est du vent pour les innocents. Elle aurait dû s'opposer à l'Ordre, maintenir le couvent à Paris. Au lieu de ça, elle écoute ces beaux messieurs, ils lui promettent de sauver le jardin et la serre, mais moi, je sais qu'ils mentent. Le temps a grignoté l'œuvre de Louis-Guillaume. Il n'y a pas de raison que ça s'arrête. Un jour, il ne restera que sa tombe. Et encore, rien n'est sûr.

– Quelle tombe ?

– Le caveau familial des Giblet de Montfaury.

Il lui désigna une construction en pierres brunes, attaquée par la mousse et à moitié dissimulée par les œillets et les campanules. Lola l'avait prise pour une remise.

– Au point où on en est, j'aimerais que vous me montriez la serre.

– Vous comptez y renifler d'autres secrets ?

Elle lui tapota le bras d'un air conciliant.

– Non, mais je suis comme vous, je me plais en compagnie du fantôme tourmenté de Louis-Guillaume.

Il eut l'air soulagé et se détendit, lui fit signe de le suivre.

Dès qu'elle eut franchi le seuil, ses lunettes s'embuèrent. Elle les essuya en humant l'air embaumé, gorgé d'eau ; les parfums sucrés dominaient mais des notes poivrées et toniques dansaient ici et là. Elle pensa à la moiteur langoureuse dont Louis-Guillaume parlait à sa femme, à ces fragrances suaves qu'il s'employait à lui décrire avec minutie dans ses carnets, afin de les lui faire lire entre deux escales, pour qu'elle comprenne à quel point ses explorations étaient nécessaires. Au début, Églantine Giblet de Montfaury avait lu les textes de son époux, et tenté de comprendre sa passion. Et puis, elle s'était lassée. Et avait banalement cherché et trouvé le réconfort dans les bras virils et roturiers d'Archambaud. C'était sans doute cette trivialité qui avait outragé Louis-Guillaume.

Romain guettait les regards de Lola tandis qu'elle explorait la collection végétale du gentilhomme, dûment répertoriée au moyen d'étiquettes annotées d'une écriture débordant d'entrelacs, celle qu'on imaginait à un aristocrate du XVIIIe siècle. Caféiers, manguiers, muscadiers, girofliers, cacaoyers, avocatiers, bananiers, l'ami de Pierre Poivre avait bien sûr une prédilection pour les plantes utiles mais avait désiré des ponctuations de palmiers et de fougères, rêvé des déploiements de fleurs opulentes et capiteuses. Évidemment il manquait les crissements des insectes, le chant des oiseaux aux plumes ensoleillées, mais c'était malgré tout le premier matin du monde, et Lola goûtait sa magie.

– Personne de sensé n'aura le cœur de sacrifier cette serre, dit-elle.

– On parie ?

23

Le réceptionniste suivait un match de foot sur un téléviseur minuscule. Il essaya de se débarrasser de Lola en répondant par monosyllabes. Elle posa un billet de cinquante euros sur le comptoir et obtint toute son attention. Elle réussit même à faire baisser le son, et demanda si Brad Arceneaux avait eu des visiteurs.

– Il ne recevait jamais personne.

– Il avait des horaires réguliers ?

– La plupart du temps. Mais, quelquefois, il rentrait tard. Enfin, d'après Carlos.

– Carlos ?

– Mon collègue qui fait les nuits.

– Quelqu'un aurait pu entrer dans sa chambre ni vu ni connu ?

– Bien sûr. Vous avez vu le tableau des clés ?

Il suffisait d'allonger le bras au-dessus du comptoir pour récupérer la clé de n'importe quelle chambre.

– D'accord, je regarde la télé, continua-t-il. Mais c'est pour ne pas m'enquiquiner. En tout cas, je ne bouge pas d'ici, et je surveille. Carlos, c'est une autre histoire. Il pique des roupillons.

– La veille du meurtre, l'Américain est rentré à son hôtel ?

– Les flics ont posé la question à Carlos. Il leur a répondu que le client était rentré saoul. Il a fait du tapage et il a disparu dans la nature.

– La police a trouvé de l'argent et des photos dans ses affaires. Vous êtes au courant ?

– Ah, c'était de l'argent. Les flics ont parlé d'une planque sous la baignoire, et ils ont bousillé les plinthes.

– Comment vous le trouviez, cet Américain ?

– Juste comme il faut.

– C'est-à-dire ?

– Le genre qui ne vous oblige pas à causer mais qui ne vous fait pas la gueule non plus. Quand il souriait, on oubliait sa taille et sa trogne. Mais de nos jours, on ne peut se fier à rien. Même pas au foot. Vous croyez qu'une équipe a la baraka, et elle se plante quand même en beauté. Et tout le monde a son avis sur la question mais personne n'arrive à expliquer le plantage.

– Vous me montrez la chambre ?

– Si vous voulez, mais la police nous a autorisés à faire le ménage.

– Peu importe.

*

Lola récupéra sa Twingo rue de la Glacière et s'y installa pour réfléchir. Quelqu'un avait pu se faufiler dans la chambre 23, dévisser la bouche d'aération, y glisser l'enveloppe avec l'argent, et dissimuler les photos des Vampirellas derrière une plinthe. Une bonne méthode pour accabler Brad et titiller l'équipe de Sacha Duguin. Mais il existait une autre possibilité. Brad s'était saoulé à mort avant de tuer, au point d'abandonner derrière lui son paiement, ses papiers et les preuves de sa culpabilité. Et il fallait considérer l'éventualité de sa mort. Soit parce qu'il avait saccagé son contrat sur Lou au point que son commanditaire l'avait éliminé avant qu'il ne devienne incontrôlable. Soit parce qu'il était devenu un témoin gênant. Dans l'équation, il fallait intégrer les morts d'Amérique : l'ami Ben emporté par la tourmente, la fiancée disparue. Sans compter la mère mystérieuse de Brad. Une inconnue introuvable, et peut-être bien morte, elle aussi.

Lola observait la rue inondée de lumière blanche, les vitrines brillantes des boutiques : une parfumerie pimpante, aux murs frais et roses, un magasin de spiritueux à l'invitante devanture rubis. Les passants étaient affairés, contents ou du moins décontractés. Elle avait faim de leur vitalité car elle savait qu'il lui fallait s'engager plus avant dans le territoire des morts. Qu'écrirait Louis-Guillaume s'il pouvait donner son point de vue ? Que les odeurs de sève étaient remplacées par des effluves morbides, et que la danse des feuillages sous la brise printanière cédait la place au lierre tenace et sombre de l'inquiétude. Mais par quoi fallait-il commencer ? Il était trop tôt pour le rendez-vous à Montsouris avec Ingrid.

Elle appela Barthélemy. Il n'avait toujours pas identifié la mère de Brad. Y avait-il d'autres nouvelles plus consistantes ? Certes, l'avant-veille, le promoteur Gilbert Marquet avait été interrogé par le commandant Duguin, et relâché aux petites heures de l'aube.

– Et tu n'aurais pas un condensé à me mettre sous la dent ?

– Eh non. Pas moyen de savoir ce qu'a raconté Marquet.

– Je devrais m'associer avec Duguin, ironisa Lola. Il pressure des gens qui ne m'adresseront jamais la parole. De mon côté, j'arrive à faire parler des particuliers allergiques aux flics en exercice.

– Vous y arriviez déjà avant, patronne, répondit le lieutenant d'un ton nostalgique.

L'ex-commissaire quitta sa voiture pour faire l'emplette d'une bouteille de champagne fraîche. Puis elle prit la direction de Montrouge. En chemin, elle écouta la radio, récupéra la fin d'une émission sur les rouages et flux parisiens, du réseau des feux rouges aux antennes relais des portables en passant par la gestion par satellite du trafic des autobus. Elle dressa l'oreille en entendant un fonctionnaire de la direction des Espaces verts expliquer que les quatre-vingt-douze mille arbres plantés en bordure des chaussées parisiennes étaient tous équipés d'une puce électronique. Une sorte de carte Vitale plus verte que la vraie, branchée sur un ordinateur central, et permettant à n'importe quel bûcheron de la capitale de connaître l'âge, l'état de santé, la date du dernier élagage ou le rythme d'arrosage idéal du quatrième micocoulier de Provence après le kiosque à journaux. Elle sourit : les jardiniers qu'elle fréquentait depuis peu avaient plus l'air de Pieds Nickelés que de techniciens futuristes.

Sur le parking de l'ancienne usine de carrelages, il n'y avait qu'une Daimler garée de travers, occupée par un type endormi derrière son volant. Lola nota l'immatriculation et le numéro de téléphone d'une société de location. Des cris la firent se rapprocher de l'atelier. Elle crut à une agression et s'apprêtait à réveiller le chauffeur, quand elle réalisa qu'elle se fourvoyait. Jupiter faisait chanter le regain, et le regain avait du souffle et de la voix. Lola rebroussa chemin pour s'abriter dans la Twingo, certaines chansons donnaient le tournis. Elle rappela Barthélemy, lui demanda d'utiliser son autorité et son statut pour découvrir à qui était louée la Daimler. Un peu plus tard il la rappelait pour lui apprendre que le contrat était établi au nom de Steve Hutchinson, un Américain domicilié à Panama.

*

Elle était vêtue d'une robe blanche et portait autant de bijoux que possible. Sa chevelure blonde était un rien ébouriffée. Lola marcha à sa rencontre.

– Mme Hutchinson ?

– Je ne parle pas français.

– Ce n'est pas grave, répondit Lola en anglais. Vous savez que votre associé a été interrogé par la police ? On vient de le relâcher.

Elle risquait de se faire expédier sans cérémonie, mais l'occasion était trop belle.

– Vous êtes qui, au juste ?

– Une amie de Jupiter.

– Je vous aurais prise pour sa grand-mère.

– Je suis aussi journaliste. Pour le magazine *Beaux Arts*.

– Jupiter a beaucoup de talent. Dans tous les domaines. Nous sommes bien d'accord.

– C'est vous qui le sponsorisez, madame Hutchinson, n'est-ce pas ?

– Je déteste l'improvisation, madame…

– Jost. Lola Jost.

– Mais je suis prête à répondre à vos questions en vous rencontrant dans les locaux de votre journal.

– Je comprends.

– Appelez-moi au Bristol où je suis descendue. À bientôt, Lola.

– Au plaisir, madame Hutchinson.

– Appelez-moi Hutch.

L'Américaine eut un léger signe de la main qui fit étinceler des ongles laqués et tintinnabuler un bracelet gavé de breloques d'or, et partit vers la Daimler non sans jeter un coup d'œil à la plaque d'immatriculation de la Twingo. Lola l'entendit interpeller le chauffeur en l'appelant Jim, et nota qu'il ne quittait pas son véhicule pour ouvrir la porte à sa patronne. Lola attendit que le véhicule disparaisse au carrefour avant de récupérer la bouteille de champagne. Elle n'était plus fraîche.

Jupiter Toby lui ouvrit, torse nu, avec cette même beauté déchirante et ensoleillée, mais cette fois il portait un bermuda et affichait une expression maussade. Il finit par sourire. Elle expliqua qu'elle venait le remercier pour son hospitalité et s'excusait pour avoir endommagé ses réserves de spiritueux. Il lui fit signe d'entrer, alla mettre le champagne au frais, retapa son lit puis lui proposa de s'asseoir à ses côtés sur le vieux chesterfield.

– Je viens de rencontrer votre sponsor.

– Moi aussi, soupira-t-il.

– Elle a du chien.

– Oui, c'est ça, du mordant, et aussi du répondant, et beaucoup d'argent, de l'entregent…

– Vous ne devez pas vous ennuyer, avec elle.

– Je commence à me le demander, répondit-il en désignant les caisses derrière lui dont le déballage n'avait guère progressé. Je n'avance pas en ce moment. Je ne travaille plus.

Lola se garda de répondre.

– Elle voudrait avoir cinquante vies. Mais le problème, c'est qu'elle est en train de me bouffer la mienne. Et vraiment, ne vous inquiétez pas pour le champagne. Il y en a des caisses ici. Et de la vaisselle design, des draps en soie, des serviettes de bain moelleuses. Son chauffeur a déposé ce bazar docilement, et il est reparti attendre dans la voiture comme un brave laquais qu'on ait terminé nos ébats. Je sais ce que vous pensez. C'est une belle femme et je ne devrais pas me plaindre. Elle est généreuse et ça tombe bien pour quelqu'un comme moi.

– Quelqu'un comme vous ?

– Ma famille a eu des moyens. Dans le temps.

– Et c'est fini ?

– Pour la branche qui me concerne, oui. Mais on va quand même boire un peu de champagne. Ça va me laver la tête. Vous êtes partante ?

Elle lui sourit, il fit le service.

– Finalement, ce n'est pas plus mal si mes sculptures ne sont pas déballées.

– Vous comptez déménager une fois de plus ?

– L'idée me démange.

– Mais vous avez une exposition bientôt.

– Je me demandais si je n'allais pas y renoncer.

– Et retourner aux ateliers Jarmond ?

– Là ou ailleurs. En tout cas, dans un endroit où je ne devrai rien à personne.

– Ça va être dur. On vit dans une société capitaliste avancée, vous avez remarqué ?

Il resta un instant interdit puis éclata de rire.

– Vous êtes géniale, Lola Jost, on vous l'a déjà dit ?

Elle dégusta une gorgée de champagne. Ils restèrent un moment tranquilles, dans un silence confortable, puis il lui demanda comment avançait son enquête. Elle lui apprit l'interrogatoire de Marquet, tenta d'obtenir des nouvelles au sujet du promoteur et de son associée, mais ne récupéra rien d'utile. Il décida de concocter une omelette aux fines herbes. Elle la dégusta avec lui, puis l'aida à faire la vaisselle.

– Vous m'avez décidé, dit-il.

– Diable ! Et à quoi donc ?

– À reprendre ma liberté.

– Mais je n'ai rien fait.

– Vous êtes le petit coup d'alizé qu'il me fallait. Le marin a envie de partir. Il ne le sait pas encore. Le bateau patiente dans le port. La brise se lève et lui caresse la joue alors qu'il est endormi sur le pont. Et le marin comprend qu'il doit appareiller. Il n'entend plus le chant de la sirène. Il n'entend que la chanson du vent.

Le champagne le rendait lyrique. C'était peut-être une marque un peu spéciale. Ou alors, ce garçon était fait d'une étoffe particulière, celle des grand-voiles.

– Je m'en vais. Je quitte cet atelier. Je quitte Hutch. Et je me plonge dans le travail. Donnez-moi votre numéro de téléphone. Je vous appellerai quand j'aurai trouvé un endroit à moi. Parler avec vous me fait du bien. Mais il faudra qu'on boive autre chose que du champagne. Je n'aurai plus les moyens.

Pas grave, Jupiter, pensa Lola. On boira ce que tu voudras.

24

Lola reprit la direction de Paris en roulant à petite vitesse et se gara sur le boulevard Jourdan chahuté par les travaux du futur tramway. Elle acheta des chewing-gums dans une pharmacie, autant éviter qu'Ingrid lui pose des questions au sujet de son haleine alcoolisée. Elle retrouva l'amie américaine près du lac aux tortues. Elles entamèrent un tour de parc pour dénicher la cachette idéale.

– Lola, j'ai eu la sensation d'être suivie aujourd'hui. Pour te retrouver, j'ai dû semer une ombre.

– Ce n'est pas une sensation, Ingrid.

– Comment ça ?

– Duguin te fait sûrement surveiller. À sa place, j'agirais de la même façon. Au cas où Brad déciderait de te joindre.

– Et aussi pour assurer ma protection, c'est ça ?

– On est flics. On ne se refait pas.

Lola désigna un buisson d'aubépines touffu et lui fit signe de la suivre. Elle s'allongea sur la pelouse et lui suggéra de l'imiter, en attendant la nuit. Ingrid préféra rester assise.

– Je vais l'appeler, lui dire que je n'ai pas besoin de sa protection. Je sais me défendre seule. Et il peut toujours rêver, flanqué de son Nicolet. Jamais Brad ne viendra chez moi, et j'espère qu'il est loin d'ici…

– À ta guise. Moi, rien ne m'empêchera de dormir. Pas même six millions de fantômes. Alphand, l'architecte de Montsouris, a eu bien du mérite. Bâtir un parc sur des carrières et une nécropole… Un vrai fromage…

– Je suis sûre qu'on peut sauter les frontières, même sans passeport… Lola ? Lola ?

Mais Lola s'était endormie. Ingrid soupira, déçue, puis s'allongea à son tour et se détendit immédiatement. Elle avait l'impression étrange d'avoir découvert le sortilège de l'herbe. Qu'il soit de Louisiane ou d'Île-de-France, le monde végétal gardait le même pouvoir. Il survivait sous les pavés, les pierres, les murets, patientait dans les soubassements, tapissait canaux et égouts, prêt à faire jaillir une rose trémière d'un bout de muraille, à tricoter une guirlande de mousse le long d'un caniveau. Il allait emporter Ingrid et Lola dans ses treilles et ses tiges, et les soulager de leurs tracas.

Ingrid s'endormit en imaginant Manu en train de préparer une potion dans un chaudron. Autour de lui, les épouvantails s'offraient un numéro de claquettes, et les canards libérés des tortues traçaient des figures dans le ciel mauve, un peu comme un escadron d'aviateurs le soir du 14 juillet.

*

Lola fut réveillée par des cris. Elle ouvrit l'œil sous un feuillage d'encre, se crut allongée au milieu du parking de Montrouge à écouter le chant des dieux chassant celui des sirènes, puis se redressa sur un coude et écouta. Un homme criait, puis un autre et un autre. Ça sentait l'empoignade nocturne et généralisée. Elle secoua Ingrid, qui bredouilla le prénom du commandant Duguin et se réveilla tout à fait.

– Lève-toi, il y a du chambard, annonça Lola.

Elles partirent vers l'émeute. Ingrid prit rapidement de l'avance.

Lola arriva à la grille très essoufflée. Ingrid discutait avec Manu et ses collègues. Capturé par deux jardiniers et la lampe torche de Manu, un jeune homme hurlait, exigeait qu'on le libère. On l'empêchait de ruer. L'entreprise était difficile ; le braillard semblait un adepte de la danse de Saint-Guy.

– Qui est ce lascar ? demanda Lola en se frottant les mains.

– Le tueur des parcs, pardi ! glapit un des collègues de Manu.

Lola reconnut l'un des dadais tailleurs de marronniers. Elle réitéra sa question, mais à l'adresse de Manu.

– Il nous répète qu'il est employé par une boîte de jeux de rôle, répondit Manu d'un ton un rien penaud.

– Parce que c'est la vérité ! vociféra le jeune homme. Je travaille pour *Paris Mystères*. On cache des indices dans des endroits stratégiques, et les joueurs doivent les retrouver. C'est une putain de chasse au trésor ! Combien de fois il faut vous le dire ? Appelez mon patron. Vous verrez !

– Ça n'explique pas pourquoi vous rôdiez ici, la nuit.

– J'avais oublié de planter un indice entre deux épouvantails. Je m'en suis rendu compte après la fermeture. Et la chasse au trésor commence demain.

– On n'a pas le droit d'entrer à Montsouris la nuit, dit le dadais.

– Et on a le droit d'électrifier les grilles ? Vous avez vu dans quel état est ma jambe ? Maniaques ! Je vais porter plainte.

– On s'excuse, dit Manu.

– Ah, mais non, dit le dadais. Moi, je m'excuse pas.

– Tais-toi, P'tit Louis. Et lâche-le. C'est pas lui.

Le dénommé P'tit Louis libéra le jeune homme, qui s'affaissa sur la pelouse.

– Ah, putain, je me suis cabossé la cheville grave avec vos conneries. Vous allez entendre parler de moi.

– Changement de cap, on embarque ce malpoli chez Zaza, répliqua Manu.

– Rien à faire ! J'exige que vous m'emmeniez à l'hôpital.

– Chez Zaza ! Ou on vous abandonne, toi et ta patte folle. Et tu passes la nuit ici, comme un renard blessé. Tu auras beau porter plainte, personne n'écoutera tes histoires. Demain, les cognes n'auront plus une seule clôture électrique à se mettre sous la dent. Tu percutes ou tu persistes ?

*

Les jardiniers, le jeune malpoli, Ingrid et Lola se retrouvèrent rue de la Poterne-des-Peupliers devant la porte close d'un café. Une dame en chemise de nuit à fleurs leur ouvrit. En apercevant Manu, elle sourit largement. Elle rapprocha deux tables, alla chercher un oreiller, une trousse de secours et fit allonger l'estropié. Elle lui massa la cheville avec un onguent et le banda serré. Pendant ce temps, Manu servit, d'office et à chacun, un demi à la pression accompagné d'un calva. Toute la troupe accepta. Sauf Ingrid.

– C'est quoi, ici ?

– Un café, pardi, répondit P'tit Louis.

– Ce n'est pas ce que je demandais, répliqua Ingrid à l'intention de Manu.

– C'est notre QG, expliqua-t-il. Entre Zaza et nous, c'est à la vie à la mort. On se connaît depuis trente ans, hein, Zaza ?

– Au moins, répondit la bistrotière.

– Et moi, qu'est-ce que je deviens ? s'inquiéta l'éclopé.

– Vous n'avez qu'un muscle froissé. Cette nuit, vous dormirez ici, et demain vous marcherez à peu près droit. Et dans quinze jours, ce sera oublié.

– Vous en avez de bonnes !

– Toi, mon gars, tu parles poliment à Zaza, tonna Manu. Ou on te dénonce aux cognes, comme pervers. Après ça, ton patron te regardera d'un œil moins affectueux. Et fini les mystères de Paris.

– Vous êtes gonflés pour des employés municipaux ! Je ne suis pas plus pervers que vous n'êtes papes !

– On est des amoureux de la Justice. On a fait ça pour coincer le tueur des parcs. T'as entendu parler de la petite asphyxiée ? C'est autre chose que vos chasseries aux trésors, ça, mon grand.

– Tu parles d'une méthode d'investigation !

Manu aida Zaza à transporter le jeune homme dans sa chambre. Quand il revint, Lola lui offrit une mine amusée.

– Le petit est insolent, mais il n'a pas tort. Drôle de méthode, Manu.

– Peut-être bien, mais elle est plus intéressante que celle des cognes.

– Admettons.

– Et vous, qu'est-ce que vous faisiez là ? À cette heure, on ne distingue pas les chênes des pâquerettes.

– On est venues respirer le regain. C'est très bon pour la peau, et le mental.

Les jardiniers buvaient et devisaient comme si la soirée n'avait rien d'exceptionnel ; les visages se coloraient, les rires devenaient plus sonores. Lola essaya de cuisiner Manu, mais n'obtint que des paroles sans conséquence. Elle n'insista pas : le gaillard était de la race des têtus magnifiques. Elle s'installa au comptoir et demanda une verveine. La bistrotière avait l'air soucieux.

– Vous n'allez pas les dénoncer à la police ? Ils ne font rien de mal. Ce sont de bons gars. Pas très raisonnables mais braves.

– N'ayez crainte. Ingrid et moi sommes des amies de Brad.

– Brad-Bernard ?

Lola détailla les liens d'Ingrid et du jardinier de La Nouvelle-Orléans. Zaza parut soulagée. Elle expliqua que l'Américain était un habitué de son café. Il venait prendre un verre après le travail, avec la bande de Manu.

– Que buvait-il ?

– Toujours de la bière sans alcool. P'tit Louis n'arrêtait pas de le chambrer. Jusqu'au jour où cet idiot lui a glissé de la gnôle dans son verre. Pour rigoler. Et ça a été le cataclysme.

– C'est-à-dire ?

– Brad-Bernard a commencé à boire. Et n'a pas pu s'arrêter. J'ai dû fermer boutique. Sans ça, il aurait bu jusqu'au coma.

– Ça s'est passé quand ?

– La dernière fois qu'il est venu ici. La veille de la mort de Lou Necker.

– Où a-t-il fini la nuit ?

– Manu et les copains l'ont raccompagné à son hôtel.

– Vous l'avez dit à la police ?

– Manu m'a demandé de me taire. De toute façon, ce n'est pas Brad-Bernard qui a fait ça. J'en ai vu circuler derrière mon comptoir, et je peux vous dire que c'est un sentimental. La preuve, c'est qu'il allait voir régulièrement sa mère. Elle était fleuriste. C'est elle qui lui a appris à aimer les plantes et à s'en occuper si bien.

– Vous savez où elle habite ?

– Rue des Champs-Élysées, je crois.

– *Avenue*, vous voulez dire ?

– Non, je suis sûre qu'il a dit *rue*.

Lola appela Barthélemy.

– Ouvre grand tes fichiers, Jérôme, et nourris-les avec cette nouvelle donnée : la mère de Brad est fleuriste, rue des Champs-Élysées.

Elle l'entendit fourgonner sur son ordinateur.

– Ce n'est pas plutôt *avenue*, patronne ?

– Tu suis ou tu ne suis pas, Jérôme ? J'ai dit *rue,* et elle se trouve probablement dans le périmètre de la Poterne-des-Peupliers.

– Il n'y a pas de rue des Champs-Élysées dans le 13ᵉ, patronne. Mais attendez un peu…

– Je ne fais que ça, Jérôme.

– J'ai un fleuriste, rue des Champs-Élysées à Gentilly. Au sud du 13e.

– Merci, j'avais visualisé. Tu as un nom ?

– *Les Fleurs des Champs-Élysées.*

– Je te revaudrai ça, Jérôme. Que dirais-tu d'une invitation aux *Belles* ?

– Je dirais oui, patronne.

Lola rejoignit Ingrid et lui déclara que l'heure de la retraite avait sonné. Manu eut l'air soulagé de les voir lever le camp. Le calva de Zaza lui ayant coupé les jambes, Lola demanda à Ingrid de prendre le volant et lui apprit qu'on venait de localiser la mère de Brad à Gentilly.

– Il est trop tard pour y aller. Mais on pourrait y aller quand même.

– Qu'est-ce que tu racontes, Ingrid ?

– Il est déjà minuit.

– Je m'en suis aperçue. Et alors ?

– On pourrait poursuivre notre nuit dans le premier parc venu, à Gentilly. J'ai bien dormi sur la pelouse de Montsouris, nettement mieux que chez moi. Mon lit est devenu inhospitalier depuis le début de cette histoire.

– On rencontre plus de gens étranges dans les parcs que dans nos lits, répliqua Lola en réprimant un bâillement. Tu t'en es aperçue.

– Bien sûr, mais j'ai l'impression que l'herbe me fait du bien. Comme la terre, les fleurs, les branchages. La nature m'a réconfortée dans mon idée.

On dit « confortée », ma chérie, pensa Lola, mais elle était trop fatiguée pour corriger la copie d'Ingrid. Et puis le concept du réconfort n'était pas si malvenu.

– Quelle idée ?

– Dans mon idée qu'un amoureux de la nature comme Brad ne peut pas être mauvais. Mais comment veux-tu expliquer ça à un homme aussi sévère que Sacha ?

Lola sourit. Elle trouvait Duguin de plus en plus présent dans le paysage, surtout pour quelqu'un qu'elle n'avait pas eu le plaisir de rencontrer, bien qu'il soit aux commandes de l'enquête. Et Ingrid l'appelait Sacha. Dans sa bouche, et avec son accent rigolo, les deux syllabes devenaient musicales et caressantes. Elle réussit à convaincre Ingrid d'oublier son projet de campement et elles rallièrent le quartier du canal Saint-Martin.

Ingrid se gara devant le passage du Désir et sortit de voiture. Lola se glissa derrière le volant ; elle eut le temps d'apercevoir un homme sous l'auvent d'une boutique. Il alluma une cigarette et continua son chemin dans la rue du Faubourg-Saint-Denis.

– Demain, je passe te prendre à huit heures.

– Pas plus tôt ?

– Les magasins n'ouvrent jamais à l'aube, Ingrid. Il faut te faire une raison. Les fleuristes n'échappent pas à la règle.

Lola attendit qu'elle soit rentrée avant de redémarrer. Elle jeta un coup d'œil dans son rétroviseur. C'était bien le lieutenant Grosdidier qu'elle avait aperçu. Ce bleu muté depuis peu au commissariat du 13e était donc l'ange gardien. Malgré les protestations de l'Américaine, il était peu probable que « Sacha » décide d'interrompre sa mission.

Une fois chez elle, Lola écouta son répondeur, constata qu'il n'y avait aucun message, ni de Montrouge ni d'ailleurs, et alla se coucher avec *Le Seigneur des épices*. Bolodino faisait savamment monter la tension entre Louis-Guillaume et son rival Archambaud. Le meilleur ami, l'associé et le traître qui avait sans doute ravi le cœur d'Églantine.

Louis-Guillaume connaissait toutes les règles que son siècle avait inventées pour répertorier et domestiquer la nature, mais la passion qui mûrissait dans son cœur avait des racines aussi profondes que dangereuses. La jalousie distrayait le scientifique de ses fabuleux herbiers, et le commerçant de son fructueux commerce d'épices. Les soirées passées sous la tonnelle n'avaient plus pour le gentilhomme la saveur d'autrefois. Églantine fuyait le jardin patiemment créé pour elle par son époux, prétendant que le parfum des tubéreuses lui occasionnait d'horribles migraines. Elle affirmait que leurs fleurs en décomposition avaient une insupportable odeur humaine...

Lola lutta pour poursuivre sa lecture mais le sommeil gagna la partie à la fin du vingt-quatrième chapitre.

25

Lys, roses et mimosas conjuguaient leurs effluves pour transformer la boutique en un havre hors du temps, mais cette fois Lola ne se laissa pas charmer. La fatigue de la veille et le calva de Zaza ne s'étaient pas encore dissipés. Assise sur une chaise de jardin, elle avait abandonné son rôle d'interrogatrice à Ingrid, qui empoignait la situation avec sa vitalité coutumière.

– J'ai bien connu Irène Morin, confirmait le patron des Fleurs des Champs-Élysées, un petit homme aux yeux et aux cheveux gris. J'étais son employé. Son élève aussi. Elle connaissait les plantes et leur histoire sur le bout des doigts.

L'ex-commissaire sentait déjà la désillusion approcher. Cet homme n'avait pas une bonne nouvelle dans sa besace. Il utilisait le passé composé et l'imparfait ; ces deux temps ne faisaient guère de quartier.

– Si vous n'êtes pas de la famille, vous ne pouvez pas savoir, reprit le fleuriste. Irène est morte dans un accident de voiture, en 1975.

– Vous avez rencontré son fils ? demanda Ingrid.

– Je n'ai jamais rencontré un seul membre de sa famille.

– Mais elle a dû vous parler des siens.

– Quelquefois. Elle avait épousé un Cajun rencontré après la guerre. Il participait à une cérémonie commémorative à Paris. Il l'a emmenée en Amérique. Ils ont divorcé. Irène est revenue seule au pays. J'ignorais qu'elle avait eu un fils. Jusqu'à ce que la police me l'apprenne.

– Le commandant Duguin est venu vous interroger ?

– J'ai rencontré deux officiers dont j'ai oublié le nom.

– Un bel homme, brun et musclé, et un gringaleux ?

– Oui, on peut dire ça comme ça. Un beau brun et un gringalet.

– Revenons à Irène Morin, intervint Lola. Où habitait-elle ?

– Rue Jouvet. Mais elle n'était que locataire. C'est ce que j'ai expliqué aux policiers.

– Où est-elle enterrée ?

– Au cimetière de Gentilly.

*

– Tu crois que ça vaut le coup ? On va trouver une tombe, et notre enquête tombera dans l'impasse.

– On peut tomber dans une fosse mais pour une impasse, c'est plus difficile. Je n'aime pas plus les cimetières que toi, Ingrid. Mais il faut toujours remonter les pistes jusqu'au bout.

– La mort, c'est pourtant le bout du bout.

– On ne sait jamais. *Les morts sont des invisibles et non pas des absents*, disait saint Augustin.

L'Américaine haussa les épaules et poussa la grille du cimetière. C'est elle qui trouva la tombe. Une sépulture en marbre gris présentant l'inscription *Irène Morin-Arceneaux, 1934-1975*, et la photo en médaillon d'une brune souriante. Lola se pencha pour étudier un bouquet disposé dans un vase noir. Les pivoines se révélèrent en plastique. Elle songea aux magnolias évoqués par Romain puis Zaza.

– Il est sans doute venu se recueillir ici, dit Ingrid. Sinon la tombe ne serait pas aussi bien entretenue. Mais il ne reviendra pas, n'est-ce pas ?

Un employé du cimetière approchait. Il avait une soixantaine d'années, un visage émacié, un nez proéminent ; ses bottes en caoutchouc crissaient sur le gravier.

– Non, il ne reviendra pas, répondit Lola.

– Ou alors ce sera pour se faire coffrer par Sacha.

– Vous êtes de la famille ? demanda l'employé d'un ton inquisiteur.

– Presque, répondit Lola. Le fils d'Irène Morin est un ami.

– C'était la première fois que quelqu'un venait voir Irène. Sur le moment, ça ne m'a pas plu.

– Pourquoi ? demanda Lola sincèrement étonnée.

– Vous avez vu comme Irène est charmante ? On se passait de visiteurs. Mais il y a eu le géant roux. Et le beau gosse brun ; sur le coup, je n'avais pas flairé que c'était un flic. Et maintenant, vous voilà. C'est le défilé.

– Tout le monde cherche le fils d'Irène, dit Lola.

– Il a fallu que je m'habitue à l'idée qu'elle avait un gamin. Les gamins, ça donne du souci. Je n'en ai pas eu, moi. Et ça ne me manque pas.

Il s'assit sur une tombe, sortit un long peigne blanc de sa poche et entreprit de se recoiffer.

– Le grand rouquin venait toujours avec des bouquets mal fichus, reprit-il. La dernière fois, c'étaient des magnolias. Ça n'a pas tenu. Moi, je mets des fleurs en plastique et ça ne déplaît pas à Irène. Il ne savait pas grand-chose pour un fils. Il était raide, un vrai piquet, avec son bouquet de traviole, ses yeux secs comme des pierres. Un fils, ça pleure, non ? Mais remarquez, elle est rieuse, Irène. On n'a pas envie de pleurnicher en la contemplant.

– Merci pour votre aide, dit Lola en s'éloignant.

– Revenez si ça vous tente. On s'est habitués à la visite.

Ingrid suivit Lola comme à regret et se retourna avant de franchir la grille. L'employé était toujours assis sur la tombe, et soliloquait en agitant son peigne. Lola s'installa sur le siège passager et attendit qu'Ingrid mette le contact, mais elle ne se décidait pas.

– On aurait pu le questionner encore un peu, non ?

– On a affaire à un client qui préfère causer aux disparus plutôt qu'aux vivants.

– En français, on dit *disparu* pour mort ? C'est plus joli qu'*invisible*. Cet homme est amoureux d'une disparue, tu te rends compte, Lola ?

– C'est bien pour ça qu'il faut aimer les vivants tant qu'ils le sont.

Ingrid questionna son amie du regard, mais n'obtint rien qu'un profil concentré sur le ruban gris de la chaussée.

– Tu sais, je te remercie de continuer à m'aider malgré tout.

– Malgré quoi ?

– Cette ambiance. C'est le printemps, et on passe notre vie dans les cimetières, dans les parcs la nuit, dans des confréries lancinantes. On croyait recoller un morceau du passé de Brad, remonter jusqu'à lui, et on n'a trouvé qu'une invisible, une disparue. Ses collègues électrocutent de pauvres types mais au bout du compte ils ne remuent que des feuilles et du vent. On roule à Gentilly, mais on pourrait aussi bien rouler ailleurs, et la route ne nous mènerait nulle part. Je suis perdue, Lola. Et en plus, je n'arrête pas de penser à Sacha, et ça m'égare.

– Ça te déboussole, plutôt. Et pourquoi donc ?

– Il est marié. Il est flic. Il est contre nous.

– C'est indéniable.

– Et puis, je culpabilise. Je dois me concentrer sur Brad, qui m'a sauvé la vie, et je pense à Sacha. Sacha qui n'a rien sauvé du tout. C'est immoral.

– Non, c'est normal. C'est ce que m'a dit le regain, ce matin.

– Je ne te demanderai plus ce qu'est le regain, Lola.

– Non ? C'est une bonne nouvelle.

– J'ai compris toute seule. On ne comprend pas qu'avec sa tête, tu le savais ?

– Je le sais quelquefois, mais la plupart du temps j'oublie. On oublie trop souvent de vivre quand il est temps et ensuite on meurt à petit feu.

– C'est de saint Augustin, Lola ?

– Non, c'est de sainte Lola. Pardon de ne pas trouver mieux.

– Qu'est-ce qu'on fait ? On redémarre ?

– Je ne sais plus non plus. Tu m'as fichu le bourdon.

– Désolée.

– Ne le sois pas. Le bourdon, c'est la doublure de la rigolade. Et tout ça nous fait une grande veste qu'on est bien obligé d'enfiler.

Le téléphone de Lola vibra dans la poche de sa robe grise. Elle écouta son interlocuteur et laissa tomber l'appareil.

– Lola ! Qu'est-ce qui se passe ?

Elle cherchait l'air comme une asthmatique en crise. Ingrid déboutonna son col, baissa la vitre de la voiture, tenta de la questionner. Elle récupéra le téléphone, composa le numéro du dernier appel reçu. Alberta répondit, elle était en pleurs. Ingrid réussit à comprendre ce qui était arrivé. Alberta et Carmen s'étaient déplacées à Montrouge pour aider Jupiter Toby à déménager ses sculptures et à réintégrer les ateliers Jarmond. Elles l'avaient trouvé mort. Sacha Duguin était sur place avec son équipe.

Lola n'arrivait plus à articuler. Ingrid la raccompagna chez elle et demanda à Maxime de venir prendre soin d'elle. Elle reprit la Twingo et se rendit à Montrouge. Quand elle arriva aux abords de l'ancienne usine de carrelages, elle repéra une camionnette avec à son bord Carmen et Alberta.

– Comment est-il mort ?

– Crise cardiaque, répondit Alberta. Dans la nuit.

– Encore une asphyxie ?

– Les flics disent que non.

– Comment était-il quand vous l'avez trouvé ?

– Allongé sur son lit, le visage calme. Comme s'il dormait. On a fouillé l'atelier, trouvé ses papiers. Tu ne me croiras pas, mais la vérité c'est qu'il s'appelait Julian Giblet de Montfaury. Sœur Marguerite était sa grand-tante. Jupiter n'avait jamais rien dit à personne. Il devait avoir peur qu'on ne veuille pas de lui. C'est pour ça qu'ils s'entendaient si bien, la sœur et lui. Ils étaient de la même famille et du même monde. Moi, ça ne m'aurait pas dérangée. Ça n'enlevait rien à son talent.

– La crise cardiaque, c'est pas le bon diagnostic ! tonna Carmen. Jupiter était en pleine forme. Il a été éliminé. On a supprimé notre copain !

– Vous allez donc vous calmer et rentrer chez vous. Vous restez à la disposition de la police.

Ingrid avait reconnu la voix avant de se retourner. Flanqué de Ludovic Nicolet, Sacha Duguin fixa Carmen jusqu'à ce qu'elle abdique, puis ordonna à son lieutenant de « mettre les artistes sur orbite, direction Paris ».

– Qu'est-ce que vous fabriquez ici, mademoiselle Diesel ?

Le ton de Duguin était neutre, mais son visage racontait une histoire plus tourmentée.

– Il faut que vous sachiez que Marquet et Hutchinson finançaient Jupiter.

– Je le sais déjà.

– C'est Hutchinson qui a insisté auprès de Marquet pour qu'il lui prête cette usine abandonnée.

– Je suis au courant pour Hutchinson, je l'ai convoquée. Rentrez chez vous, tout est sous contrôle.

– C'est ça le problème avec vous. C'est exactement ça.

– Qu'est-ce que vous racontez ?

– Vous voulez tout contrôler, Sacha.

– Vous quittez les lieux immédiatement. Ou je vous fais escorter par mes hommes.

– *All right !* Je m'en vais, puisque c'est ce que tu veux.

Elle déchiffra son regard : « Tu me tutoies, tu es folle, disparais, par pitié. » Elle pensa que c'était le pire et le meilleur moment pour insister.

– En français, on dit : *On oublie trop souvent de vivre quand il est temps, et ensuite on meurt à petit feu.* Mais en anglais, on dit plutôt *Life is fucking short.* Les morts s'empilent, tu as une enquête criminelle sur les bras, une carrière sur les épaules, et moi un ami dans les ennuis, mais je n'arrête pas de penser à toi. Et je ne devrais pas.

Il avait pâli. Il faillit répliquer mais préféra rejoindre ses hommes. Un agent escorta Ingrid jusqu'à sa voiture et veilla à ce qu'elle reprenne la direction de Paris, et le cours de son existence.

26

C'était la troisième soirée qu'Ingrid passait chez Zaza avant de se rendre au *Calypso*. Elle avait réussi à se fondre dans l'ambiance. La plupart du temps, elle se tenait au bar et conversait avec la patronne. Mais elle ne perdait pas une miette de la conversation des jardiniers. Ils étaient prolixes, sauf P'tit Louis qui avait fait l'acquisition d'un iPod et passait son temps le casque sur les oreilles. Ça ne l'empêchait pas d'essayer de rattraper les conversations sans y parvenir vraiment.

– C'est plus des cognes, c'est des lapins, ils courent partout. Et nous on rigole, lâcha le gros Pierre.

– QUELS LAPINS ? brailla P'tit Louis.

– T'occupe, dit Manu. Écoute ta musiquette et lâche-nous les baskets.

– Fait soif ici.

– Zaza ma belle, sers-nous encore une tournée.

L'élocution de Manu devenait pâteuse. Il maîtrisait encore la situation, mais Ingrid le sentait mûr pour les révélations.

– Hier, les cognes étaient au Luxembourg. Ils ont demandé aux collègues de démonter les pièges et passé du temps à essayer de leur faire dire pourquoi ils électrifiaient. Personne n'a pipé mot. Cinq minutes après leur départ, nos gars remettaient le couvert et le courant.

– ON RIGOLE BIEN MAIS ON N'A TOUJOURS PAS ATTRAPÉ LE TUEUR, brailla P'tit Louis.

– Arrête de beugler comme ça ! tonna Manu en lui arrachant ses écouteurs. Il t'a fallu quinze jours pour comprendre le maniement de ton bidule, maintenant ça marche trop bien, nom d'une pipe ! Je vais t'expliquer. Ensuite tu remets tes rondelles sur tes esgourdes et tu nous oublies.

– Pourquoi je vous oublierais, d'abord ?

– Pas grave, soupira Manu. Bon, j'explique le principe. L'essentiel, c'est de garder les cognes en orbite.

– En orbite ?

– Nous, on reste au centre de la galaxie. Eux, ils far fouillent en périphérie. C'est le but, mon Louis. C'est notre mission. Voilà, maintenant tu remets tes écouteurs et tu réfléchis à ce que je t'ai dit ou tu swingues dans la joie en claquant des doigts. Bref, tu fais comme tu veux. Mais, dans tous les cas, tu nous oublies. Et tu cesses de crier.

Ingrid s'attarda un temps pour que son départ semble naturel puis reprit la Twingo de Lola et la direction du canal Saint-Martin. Elle trouva son amie devant le puzzle qu'elle lui avait offert et qui représentait un tableau du Douanier Rousseau. Elle avait déjà réussi à faire émerger un macaque aux yeux naïfs d'un fourré tropical. Elle était vêtue de la même robe affligeante que la veille mais s'était coiffée. Ingrid alla droit au but.

– Je sais pourquoi Manu et ses collègues complotent de parc en parc. Ils font des vagues pour occuper la police et l'éloigner du centre.

– Et le centre, c'est forcément Montsouris.

– C'est ça, Lola. Alors, j'ai pensé que le meilleur moyen de découvrir ce qu'il y a de si central à Mont souris était d'y passer nos nuits. Ton intuition était la bonne. Simplement, tu étais en avance sur ton époque.

– Allons dormir à Montsouris.

– Tu acceptes ? Vraiment ?

– On n'a rien de mieux à faire de nos nuits.

– J'ai quand même acheté deux matelas pneumatiques. Si on doit y passer du temps, un peu de confort ne nuira pas.

– Bonne initiative.

Consciente que sa proposition était extravagante et n'offrait aucune garantie de succès, Ingrid était étonnée de voir Lola l'accepter si vite. Elle regrettait le temps où son amie abreuvait son monde d'opinions énergiques et de citations multicolores, mais ces bons moments reviendraient. C'était certain. Pour le moment, rien n'était plus indiqué pour le moral de l'ex-commissaire que de replonger au cœur de l'action, même s'il s'agissait d'aller se coucher.

*

Sacha Duguin attendait sa femme dans un bar de la rue Corvisart. Elle arriva, souriante. Quelques hommes se retournèrent sur elle. Cette femme élégante, petite, mince et sûre d'elle. Elle avança la main pour lui caresser la joue. Il se laissa faire.

– On aurait pu se donner rendez-vous ailleurs qu'à cinq cents mètres de chez nous, Sacha. Mais tant mieux, c'est un bel endroit. Tu connaissais ?

– C'est la première fois que j'y mets les pieds.

– Qu'est-ce que tu bois ?

– Vodka.

– Nature ? Ah bon ! Comment s'est passée ta journée ?

– La routine. Et toi ?

– Même chose. Des réunions à n'en plus finir. Un déjeuner avec des commissaires parisiens…

– Mon patron était là, je suppose ?

– Oui, mais je n'ai pas eu le temps de discuter avec lui.

Elle avait répliqué sans sourciller. Il se serait attendu à une hésitation, une gêne légère. Il fit signe à la serveuse et commanda une nouvelle vodka. Béatrice demanda un kir champagne. Ils se turent jusqu'à l'arrivée des boissons. Béatrice avait oublié d'être idiote. Elle sentait qu'il allait falloir jouer serré, et préparait ses arguments. Il reconnut cette expression qu'elle avait de plus en plus souvent. Celle du joueur qui soupèse ses atouts et jauge en douceur ceux de son adversaire. Il sortit l'agenda de sa poche et le posa sur la table. C'était un bel agenda de cuir noir verni, avec de minuscules fleurs des champs incrustées. Un objet inattendu et sophistiqué, qui allait comme un gant à Béatrice Duguin née Bertillon.

– Dieu merci, je croyais l'avoir perdu. J'ai les mêmes données dans mon agenda électronique, mais celui-ci est un cadeau de papa.

– Les mêmes données ? Pas vraiment.

– Tu es cachottier, ce soir, Sacha.

– Et toi, Béatrice ? Elles durent depuis combien de temps, vos cachotteries ?

– De quoi tu parles ?

Il ouvrit l'agenda et pointa du doigt un jour, une heure, deux noms. Castillo, Flavier. Il tourna les pages. Ces mêmes noms se retrouvaient ici et là.

– Tu as rencontré mon patron à trois reprises le mois dernier, dans de très bons restaurants. Et deux fois en compagnie d'un certain Olivier Flavier. Je me suis renseigné. Flavier est commandant à Pontoise, mais rêve d'un poste parisien. C'est aussi un vieux copain de Castillo.

– Tu as osé fouiller mes affaires ? C'est dingue.

– Pas spécialement.

– Alors c'est complètement con.

– Parce que tu comptais me faire grimper l'escalier de la Crime plus vite que prévu ? Et que tu ne jugeais pas utile de me parler de tes méthodes sibyllines.

Béatrice gardait son calme. Ses mains massacraient une serviette en papier, c'était tout.

– Tu as proposé mon poste à Flavier. En échange, tu as demandé à Castillo de prétendre avoir ses entrées à la Crime. La mutation qu'il envisageait pour moi venait de toi. La personne qui a des appuis auprès du commissaire Dantzig de la Crime, c'est toi. Ou plutôt Béatrice

Bertillon dont le père était un grand ami de Dantzig. Un peu de promo en douce pour ton mari, reprit-il. Pour ton flic de mari qui met un temps fou à atterrir dans le saint des saints.

– Sacha…

– Je ne suis pas un pantin, Béatrice.

– Tu es un orgueilleux.

– Oui, il en reste quelques-uns.

Il s'attendit à ce qu'elle lui jette son kir champagne au visage mais elle n'en fit rien. Béatrice Bertillon-Duguin était parfaitement bien élevée.

– J'ai fait ça pour toi. Tu ne comprends rien.

– Tu m'as manipulé. Ça fait plusieurs mois que tu mijotes ce coup avec Castillo. Et tu ne m'as jamais demandé mon avis.

– Quelquefois tu me sembles manquer tellement d'ambition…

– Par rapport à l'impeccable et médiatique Jean Bertillon ? L'homme qui savait manipuler les télés. Je n'ai rien contre ton père mais j'ai toujours pensé que c'était un politique, et pas un homme de terrain. Tout le contraire de moi.

– Tu ne vas pas partir… Tu ne vas pas tout foutre en l'air, Sacha.

– Je suis déjà parti. Depuis un moment. Mais tu ne t'en es pas aperçue. Tu étais très occupée.

– On est tous très occupés. Comment se permettre de ne pas l'être ? Tu ne vas pas me reprocher de faire mon boulot.

– Je ne te reproche rien, Béatrice.

– Tu viens de dire que je t'avais manipulé…

– Disons que je ne t'en veux pas.

– Attends une seconde ! Il y a une autre femme. C'est ça ?

– Oui, il y a une autre femme.

– Ça dure depuis quand ?

– Ça n'a même pas commencé. Et ça ne commencera sans doute jamais.

Elle resta silencieuse un moment, pâle, les yeux secs.

– Tu crois me quitter, Sacha, mais tu te trompes. C'est toi que tu quittes. Tu quittes ton appart, ta carrière. Tout ce que je t'ai aidé à bâtir en dix ans. Je te préviens !

– Alors, je nous quitte. C'est entendu comme ça.

– Tu n'es qu'un salaud ! Un salaud, tu m'entends ?

Il but sa vodka d'un trait, abandonna l'agenda sur la table. Une fois sorti du bar, il se demanda où aller et remonta la rue Corvisart en direction d'une borne de taxis. Il se sentait plus soulagé que triste. Il prit sa place dans la file. Et téléphona à Rachid Bahri.

– Je viens de faire exploser ma vie, mec.

– Ce sont des choses qui arrivent, Sacha. Qu'est-ce que je peux faire pour toi ?

– Me trouver un endroit où dormir.

27

Elles se rejoignaient à Montsouris, pour des nuits odorantes et plutôt silencieuses, sous la chape d'un ciel peu capricieux. À chaque fois, Lola réussissait à franchir la grille dans un temps raisonnable et ne poussait qu'un grognement discret lorsque l'ourlet de sa robe ou un de ses pieds se coinçait dans une ferrure. Ingrid avait choisi d'établir leur bivouac à l'abri des massifs de rhododendrons. Un quatuor d'épouvantails y tenait une garde immobile ; l'Américaine leur trouvait une allure de génies tutélaires, du genre de ces colosses aux faciès menaçants mais aux intentions pures qui gardent les temples japonais dont elle appréciait tant la paix.

Leurs conversations retenues fonctionnaient comme des baumes ; on bavardait de tout et de rien pour tenir fermée la cisaille à regrets. Lola ne parlait plus de Jupiter Toby alias Julian Giblet de Montfaury, Ingrid évitait d'évoquer le désir qui la tenaillait et la plongeait souvent dans un état de rêve éveillé. L'une pansait ses blessures, l'autre invitait dans ses songes, à défaut de ses conversations, une présence aussi intense qu'inaccessible. Elles essuyèrent une pluie fine, une légère baisse de température, une bataille de poules d'eau, et goûtèrent l'envoûtement des odeurs qui émanaient de la terre.

La quatrième nuit, Ingrid se redressa sur un coude.

– Tu as entendu, Lola ?

L'Américaine filait déjà dans l'obscurité. L'ex-commissaire mit du temps à se redresser et se dirigea tant bien que mal vers le tumulte. On entendait des voix d'hommes en colère. Lola pressa le pas.

La détonation la pétrifia. Elle imagina Ingrid baignant dans une mare de sang. Elle pensa à la loi des séries ; la vie lui avait toujours volé ses êtres chers. Elle se mit à courir et, pour la première fois, regretta d'avoir rendu son arme à son administration au moment de sa démission. Elle se prit les pieds dans la racine puissante d'un grand sapin, chuta, sentit une vive douleur dans son genou droit, se releva en grimaçant. Elle imagina un géant roux et féroce revenu sur ses pas. Pour conclure. Pour éliminer Ingrid de ses souvenirs malades. Pour aller jusqu'au bout de sa logique de dément. Elle en profita pour s'insulter et se reprocher d'avoir laissé Ingrid prendre la direction des événements et les conduire au bord d'une spirale escarpée.

– *Answer me ! Please, answer me !*

Sa voix ! Yo-yo métaphysique, vertige noir, puis tournis blanc, éblouissement. L'amie américaine avait renoué avec sa langue pour supplier qu'on lui réponde. Lola pressa le pas, se surprit à remercier le dieu folingue de la nature, ce démiurge qui ne donnait que pour reprendre, ce fantoche à couronne de lierre emberlificoté qui libérait le regain, le frisson du feuillage et des caresses, et l'espérance oubliée, le faune capricieux qui vous faisait croire à l'immortalité de vos amis et à la relativité de vos années. La voix d'Ingrid. La voix d'Ingrid. Nom d'une brouette en poil de hérisson, comme c'était bon de l'entendre !

Elle la trouva agenouillée dans le rond jaune et vacillant d'une lampe torche. Elle était penchée au-dessus d'un homme volumineux, affalé dans le gazon, et elle le suppliait, elle lui caressait les joues. Elle lui caressait les cheveux, embrasés comme roue de Saint-Jean dans la lumière électrique. Le ventre était vaste, les bras musculeux, mais l'effet était quasi nul car le corps semblait aussi avachi qu'une souche abandonnée par un jardinier. Et d'ailleurs, le dénommé Manu éclairait la scène, et s'épongeait la nuque avec sa casquette, et se mordait les lèvres et roulait des yeux effarés comme le nigaud qu'il était. Petit bonhomme mais grand fouteur de bazar, éradicateur de la mauvaise herbe et de la tranquillité, fossoyeur du puceron et de la quiétude. Lola sentait monter comme une sève brutale, une envie de botter le derrière verdoyant du drôle, jusqu'à ce que le dernier de ses nerfs se libère de la tension des dix interminables et misérables et dernières minutes de supplice qu'elle venait de vivre.

Elle abandonna ce projet et s'inquiéta d'Ingrid, qui continuait de supplier son ami et compatriote. La respiration de Brad Arceneaux était laborieuse, son souffle évoquait le sifflement d'un plantigrade centenaire. Sa chemise était tachée de sang. Lola en écarta doucement l'encolure et examina la blessure. La balle avait laissé un trou carmin sous la clavicule gauche. Le tueur avait raté son coup.

L'ex-commissaire appela une ambulance. Les doigts de la main droite de Brad bougèrent, et elle le fit remarquer à Ingrid, qui se pencha vers le blessé et posa son oreille contre sa bouche.

Lola s'assit sur le gazon pour reprendre ses esprits. Sa main droite frôla quelque chose qui n'avait rien de végétal. Un tissu. Rugueux. Elle tâta, constata que sous le jean se cachait une jambe. Du plat de la main, elle suivit la géographie musculeuse, aboutit à un ventre, puis à une poitrine, et reconnut immédiatement l'humidité poisseuse du sang. Elle pila sur une incongruité, qui se révéla bâton. Un bâton interminable. Oubliant son genou douloureux, elle se redressa, saisit le bras de Manu pour orienter le jet de la torche, et éclaira des membres en croix, des yeux cachés derrière d'étranges lunettes, une bouche barbouillée de sang, et une fourche enfoncée jusqu'à la garde dans le thorax. Les pans de la chemise étaient relevés, révélant une repoussante cicatrice d'une bonne trentaine de centimètres sur l'abdomen.

– C'est qui, ce double embroché ? demanda-t-elle à Manu, de ce ton aride de vieille racine qu'elle utilisait jadis, rue Louis-Blanc, avec les prévenus les plus réticents.

– Je n'en sais foutre rien, balbutia le jardinier.

– C'est pourtant un de tes outils de travail qui est fiché dans sa poitrine.

– C'est Brad-Bernard qui l'a trucidé. C'était de la légitime défense. Le dingue malfaisant lui avait tiré dessus.

– Pour un dingue, il était drôlement équipé. Il porte des lunettes militaires de vision de nuit. Où est l'arme ?

Manu éclaira un buisson. Dans l'herbe, Lola reconnut un Tokarev, un de ces pistolets de l'ancienne armée soviétique qui s'achetaient dans la rue ou sur le Net sans trop de complications. Elle fouilla les poches du mort ; elles ne contenaient que quelques billets de dix et vingt euros, en vrac.

– Il n'a pas de papiers, dit-elle en dardant sur Manu un œil soupçonneux.

– Je n'ai rien touché. Parole.

– Tu n'as rien vu venir non plus ?

– Non. Brad-Bernard était allongé sur le gazon, occupé à dénouer la pelote de sa mémoire, tranquille. Moi, je fumais ma pipe, installé contre Churchill.

– Churchill ?

– Le plus gros et le plus vieux pommier du parc. Un de mes préférés.

– Bon, continue.

– Brad-Bernard a entendu du bruit. Il a dû sentir le danger parce qu'il a arraché son outil à l'épouvantail. Le type a tiré. Brad-Bernard a été touché. Mais il a chargé, fourche en avant. Ah, si j'avais su, je ne l'aurais jamais laissé quitter la cave à Zaza. Et rien de moche ne serait arrivé.

– Une seconde. Qu'est-ce que Brad et toi fabriquiez ici au milieu de la nuit ? Et vautrés sur le gazon en plus ?

– Brad essayait de se souvenir.

Elle le sentit sur le point de reprendre ses tortillements et mordillements de lèvres. Et pendant ce temps, Ingrid continuait de supplier son compatriote.

– Se souvenir de quoi, arboriculteur de malheur !

Il hésitait encore ; alors elle lui agrippa la peau du ventre à travers sa salopette tachée de terre, et peut-être bien de sang, et le pinça en tournant fort.

– Terminé, les cavalcades de Robin des bois de pacotille. J'en ai soupé, Manu. Crache ta vérité. Au cas où tu ne l'aurais pas remarqué, on est dans le même camp. Et fais vite. L'ambulance arrive, les flics aussi.

– J'ai demandé à Zaza de cacher Brad-Bernard. Le problème, c'est qu'il ne voulait pas attendre que les cognes arrêtent le tueur de Lou Necker. Il voulait revenir à l'endroit où on l'avait trouvée morte.

– La nuit ?

– Oui, pour se remettre dans l'ambiance. Ou se donner un électrochoc, comme vous voulez. Il se couchait dans l'herbe et il attendait. Il attendait que l'aube se pointe et que le souvenir rapplique en rampant.

– Quand il m'arrive d'avoir des petits oublis, c'est généralement pour savoir si j'ai fermé le gaz en sortant de chez moi. Pas si j'ai trucidé ma voisine à coups de sac en plastique. Tu n'as pas bientôt fini de faire le gugusse ?

– Que vous le vouliez ou non, il y a un trou noir dans la cervelle de Brad-Bernard. Il a beau faire tous les efforts du monde, au point d'en perdre le boire, le manger, le sommeil, il ne se souvient de rien. Pour la bonne raison que cette nuit-là, il a pris une cuite carabinée. De celles qui abattent un homme, lui tranchent la dignité, et lui font penser qu'il est devenu un monstre.

– Surtout si c'est un alcoolique sevré.

– Vous résumez assez bien.

– Tu sais que c'est P'tit Louis qui l'a fait boire.

– Je sais et je lui ai d'ailleurs passé un sacré savon. Mais ce môme est plus niais qu'un épouvantail soi-disant artistique. Vous l'avez sûrement remarqué. C'est pour ça que quand j'ai trouvé Brad-Bernard en train de cuver son vin dans la cabane à outils, le visage salement griffé, je n'ai rien dit à personne.

Lola marqua le coup et se tourna machinalement vers Ingrid. Elle était toujours penchée sur Brad, son visage contre le sien.

– On a déposé Brad à son hôtel après la fiesta chez Zaza, reprit Manu. Mais il a dû faire semblant de se coucher, puis partir rôder. Je pense qu'il est passé par les grilles du parc. C'est comme ça qu'il a dû s'écorcher. En venant travailler, je l'ai trouvé dans la remise.

Quand je lui ai dit que Lou gisait dans le parc, il a piqué une crise et s'est bourré la figure de coups de poing.

– Il croyait qu'il avait pu la tuer. Et je suppose que tu le croyais aussi. Sinon, pourquoi le cacher ?

– Brad-Bernard est incapable de ça, madame Lola.

– Tu le connais depuis moins d'un an.

– N'empêche. Je suis sûr.

Ils entendirent une sirène. Ingrid décréta qu'elle allait guider les ambulanciers, et partit à petites foulées sur le sentier.

– Eh bien moi, je ne suis pas sûre que ça suffira à convaincre le commandant Duguin, reprit Lola.

Elle réfléchit. Brad, recherché dans le cadre d'une disparition et d'un homicide à La Nouvelle-Orléans, se saoule à mort, passe la nuit la plus opaque de son existence dans l'obscurité de Montsouris, et la termine dans la cabane à outils. Dans le même espace-temps, Lou Necker est étouffée avec un vulgaire sac en plastique qu'on peut trouver dans n'importe quelle poubelle ou transporter sur soi. Au matin, Manu retrouve Brad dans un état calamiteux. Et pour couronner l'affaire, l'Américain doute de sa propre innocence au point de tenter de reconstituer encore et encore la scène du crime, histoire de coincer une bonne fois pour toutes ses démons intérieurs. Lola fit la grimace.

– Non, vraiment, avec Duguin, ce n'est pas gagné.

Manu haussa les épaules et réajusta sa casquette d'un air buté. Et ils furent capturés en même temps dans un chassé-croisé lumineux.

– ON NE BOUGE PLUS ! ordonna une femme. Mains en l'air, et vite.

Manu et Lola obéirent. Les ambulanciers arrivèrent en courant. La femme officier leur demanda d'éviter le plus possible de piétiner le lieu du crime. Manu se lança dans une litanie explicative. Ils étaient innocents.

L'embroché les avait agressés. La police aurait dû prendre les devants plutôt que les arrières, et coffrer ce sagouin armé jusqu'aux dents avant qu'il ne passe à l'acte. Et c'était sûrement ce dément qui avait tué la petite Necker.

– Tu nous raconteras ta vie au poste, répliqua la femme officier d'un ton glacial.

Quatre agents en uniforme les menottèrent avant de les pousser vers la sortie. Lola jugea qu'ils « piétinaient le lieu du crime » encore plus vigoureusement que les ambulanciers. Elle se retourna et vit la femme flic, un autre officier en civil et deux agents tentant de comprendre le spectacle champêtre qu'on leur offrait : un inconnu équipé de splendides lunettes militaires, étendu sur une splendide pelouse, le thorax perforé par une fourche tout aussi splendide et propriété de la Mairie de Paris.

L'un des flics se grattait la tête, et ce geste n'était pas superflu.

28

Il l'avait munie d'un sandwich, d'une bouteille d'eau minérale, d'un fauteuil confortable et s'était assis sur le bord de son bureau pour étudier au mieux son visage de légende. Car il l'avait accueillie par ces termes : « Madame Jost, vous êtes une légende, et malgré l'incongruité de la situation, je suis heureux de vous serrer la main. » Elle savait qu'il y avait une part de vérité dans ces déclarations, mais n'était pas dupe et se doutait que ce numéro de charme était calculé pour obtenir le plus d'informations possible dans le minimum de temps.

– Je vais jouer franc jeu avec vous, commandant.

– Je n'en attends pas moins de vous, commissaire.

– Au début, j'ai eu du mal à croire à l'innocence d'Arceneaux. Et j'ai aidé Ingrid par amitié. Mais certains éléments me chiffonnent.

– Lesquels ?

– Cette fois, la méthode est directe. Une balle dans la peau. Mais Arceneaux a déjà failli être victime d'un attentat. Une quinzaine de jours avant la mort de Lou Necker, son harnais pour la taille des arbres a été saboté. Manu s'en est aperçu à temps.

– Manu vous fait plus de confidences qu'à moi. Vous avez de la chance.

– Et je vous en fais profiter.

– Le tireur n'a aucun papier sur lui. Et sa qualité de cadavre l'empêche de nous faire des révélations.

– Des signes particuliers ? Une impressionnante cicatrice, par exemple ?

Duguin esquissa un sourire. Il lui donnait du « commissaire », du confort et du respect mais il n'était pas prêt à partager son enquête avec elle. Elle changea d'angle d'attaque.

– Comment va Brad ?

– Il a été plongé dans un coma artificiel. Mais je compte l'interroger dès que possible.

Et probablement le mettre en présence de Marquet, pensa Lola.

– Je doute qu'il vous dise quoi que ce soit d'utile.

– C'est un adepte de la méthode Manu ?

– C'est un alcoolique qu'on a fait boire à son insu.

– *On* ?

– Son collègue P'tit Louis a versé de l'alcool dans son verre, la veille de la mort de Lou. Brad a continué de boire. Jusqu'à devenir une sorte de trou noir.

– Vous pouvez m'expliquer cette métaphore ?

– Un psychiatre de mes amis affirme que le cerveau d'un alcoolique peut déconnecter. Son corps avance tout seul. Mais il ne sait plus ce qu'il fait. Et n'en garde aucun souvenir une fois dégrisé.

– Vous n'arrangez pas les affaires d'Arceneaux en me racontant cela. Nos confrères américains le soupçonnent de deux homicides à La Nouvelle-Orléans. Mais vous êtes au courant, je suppose.

– Je pense qu'il est victime d'un complot.

– Rien que ça.

– Si un commanditaire l'a bel et bien importé des États-Unis pour un contrat sur Necker, pourquoi diable aurait-il sympathisé avec sa future victime ?

– Un jardinier dans le jardin d'un couvent passe inaperçu. Son commanditaire l'a peut-être d'abord engagé pour espionner Lou Necker et ses amis.

– Pour trouver une faille utile à Tolbiac-Prestige ? Je sais que vous voyez bien Gilbert Marquet dans le rôle.

Duguin garda un visage impassible.

– Une autre question me taraude, reprit Lola. Pourquoi avoir tué Lou Necker à Montsouris alors qu'il faisait partie des rares initiés connaissant son habitude de sauter par-dessus les grilles à l'aube ? Ce n'est guère professionnel.

– L'ivresse a pu le pousser à effectuer son contrat plus vite que prévu, et mal.

– Lou a été tuée peu après son arrivée au parc, disons vers cinq heures trente, six heures. À cette heure-là, Arceneaux cuvait son vin. Manu l'a trouvé endormi dans la remise.

– Vous vous rendez compte que vous établissez sa présence sur les lieux au moment du crime ?

– Je sais à qui je m'adresse. À quelqu'un qui raisonne bien. Mais ne craint pas de secouer l'évidence.

Ils se sourirent.

– Ingrid m'a raconté ce qui s'est passé quand vous avez coincé le casseur, reprit Lola. Il a avoué avoir vu Arceneaux fureter dans les caves des ateliers Jarmond et dégager un puits.

– Ce qui prouverait qu'Arceneaux était payé pour espionner.

– S'ils étaient du même bord, c'est-à-dire engagés tous deux par Marquet, pourquoi le casseur vous aurait-il parlé d'Arceneaux ?

– Il ignorait sans doute qu'ils étaient « du même bord ». Ces casseurs ne sont pas des James Bond. On leur demande de mettre la pagaille, pas de sauver la planète.

Lola évoqua Jupiter Toby. Duguin déclara qu'on n'avait trouvé aucun lien entre la mort de l'artiste et celle de Necker.

– Son appartenance à la famille Giblet de Montfaury n'avait aucune incidence sur le projet Tolbiac-Prestige, continua-t-il. Sœur Marguerite avait racheté ses parts à son frère, le grand-père de Julian.

– Vous savez qu'il était l'amant de l'associée de Marquet ?

– Bien sûr. Mme Hutchinson ne me l'a pas caché.

– La vente va avoir lieu ?

– La promesse de vente doit être signée bientôt.

– Vous avez les résultats de l'autopsie ?

– Julian Giblet de Montfaury est mort d'un arrêt cardiaque.

– C'est ce qui arrive à tout le monde. Un jour ou l'autre.

– Il avait dîné d'un curry anodin, arrosé au champagne. Et les prises de sang n'ont rien révélé de suspect.

– Moi, c'est la coïncidence de ces deux morts que je trouve suspecte.

– Sans doute, mais même si j'aime « secouer l'évidence », je ne suis pas capable d'inventer des preuves qui n'existent pas.

Il se leva : l'interrogatoire aux allures d'entretien était terminé. Il n'avait pris aucune note, n'avait utilisé aucun de ses collaborateurs pour enregistrer les déclarations de Lola. Il allait la remercier pour sa collaboration et la prier de ne plus s'occuper de cette affaire. C'est ce qu'il fit avec une politesse exquise avant de la raccompagner dans le couloir, où attendait le lieutenant Barthélemy.

– Vous savez où sera enterré Jupiter ?

– Dans le caveau familial des Giblet de Montfaury. Souhaitez-vous que je vous appelle un taxi, commissaire ?

– Non merci, commandant. Si vous m'y autorisez, je vais attendre Ingrid.

Elle s'installa sur un banc et aplatit tranquillement les plis de sa robe.

– On l'interroge. Ça risque d'être long.

– Je connais un dicton bucolique et chinois à propos de la patience. Vous voulez l'entendre ?

– Pourquoi pas, commissaire.

– Avec du temps et de la patience, la feuille du mûrier devient satin.

– Joli.

– J'en connais un autre. Plus polisson. Et créole.

– Allez-y.

– Avec patience et crachat on fait entrer un pépin de calebasse dans le derrière d'un moustique.

– Je me demande si je ne préfère pas le premier.

– C'est vous qui voyez, commandant. Mais les deux sont bucoliques.

– Très.

*

– Puisque je vous dis que j'ai vu P'tit Louis avec un iPod flambant neuf. Quelqu'un lui a donné de l'argent.

– Pour quoi faire ?

– Pirater le verre de Brad chez Zaza. C'est P'tit Louis que vous devriez torturer au lieu de moi, Nicolet.

– Torturer, c'est un bien grand mot, répondit le lieutenant en essayant de prendre une pose à la Duguin, détendue mais ferme.

Il aurait préféré interroger la grande blonde en duo avec le patron, mais Sacha avait été formel ; il se concentrait sur l'ex-commissaire et ne voulait pas voir l'Américaine. On se demandait bien pourquoi. Corinne Moutin prétendait que c'était parce que Lola Jost avait encore des appuis dans la Grande Maison, et que le patron souhaitait la ménager et lui accorder une attention maximum.

– Je veux voir Sacha Duguin.

Cette fille était fatigante. Elle croyait qu'on choisissait son flic comme son psy ou son marchand de légumes ?

– Lui au moins m'écoutera, continuait-elle, toujours en pétard.

Nicolet téléphona à Corinne Moutin et lui demanda de venir prendre la relève. Puis il se rendit dans la pièce contiguë, équipée d'un miroir sans tain. Il fut surpris d'y trouver le commandant. Debout derrière la vitre, il fixait Diesel.

– Je croyais que vous étiez avec Lola Jost, patron.

– Elle m'a dit ce qu'elle savait.

– L'Américaine ne veut parler qu'à vous, vous l'avez entendue…

– Tu y retournes. Et tu t'en occupes avec Moutin, c'est une bonne idée.

– Vous nous rejoindrez ?

– Non.

Nicolet étudia le profil de son patron et quitta la pièce. Pour la première fois, il avait le sentiment qu'il lui cachait quelque chose. Corinne Moutin répétait que l'enquête décollait, et que Duguin en profiterait pour tirer la couverture à lui, les planter là, et filer à la Crime à la première occasion. Elle exagérait. Mais Duguin faisait de la rétention. C'était certain.

29

Ingrid quitta l'hôpital militaire et poussa un juron libératoire. On lui avait méchamment refusé l'accès à la chambre de Brad. À ses questions quant à son état de santé, on avait opposé un mutisme farouche voire méprisant. Elle se doutait bien qu'elle n'avait guère de chances de franchir les barrières dressées par la police française, mais elle se serait attendue à un minimum de civilité. Certains jours, le pays de Louis XIV, des grands couturiers, philosophes et cuisiniers de génie lui semblait avoir usurpé sa réputation de patrie des Lumières et des bonnes manières.

Elle hésita puis composa le numéro de Sacha Duguin. Il répondit à la deuxième sonnerie.

– C'est Ingrid. Il faut qu'on se parle.

– Il faut surtout nous laisser travailler, mademoiselle Diesel. Et d'ailleurs votre amie Lola est d'accord avec moi.

– Je dois voir Brad.

– Il sort à peine du coma. Il va bien.

– Et tu as commencé à l'interroger, c'est ça ?

Elle l'entendit soupirer.

– Tu as commencé à l'interroger mais le problème c'est qu'il se croit coupable, reprit-elle.

– Je pense savoir faire la différence.

– Je n'ai jamais dit le contraire. Mais la nuit où il a été blessé, j'étais près de lui et il m'a dit : « À cause d'elle…

Magnolia Hall… Je voulais défendre Ben… » Et il s'est évanoui.

– Qu'est-ce que c'est supposé vouloir dire ? répondit Duguin d'un ton las.

– Magnolia Hall était la propriété des Frazier. Brad y travaillait comme jardinier.

– Les événements de La Nouvelle-Orléans concernent la police américaine. J'essaie déjà de comprendre ce qui s'est passé à Paris.

– Je vais venir te voir.

– Je ne te recevrai pas.

Il avait raccroché. Ingrid rangea calmement son mobile dans sa poche. Sacha Duguin venait de la tutoyer. Cette coutume latine avait ses avantages. Comme de réparer les pots cassés, ou plutôt de reconstruire les ponts coupés. Ingrid réfléchit quelques secondes à cette jolie expression. Elle lui plaisait, elle lui plaisait énormément. Mais pourquoi donc ? En fait, elle lui avait donné une idée. Puisqu'il ne voulait pas qu'elle emprunte le pont qui menait à la place d'Italie, elle emprunterait celui qui menait à son domicile. Il serait bien obligé de la recevoir.

Elle emprunta le métro jusqu'au quartier chinois et rejoignit le club de boxe. Cette fois, la salle était pleine. Certains sautaient à la corde, les autres s'acharnaient sur des sacs de frappe, des instructeurs entraînaient des équipes. Ingrid repéra deux filles musclées comme des tigresses et presque aussi rapides. Elle attendit la fin du round avant de les aborder : elle cherchait à joindre le commandant Duguin, mais le commissariat n'était pas l'endroit le plus indiqué.

– Elle peut toujours aller voir Rachid, suggéra une des boxeuses. S'il y a une embrouille, il saura faire le tri.

Sa partenaire haussa les épaules. L'autre hésita un peu puis donna l'adresse d'un restaurant marocain rue Tagore.

Vers dix-neuf heures trente, Ingrid frappa à la porte du *Jardin de Marrakech.* Un homme vint ouvrir en expliquant que son établissement n'ouvrait qu'à vingt heures. Elle reconnut le coéquipier de Duguin, sa démarche roulante, sa figure cabossée.

– Il faut que je voie Sacha. Pas au commissariat. Chez lui.

– Il suffit de l'appeler, pour ça.

– Ça n'a pas suffi. Donnez-moi son adresse, je vous promets que je me comporterai bien.

La remarque le fit sourire.

– Je me demande si c'est bien ce qu'il veut, répliqua-t-il sans réussir à redevenir sérieux.

– C'est au sujet de mon ami Brad, qui est dans les ennuis…

– Sacha n'habite plus chez lui.

– Ah oui ?

– Je l'héberge en attendant mieux.

Il sourit plus fort. Cela accentua la géographie tourmentée de son visage.

– L'immeuble blanc, en face du square. Troisième étage.

– Merci, Rachid, vous êtes adorable.

– C'est la première fois que j'entends ça, mais pourquoi pas.

Ingrid courut jusqu'à l'adresse indiquée. Elle monta au troisième et sonna sans succès. L'oreille contre la porte, elle perçut un bruit d'eau. Elle attendit, sonna encore. Il vint lui ouvrir, une serviette nouée autour de la taille. Il grommela un « Rachid va m'entendre », recula en laissant la porte ouverte. Ingrid entra, resta immobile pendant qu'il s'éclipsait dans une chambre. Il y avait de la musique. Un rock rageur, un duo de guitares semblant se bagarrer l'une avec l'autre. Une voix de femme. Elle ne l'aurait pas imaginé écoutant ce genre de musique.

La peau du monde / Et la bouche du monde sont à toi / Il suffit que tu te rendes / Je n'attends que ça…

Il revint vêtu d'un jean, la serviette sur les épaules. Il s'essuya les cheveux. Elle fit un gros effort pour détacher les yeux de son torse.

– Vous n'habitez plus chez vous ?

– Ça m'en a l'air. Tu me tutoies, tu me vouvoies ? Je ne sais plus où j'en suis, Ingrid.

Moi non plus, faillit-elle dire.

– Alors ? Tu voulais me voir. Tu me vois. Qu'est-ce que tu as à me dire ?

– Je voudrais que tu me laisses voir Brad.

– Hors de question.

– Manu t'a dit pourquoi Brad n'était pas passé me voir à son arrivée en France ?

– Parce qu'il ne voulait pas débarquer chez toi comme un clodo.

– Tu vois, tu avais peur pour moi, il n'y avait aucune raison. Je suis sûre que je peux t'aider à lui faire retrouver la mémoire. Après tout, je fais partie de son passé.

Elle s'était approchée. Il la fixait. Quelques centimètres de plus, et le cours de sa vie changerait de direction. Elle n'eut pas à décider parce qu'il la prit dans ses bras.

– Tu me rends complètement dingue, murmura-t-il avant de l'embrasser.

Elle répondit à son baiser et le laissa déboutonner son chemisier. Elle sentit le contact de son torse contre le sien, et frémit de la tête aux pieds.

– *I'm so crazy about you.*

30

Elles survolaient l'Atlantique et Lola fit une confidence à Ingrid.

– Je n'ai jamais mis les pieds en Amérique. Tu te rends compte ?

Ingrid tapota la main de son opulente amie. Elle n'ignorait rien de sa peur des avions et du changement. Elle n'ignorait pas qu'une ville ravagée par un ouragan n'était pas la villégiature idéale pour se faire une idée des États-Unis. Lola esquissa un sourire puis se replongea dans la lecture d'un guide obsolète vantant La Nouvelle-Orléans d'avant Katrina. Ingrid tenta de tuer le temps en regardant les vidéos. Elle zappa d'un programme à l'autre, finit par écouter de la musique ; les chansons de R. Kelly ne l'aidèrent pas à détacher ses pensées de Sacha Duguin.

Elle n'avait encore rien dit à Lola, mais se doutait que l'ex-commissaire avait deviné le changement dans leurs relations. Elle se sentait d'autant plus dissimulatrice qu'elle avait caché à Sacha son départ pour La Nouvelle-Orléans. Pendant ces nuits passées ensemble, ni l'un ni l'autre n'avait mentionné l'affaire Necker, pas plus que l'avancée des interrogatoires de Brad. Sacha avait tout de même évoqué la musique de Lou Necker et des Vampirellas. Il avait trouvé leur enregistrement dans la chambre d'hôtel de Brad, en même temps que deux CD d'Otis Redding et des Neville.

Ingrid ne comprenait pas ce que le rock de Lou Necker faisait dans les affaires de Brad. Il n'aimait que la soul et le funk. La musique des Vampirellas était de qualité, hormis un léger décalage entre les guitares, la basse de Carmen n'arrivant pas à s'ajuster à la fluidité de la Gibson de Lou, mais ce n'était pas le genre susceptible de l'intéresser. Il lui manquait la chaleur du Sud, la pulsation de la Louisiane. Ingrid avait agi par instinct et « emprunté » le CD à Sacha sans lui demander son avis. Elle l'avait confié à Laurent, l'ingénieur du son du *Calypso*, pour qu'il l'étudie d'une oreille neuve. Laurent avait du travail par-dessus la tête et n'avait encore rien révélé de consistant.

C'est grâce aux renseignements du lieutenant Barthélemy qu'Ingrid avait appris que Brad se calfeutrait dans le silence, refusant les questions de la police et des psychiatres mandatés à son chevet. Pendant les quinze jours qui avaient été nécessaires à Lola pour l'obtention d'un passeport à lecture électronique, Brad n'était pas sorti de son mutisme. En revanche, l'opération Tolbiac-Prestige avait salement progressé. Mathieu Chevilly avait réussi à persuader Gervais Jarmond d'utiliser une milice privée et de faire évacuer les artistes manu militari. Une date avait été fixée pour la signature de la promesse de vente.

Ingrid observa Lola endormie, ses lunettes qui glissaient sur son nez, son guide ouvert sur ses genoux. Elle redressa délicatement les lunettes, glissa le guide dans le filet du siège avant. Lola avait insisté pour l'accompagner et lui prêter main-forte. Ingrid lui serait à jamais reconnaissante pour sa fidélité dans les sales moments comme dans les bons. Celui qu'elle vivait appartenait aux deux genres à la fois. Il était alourdi par la crainte que Brad ne finisse par craquer et ne s'abatte comme un chêne qui aurait trop résisté à la tourmente ; étant donné qu'il n'avait aucun souvenir de cet affreux petit matin à

Montsouris, n'irait-il pas avouer un crime qu'il croyait avoir commis ? Mais le moment était également celui du désir et de la passion partagée. Elle ne se serait jamais crue capable de tomber dans les bras d'un policier déterminé à mettre un de ses amis à l'ombre. Volupté et angoisse se mélangeaient.

À cause d'elle… Magnolia Hall… Je voulais défendre Ben… Les dernières paroles de Brad virevoltaient, ritournelle indéchiffrable. Elle avait tourné le problème en tous sens, était arrivée à la seule conclusion possible : pour aider Brad, il fallait retrouver la mémoire à sa place. Personne n'était capable de se substituer à lui quand il essayait de reconstituer les circonstances de la mort de Lou Necker, mais on pouvait creuser son passé en Louisiane, tenter de savoir pourquoi il avait quitté La Nouvelle-Orléans pour Paris. Il fallait pénétrer dans l'œil du cyclone. Il avait pour nom Katrina.

Elle ouvrit le dossier concocté avant son départ. Les articles de presse récupérés sur le Net racontaient l'homicide de Ben Frazier. Les journalistes privilégiaient la thèse du pillage ayant mal tourné. Des gangs organisés ou des individus isolés avaient profité du chaos pour pénétrer dans les propriétés abandonnées. Ben n'avait pas déserté Magnolia Hall, des inconnus l'avaient abattu de deux balles dans la poitrine après avoir saccagé la villa. Le corps avait été identifié par des militaires. Détail étrange, on l'avait tué dans le vestibule, comme en témoignaient les relevés de traces sanglantes et les douilles abandonnées, mais on avait retrouvé son corps allongé sur son lit, comme si les assaillants avaient pris la peine de l'installer au mieux avant de prendre la fuite. Magnolia Hall disposait d'une dizaine de chambres. Celui ou ceux qui avaient déposé le cadavre de Ben dans la sienne connaissaient donc la maison. Bijoux, tableaux et autres objets de valeur avaient disparu. De nombreuses empreintes avaient été relevées et faisaient dire aux enquêteurs que Magnolia Hall avait pu être visité plusieurs fois, par des pillards différents. Après la première vague d'articles, les médias avaient changé de ton et diffusé des photos de Brad, présenté comme « le jardinier de Magnolia Hall, porté disparu depuis Katrina, et soupçonné du meurtre de son employeur Benjamin Frazier ».

Elles firent escale à Atlanta et atterrirent au Louis Armstrong International Airport peu après vingt-deux heures. Elles avaient quitté Paris seize heures auparavant et Lola accusait le coup. Il était plus sage de prendre un taxi. Ingrid lui donna l'adresse du Fairchild House, un bed and breakfast de Prytania Street dans le Garden District. Une fois sur l'autoroute, Ingrid questionna le chauffeur, un Créole à l'accent chantant, et lui expliqua qu'elle n'avait pas revu cette ville depuis son adolescence.

– C'est moche ce qui s'est passé ici, miss. On était abandonnés à notre sort. Mais il ne faut pas pleurer trop longtemps. Ça se reconstruit. Vous voyez ces grues qui ressemblent à des vautours géants dans la nuit ? Elles appartiennent à des gars à costumes à rayures et pompes cousues main, prêts à se remplir les poches.

Lola plissait les yeux d'un air concentré. Elle essayait de suivre la conversation mais dérapait sur l'accent du chauffeur. De son côté, Ingrid avait le sentiment de retrouver une vieille et belle chanson oubliée.

31

Leur première nuit au Fairchild House avait été brumeuse et courte. Malgré leur épuisement, elles avaient eu toutes les peines du monde à grappiller quelques heures de sommeil. Ingrid comptait néanmoins se rendre au plus vite à Magnolia Hall. Pour retaper une Lola hébétée, un solide déjeuner cajun serait la meilleure option. Elles se rendirent au *Camellia Café*, un restaurant familial de Josephine Street, où Ingrid prit la situation en main, commanda de la soupe à la tortue et du jambalaya, et, faisant exception à son régime sans alcool, un chardonnay californien. Les couleurs et les odeurs séduisirent sur-le-champ l'ex-commissaire. Et le vin fit son office. Au moment du dessert, des bananes flambées au rhum, Ingrid avoua qu'elles avaient rendez-vous à Magnolia Hall.

– Je m'en doutais, dit Lola en se resservant un fond de chardonnay. Il n'est pas mal, ce petit californien.

– Tu t'en doutais ?

– Moi aussi, je suis allée fureter sur le Net. Et j'ai vu que Magnolia Hall était en vente. Depuis huit mois. L'agence n'est autre que Frazier Realty.

– Tu es patronne d'un vignoble de champagne. Tu comptes acheter une demeure dans le Garden District. Tu as rendez-vous avec miss Penelope Warner.

– Est-ce que j'ai la tête d'une viticultrice qui a un million et demi de dollars à mettre sur une table ? En tout cas, je suis bien coiffée, et j'ai une robe très convenable.

Tu as toujours des robes très convenables, pensa Ingrid en lui offrant un sourire. Puis elle constata que celui de son amie s'effritait déjà. Elle se mordit les lèvres. Son histoire de champagne était maladroite. Lola ne parlait jamais de Jupiter Toby, mais il devait rarement quitter ses pensées.

*

La grille en fonte était déjà tout un programme. À la fois altière et délicate, reproduisant des feuilles et des glands de chêne, elle avait connu la guerre de Sécession et peut-être même celle de l'Indépendance.

Elle semblait contenir avec difficulté un jardin aussi luxuriant que celui que Lola avait imaginé.

– Alors, comment trouves-tu Magnolia Hall ?

– Pas aussi spacieux que la gare de Lyon, Ingrid. Mais ça ferait passer une villa du Vésinet pour un cabanon marseillais.

Miss Warner attendait sur le perron, équipée d'un sourire extrablanc et de l'attirail complet de la business-woman : tailleur strict, chignon et maquillage aussi discrets qu'impeccables, attaché-case et téléphone cellulaire « mains libres ». Lola se lança dans une conversation décontractée. Elle fit mine d'être une habituée des demeures de colonel américain, des jardins exubérants et des chèques en dollars à plus de sept zéros. En même temps, elle gardait un œil sur Ingrid et constatait que le retour à Magnolia Hall, après quatorze ans d'absence, la remuait fort. Elles eurent droit à une visite complète, de la cave au grenier. La demeure vidée de ses meubles paraissait d'autant plus gigantesque ; de l'époque Frazier ne subsistaient que de splendides lustres en cristal. Miss Warner ne manifesta aucune réticence lorsque Ingrid souhaita arpenter le parc et descendre la molle et douce colline qui menait à l'étang.

– Le jardin est à l'abandon depuis la mise en vente ? demanda Lola.

– Rassurez-vous. Si la propriété vous intéresse, nous le remettrons en état, à titre gracieux.

– Excellente initiative.

– C'est indispensable. J'ai repéré des espèces dangereuses. L'arbuste aux jolies feuilles rouges que vous voyez là-bas, c'est un ricin. Il a l'air inoffensif mais c'est un danger public. Quelques graines suffisent à tuer un adulte. Au cas où vos petits-enfants…

– Délicate attention. Il faut croire que le propriétaire n'était pas papa et que son jardinier avait des goûts bizarres…

Miss Warner sourit de plus belle et glissa sur la réflexion de Lola.

– C'est encore un peu tôt dans la saison, mais quand les magnolias sont en fleur, c'est un enchantement.

– Et la toiture ?

– L'état est parfait. Ainsi que les sanitaires…

– J'ai repéré quelques détériorations dans la maison. Je suppose que les pillards y sont pour quelque chose.

– Les journalistes ont exagéré la situation. Tout comme la ville, Magnolia Hall a survécu. Katrina est derrière nous. Garden District est redevenu très sûr.

– Je sors d'une visite avec un de vos collègues et il m'a appris qu'un meurtre avait été commis à Magnolia Hall. Au moment de Katrina. Évidemment, je l'ignorais avant de quitter Paris.

Un nuage avait froufrouté dans le regard de miss Warner. Elle toussa délicatement et chercha ses mots.

– Puis-je savoir qui vous en a parlé ?

– Je préfère éviter les noms. Mais c'est vrai, n'est-ce pas ? Et la victime était Benjamin Frazier, ex-patron de Frazier Realty si je ne me trompe pas. Et dernier propriétaire de Magnolia Hall.

– Vous ne vous trompez pas. C'est une histoire très triste.

– Vous le connaissiez ?

– Oui, bien sûr, mais je ne vois pas…

– J'aime savoir avec qui je fais affaire. Si Frazier Realty a perdu son PDG, avec qui vais-je traiter ?

– Frazier Realty appartient toujours à la famille. Mais le nouveau patron est John Hurley. Il a été engagé à la mort de M. Frazier.

– Mais pourquoi engager quelqu'un d'extérieur à la famille ? Je peux vous dire que dans le champagne, ça ne se passerait pas comme ça. Cette propriété me plaît, mais j'aimerais avoir l'esprit tranquillisé.

– Il n'y a rien d'alarmant dans la situation de Frazier Realty, madame Jost, je vous l'assure.

La jeune femme se lança dans un tableau très optimiste de la situation de l'immobilier à La Nouvelle-Orléans. Et dépeignit Frazier Realty comme un acteur actif de ce renouveau. Lola écouta avec attention mais fit mine de douter.

– Merci pour ces informations, mais je voudrais savoir s'il y a encore un Frazier aux commandes. J'aime les affaires de famille. Elles me rassurent.

– Sherman est mort quelques années avant son fils. Il ne reste que Charlize.

– Charlize ?

– La fille de Sherman Frazier est au conseil d'administration mais dirige ses propres affaires, et fait entière confiance à M. Hurley pour la gestion de Frazier Realty.

Lola prit un air rassuré. Elle admira un cyprès dont la cime semblait percer les nuages, s'approcha de l'étang et observa le paysage. Jusqu'à ce que miss Warner s'impatiente et tousse élégamment une nouvelle fois. Lola se retourna, comme interrompue dans un rêve agréable.

– Alors, que pensez-vous de Magnolia Hall, madame Jost ? Si vous envisagez d'en faire un hôtel, pas de problème. C'est juridiquement faisable.

– C'est bon à savoir. Mais j'aimerais comprendre pourquoi la maison est restée vide après la mort de Ben Frazier. Miss Charlize Frazier n'a pas souhaité y vivre ? Est-elle superstitieuse ?

L'expression de Miss Warner prit les couleurs du soupçon ; Lola resta décontractée. Et ajouta :

– Je le serais à sa place.

– Je ne pense pas que Charlize soit superstitieuse.

– Cette grande et splendide demeure, délaissée pendant si longtemps… C'est une perte d'argent.

– Je crois savoir que la propriété ne convenait pas au mari de Charlize.

– Pas assez moderne, sans doute ?

– Je l'ignore.

Lola remercia la jeune femme pour son temps, lui demanda sa carte et précisa qu'elle avait encore d'autres propriétés à visiter. Elles se séparèrent sur le perron, et le sourire de miss Warner baissa d'intensité lorsqu'elle s'aperçut qu'aucune voiture de luxe avec chauffeur n'attendait Ingrid et Lola dans Harmony Street.

32

– Bonjour. Lieutenant Dave Parker. Content de vous rencontrer, miss Diesel. Vous habitez Paris, et malgré cela, vous êtes revenue dans notre ville mal en point.

– La Nouvelle-Orléans m'a déjà l'air de redresser la tête, répondit Ingrid en serrant la main du lieutenant.

Elle prit place dans le siège qu'il lui désignait, sa bouteille d'eau minérale glacée entre ses genoux. Parker paraissait aussi décontracté en vrai qu'au téléphone, et ne semblait pas gêné par l'agitation qui régnait dans le commissariat d'Avocado Street. Solidement bâti, il arborait des yeux bleus rapprochés, du muscle, un début de calvitie et de bedaine. Sur son bureau étaient posés la photo encadrée d'une femme et de deux enfants en pleine forme, et un cactus à l'allure de concombre neurasthénique dans un pot trop étroit. Ingrid réprima l'envie de se lever et de l'arroser. Elle remercia Parker de lui avoir accordé cet entretien. Il lui demanda si elle voulait bien lui montrer son passeport. Il l'étudia, nota le numéro sur un calepin et le lui rendit avec un sourire.

– Et vous avez fait tous ces kilomètres pour votre ami Brad Arceneaux. J'espère que vous ne serez pas trop déçue.

– Pourquoi ?

– Parce que je ne peux pas délivrer d'informations confidentielles concernant une affaire en cours.

Elle avait prévu le coup et trouvé une parade. Elle valait ce qu'elle valait.

– En fait, je suis venue témoigner.

– À quel sujet ?

– J'ai été agressée devant Magnolia Hall. Sans Brad, ces types m'embarquaient. Vous pouvez vérifier. Brad a fait une déposition au commissariat. Je pense que s'il était un meurtrier, capable de profiter de la débâcle pour tuer de sang-froid son patron, il n'aurait pas secouru une gamine inconnue.

Le lieutenant prit quelques notes et attendit la suite.

– J'ai passé du temps avec Brad et Ben. Je peux vous certifier qu'ils étaient les meilleurs amis du monde. Quand Brad m'a appris la disparition de Julia, il était sincèrement peiné.

Elle constata un changement léger dans l'expression de Parker. Il hésita puis reprit la parole.

– Arceneaux vous a reparlé de Julia Clarke ?

– Indirectement.

– À quelle occasion ?

– Il m'a donné la canne à pêche de Julia. Alors qu'on partait pêcher dans le bayou avec Ben.

– Arceneaux, Frazier et Clarke pêchaient souvent dans le bayou ?

– Oui, je pense. Ils étaient très proches.

– Où allaient-ils ?

– Entre Des Allemands et le lac Salvador, je crois.

Ingrid voulait-elle un café ? Elle accepta. Tandis que Parker s'éloignait vers un distributeur, elle étudia le panneau couvert de fiches et de photocopies d'articles de presse, fixé sur la paroi mobile derrière le bureau. Elle se redressa, arrosa le cactus et en profita pour lire les gros titres. Le dernier faisait la une du *Times-*

Picayune. Disparue depuis quinze ans, son corps est retrouvÉ dans le bayou. L'article était signé d'un certain Terence Brigsten. Elle sentit un frisson lui parcourir l'échine. Le lieutenant revint avec un café. Et une consœur. Une jeune femme à la peau cacao et au tailleur mauve, qui jeta un coup d'œil blasé au cactus et un regard inquisiteur à Ingrid.

– Sergent Cameron Jackson.

La poignée de main était vigoureuse. Jackson se plaça derrière Parker et se concentra sur Ingrid, qui se demanda si sa stratégie de témoignage impromptu était aussi judicieuse que prévu.

On l'interrogea longuement, et elle répéta le peu qu'elle savait. Elle mentionna l'article repéré sur la cloison.

– On a déterré son squelette il y a deux mois, dans le bayou Lafourche, confirma Parker. Dans le périmètre de Des Allemands. Il a fallu du temps à l'équipe de la police scientifique pour identifier Julia Clarke.

– De quoi est-elle morte ?

– Confidentiel.

– Vous voyez bien Brad dans le rôle, finit par énoncer Ingrid alors que ses yeux papillotaient sous le coup du décalage horaire, du regard de Cameron Jackson et des questions répétitives de Dave Parker. Mais il y a un problème.

– Ah oui ? intervint Jackson.

– On reproche à Brad d'avoir abattu Ben, enterré Julia, étouffé Lou. Ça fait beaucoup pour un seul homme. Surtout pour quelqu'un qu'on soupçonne d'avoir perdu la tête à cause de l'alcool. Les dingues sont plus monomaniaques, non ?

– ça dépend si le tueur est imbibé ou non, reprit Parker. Quand Julia Clarke a disparu, Brad Arceneaux suivait avec fidélité ses réunions AA. Mais la nuit de la mort de Frazier, il avait bu. Et, d'après nos collègues français, la veille de la mort de la jeune Necker, Arceneaux avait remis ça et pris une cuite de compétition. Ça expliquerait les changements de style.

Ingrid ferma les yeux et lutta pour les rouvrir aussitôt. Elle sentait que Parker lui avait fait une révélation. Mais, dans son cerveau, débutait un match impitoyable entre l'envie de savoir et celle de s'effondrer de sommeil. Elle décida d'imiter le cactus, d'emmagasiner les informations comme de l'eau précieuse pour s'en servir plus tard.

Après un temps interminable et un troisième café, Dave Parker répondit à un coup de fil qui sembla lui plaire. En voyage dans un champ de coton, Ingrid se rendit tout de même compte qu'il parlait d'elle à son interlocuteur.

– Quelqu'un souhaite vous parler, dit Parker en lui tendant le combiné.

– Ingrid, qu'est-ce que tu fabriques à La Nouvelle-Orléans ! Je te cherche partout. J'étais fou d'inquiétude.

Elle étudia les expressions de Jackson et Parker, se dit qu'il valait mieux officialiser en vitesse ses relations avec Duguin. En Louisiane, on ne savait jamais qui était capable de comprendre quelques bribes de français ici et là.

– Vous ne vouliez rien me dire, commandant Duguin. Alors, j'ai pris l'avion. Je veux savoir ce qui est arrivé à Brad avant qu'il embarque pour Paris.

– Il faut vraiment que tu te calmes, Ingrid. Je vais finir par croire que tu n'as aucune confiance en moi…

Elle entendit une voix en arrière-fond, comprit que quelqu'un venait d'entrer dans le bureau de Sacha.

– Je ne suis pas venue pour rien, dit-elle. Ils ont retrouvé le corps de Julia Clarke. Vous ne m'aviez rien dit.

– Bien sûr que non.

– Et le cadavre inconnu de Montsouris, on sait qui c'est ?

– Si j'ai un conseil à vous donner, c'est de répondre au mieux aux questions de la police louisianaise et de rentrer à Paris.

– Pourquoi, vous croyez que Paris, c'est mon pays ?

Il y eut un vide assez long, et sa voix, de nouveau. Aussi chaude et gaie qu'une carcasse de husky sur la banquise.

– Vous nous laissez tous faire notre boulot. Point barre.

Elle chercha une réplique intelligente, n'en trouva aucune et rendit le combiné à Parker. L'officier reprit sa conversation, et elle comprit que Sacha essayait de le convaincre de la mettre dans le premier avion. Parker demeura dans le vague et raccrocha.

– Vous ne pouvez pas me renvoyer à Paris. Je suis citoyenne américaine.

– J'espère que vous n'avez pas l'intention de vous mêler ici aussi de ce qui ne vous concerne pas.

– C'est de la vie de mon ami qu'il s'agit.

– Où logez-vous ?

– Au Fairchild House.

– Combien de temps comptez-vous rester à La Nouvelle-Orléans ?

– Je ne sais pas. Peut-être indéfiniment.

Jackson fit la grimace. Parker resta impassible.

– Merci pour votre témoignage, dit-il d'une voix neutre. Nous n'avons plus de questions à vous poser.

– Pour le moment, ajouta Jackson.

*

Ingrid retrouvait des réflexes vieux de plus d'une décennie. Elle entra dans un supermarché, trouva un téléphone public, mit un quarter dans la fente, composa le 411 et demanda à l'opératrice le numéro du *Times-Picayune*. Elle n'eut aucun mal à obtenir un rendez-vous avec Terence Brigsten pour le lendemain.

Quand elle entra dans la chambre, elle trouva Lola endormie devant le téléviseur allumé sur une chaîne d'info locale. Le maire répondait aux journalistes. Très remonté, l'un d'entre eux voulait savoir si oui ou non la municipalité envisageait de confier la reconstruction de La Nouvelle-Orléans à des gens résolus à en faire un Disneyland sans âme.

Ingrid éteignit la télévision, prit une douche sous laquelle elle faillit s'endormir. Elle se traîna jusqu'à son lit et sombra dans un sommeil aussi marécageux que le bayou Lafourche.

Lorsqu'elle se réveilla, il était trois heures quarante-sept. Elle essaya de se rendormir et se retourna plusieurs fois dans son lit. La voix de Lola la tira de son inconfort.

– Je n'arrive plus à fermer l'œil moi non plus. Raconte-moi les derniers événements. Avec l'énergie dont t'a dotée la nature, je suis sûre que tu as déjà réussi à enquiquiner pas mal de Louisianais.

Ingrid raconta ses pérégrinations. Sa courte nuit avait suffi à lui rafraîchir l'esprit. Les détails lui revenaient sans difficulté, clairs comme le cristal des chandeliers de Magnolia Hall. Ceux de sa désagréable conversation avec Sacha également.

– C'est sérieux entre vous, n'est-ce pas ?

– Oui, mais je me demande si je ne suis pas en train de tout foutre en l'air.

– Tu veux rentrer à Paris ?

– Terminons ce qu'on a commencé, Lola. On a rendez-vous avec le journaliste du *Times-Picayune* à midi dans le CBD.

– Le Club des Bavards Déterminés ?

– Non, le Central Business District.

– Moins drôle. Bon, puisque nous avons du temps devant nous, je vais appeler Barthélemy. C'est la soirée en France.

Ingrid écouta la conversation, sourit en l'entendant rassurer son ex-adjoint. Jérôme Barthélemy était toujours inquiet quant à la santé et aux initiatives de son ex-patronne. Lola lui demanda de « fourrer son nez dans les affaires du commandant Duguin, et de tenter par tous les moyens de récupérer l'identité du porte-flingue de Mont-souris ». Elle raccrocha, l'air très satisfait.

– Le poulet de grain est un môme merveilleux. Je n'ai même plus besoin de lui demander des services. Il fait dans l'initiative et l'imagination. Il a déjà pris langue avec ses collègues du 14e.

– Pourquoi le 14e ?

– Lou Necker était domiciliée dans le 13e arrondissement mais, par la grâce du petit Napoléon et du grand Alphand, Montsouris s'épanouit bel et bien dans le 14e. Cet épineux problème de géographie a d'ailleurs été l'occasion de querelles homériques au sein de la maison poulaga. En gros, le commandant de ton cœur a fait des pieds et des mains pour être chargé de l'affaire à la place de ses confrères de la rue de la Gaîté. Barthélemy, qui est un petit malin malgré ses grands airs naïfs, compte jouer de cette rivalité pour obtenir des infos. Il connaît une jeune capitaine accorte de la Gaîté, ça va aider. Bon, à quelle heure sert-on le petit déjeuner dans ce charmant bed *and* breakfast ?

– Vers six heures trente, je suppose.

– Ça va être dur.

– Tu as déjà faim…

– Et comment.

Ingrid ne put cacher son étonnement. Son estomac se souvenait encore des agapes de la veille, Lola ayant voulu tester un nouveau restaurant de cuisine traditionnelle. L'ex-commissaire alluma le téléviseur, sélectionna une chaîne musicale et se rallongea sur son lit.

– Je commence à apprécier la Louisiane, Ingrid. Des gens qui font aussi bien la cuisine ne peuvent pas être fondamentalement mauvais.

33

Au croisement de Saint-Charles et Washington Avenue, elles embarquèrent à bord d'un vénérable tramway de la couleur exacte d'une olive, et Lola eut le sentiment de remonter le cours du temps. Elle était assise sur un siège en acajou, aux accoudoirs de cuivre polis par les ans, elle goûtait une brise délicieuse arrivant par les fenêtres ouvertes sur un paysage de villas patriciennes et d'avenues bordées de chênes centenaires. Elle regretta de devoir descendre au bout de cinq stations à peine. Elles marchèrent jusqu'à Royal Street et, au fil de leurs pas, Lola découvrit un paysage très différent. Des buildings de verre et d'acier, de larges avenues colonisées par des boutiques de luxe. Les eaux noires de Katrina n'étaient pas montées jusque-là.

Elles retrouvèrent Brigsten au Café Maloy. Il agitait un exemplaire du *Times-Picayune* dans leur direction et était installé devant un sandwich, aussi épais qu'étonnant, et un café au lait dans une tasse en verre. Lola le trouva immédiatement sympathique avec sa petite trentaine, ses boucles blondes, ses lunettes à monture métallique ronde et verte, et son bel appétit.

– Comment appelez-vous ce type de sandwich ?

– Un Po'Boy.

– Un « Pauv'Garçon », expliqua Ingrid.

– J'avais deviné. Et que met-on dans cette merveille ?

– Ce qui vous plaît, répondit Brigsten. Jambon, salade, viande, des crevettes, de l'andouille, et même des huîtres.

– Les pauvres garçons ne se refusent rien, dit-elle en faisant signe au serveur pour commander le même sandwich fourre-tout.

Ingrid ne perdit pas de temps. Elle avait donné des éléments au téléphone, et Brigsten suivait sans problèmes.

– Je vous donne mes infos sur le séjour de Brad Arceneaux en France et l'affaire Lou Necker. En échange, vous me donnez les vôtres.

– Marché conclu.

Ingrid raconta. L'histoire sembla plaire au journaliste.

– Julia Clarke a été enlevée un soir où elle quittait les bureaux de Frazier Realty. On l'a retrouvée à quelques kilomètres de la route 90. Une balle de 9 mm dans le crâne, tirée à bout portant. Poignets et chevilles ligaturés.

– Comment a-t-on su qu'elle était là ? demanda Lola.

– Le corps a été enterré entre une cabane de pêcheur en ruine et un cyprès chauve ébranlé par Katrina. Moins d'un mois après, le cyclone Rita a remis ça. Le cyprès a continué de plier doucement, une racine a remonté le corps. Le chien d'un pêcheur a déterré un bout d'ossement.

– Et vous voyez Ben Frazier dans le coup ? demanda Lola.

– Difficile à dire. Frazier n'avait pas de casier judiciaire. Personne ne l'a vu se quereller avec Clarke. Ils allaient se marier. Elle donnait satisfaction dans son job chez Frazier Realty. En tout cas, les balles qui ont tué Clarke et Frazier venaient du même pistolet. On a retrouvé des douilles à Magnolia Hall, mais pas l'arme.

– La police soupçonne Arceneaux, continua Lola. Qu'est-ce que vous en pensez ?

– La dernière arrestation d'Arceneaux pour ébriété remonte à bien avant la disparition de Clarke, et a fortiori la mort de Frazier. Mais j'ai quand même suivi sa piste et déterré une vieille histoire. Son père, James Arceneaux, était pensionnaire d'une maison de retraite du quartier Saint-Bernard.

– Saint-Bernard a été enseveli sous les eaux, intervint Ingrid.

– Tout juste. Le vieux fait partie des victimes de Katrina. Brad a essayé de le sauver. J'ai eu le tuyau par une infirmière. C'est d'ailleurs le dernier témoin à avoir vu Brad Arceneaux vivant à La Nouvelle-Orléans. Je me suis demandé comment un type qui venait d'essayer de sauver son père, et l'avait vu mourir, pouvait avoir eu le cœur de trucider un de ses meilleurs copains. Qui plus est, la même nuit.

– James Arceneaux et Ben Frazier sont morts la même nuit ? s'étonna Lola.

– Exact.

– Vous avez les coordonnées de l'infirmière ?

– Oui, elle a retrouvé un emploi dans l'hôpital d'un quartier en reconstruction, mais elle m'a dit tout ce qu'elle savait.

Brigsten sortit un stylo de la poche de sa veste, consulta un agenda électronique et nota un nom, Celeste Gould, et un numéro de téléphone sur une serviette en papier. Sans attendre, Ingrid se dirigea vers la cabine téléphonique de l'établissement. Elle revint, l'air déçu. Gould était surchargée de travail et n'avait accepté un rendez-vous que trois jours plus tard.

– En attendant, faites donc visiter la ville à votre amie française, suggéra Brigsten avant de croquer avec ardeur dans son Po'Boy.

Ingrid lui coula un regard un rien agacé. Puis elle se mit à réfléchir dur tandis que Brigsten tuyautait Lola quant aux endroits à ne pas rater.

– Parlez-nous plutôt du père de Ben.

– Sherman est mort depuis un bail, dit Brigsten en s'attaquant à son café au lait.

– Il y a du potentiel du côté de Sherman ? demanda Lola à Ingrid.

Ingrid raconta sa brève rencontre, lors de son dernier été en Louisiane, avec la fille surprise de Sherman, Charlize la sauvageonne. Celle dont Ben n'avait appris l'existence qu'après la mort de sa mère, dans les années 90. Charlize exigeait d'être considérée comme une Frazier à part entière. Elle ne s'entendait guère avec son frère retrouvé. Ou alors trop bien. Ingrid se souvenait des cris, des bribes de conversation, et du baiser. Du baiser que Charlize, aussi grasse qu'un diable sauterelle mais aussi pénible qu'un moustique du bayou, avait volé à son séduisant demi-frère sur le perron de Magnolia Hall, avant de filer dans un nuage de fumée et un crissement de pneus.

– Assez théâtrale, cette petite, fit remarquer Lola.

– Je ne sais pas. C'est la première et dernière fois que je la voyais.

– Vous la connaissez ? demanda Lola à Brigsten.

– Pas personnellement. Mais depuis la mort de Ben, Frazier Realty a changé de style. La boîte a toujours eu deux activités. La location et vente de biens immobiliers. Et la construction. En un an, Frazier Realty a décollé. Harley, le nouveau PDG, vient de Tulas Corp, un consortium immobilier californien qui a fait parler de lui ces derniers mois. Tulas Corp a versé soixante mille dollars à une firme de lobbying fondée par un gros poisson du Parti républicain. Et une de ses filiales s'est retrouvée sous le feu des médias pour avoir bénéficié de contrats de reconstruction en Irak. Aujourd'hui, Frazier Realty est associé à un juteux projet au nord du lac Pontchartrain.

– Ce serait intéressant de rencontrer Charlize, dit Ingrid.

– Ça fait des mois que j'essaie. Je n'ai pu interviewer que Harley et il ne m'a donné que du vent.

– Et la mère de Charlize ? insista Ingrid. Elle est toujours en vie ?

– Vous pouvez ameuter la famille dans tous les sens, répondit Brigsten. Mais je ne vois pas le lien entre votre ami Brad et la vieille maîtresse de Sherman.

– Vous connaissez son identité ?

– Au début des années 90, j'étais encore étudiant à Dallas. Désolé.

– Vous auriez un confrère plus âgé à nous recommander ? demanda Lola.

Brigsten sembla hésiter.

– Il y a bien quelqu'un, finit-il par lâcher. C'est un chroniqueur musical, un type assez spécial mais qui connaît tout le monde. Il vit à l'année au Cheramie Manor, un hôtel chic, et on ignore sa source de financement. D'autant qu'il a la réputation d'aimer la défonce. Son nom est Bret Guidry, alias Pookie. Ne me demandez pas pourquoi.

Ingrid récupéra le numéro que Brigsten avait noté à côté de celui de l'infirmière et repartit vers la cabine téléphonique. Lola en profita pour acheter quelques sauces en boîte repérées sur le comptoir du Café Maloy. Elle choisit une sélection Panola, Crystal et Cajun Chef. Le môme Barthélemy et son épouse apprécieraient. À son retour, Ingrid annonça victoire.

– On a rendez-vous avec Pookie dans deux heures, Lola.

– Où ça ?

– Au Saint-Louis Cemetery n° 2. C'est sur North Claiborne Avenue. Pas loin d'ici.

– Décidément, on ne sort pas des pierres tombales.

– Quand je vous disais que Pookie était un peu spécial, soupira Brigsten.

– Il doit se rendre à l'enterrement d'un musicien de zydeco connu.

– Ah bon, qui ça ? demanda Brigsten.

– Il ne me l’a pas dit. Il semblait pressé.

– C’est dans ce cimetière coté que se trouve le caveau de la famille Frazier. Du Pookie tout craché. Bonne chance.

34

Une fois dans le taxi, Lola s’intéressa à cette coutume de numéroter les cimetières.

– La Nouvelle-Orléans a subi bien des épidémies au fil des siècles, notamment de fièvre jaune. Il a fallu agrandir le Saint-Louis Cemetery n° 1. Au XIXe siècle, le n° 2 était le favori de l’aristocratie créole. De nos jours, les trois Saint-Louis sont aussi chics l’un que l’autre, et il y a des listes d’attente pour obtenir son caveau. En tant que notable, Sherman a eu droit au sien.

– Tu crois que Charlize, qui voulait tant être partie prenante, a comme ambition de reposer dans le très chic caveau familial, le moment venu ? Histoire d’être associée aux Frazier pour l’éternité ?

– Pookie nous le dira.

Le taxi les déposa sur North Claiborne Avenue. Elles attendirent, sans succès. Ingrid interrogea un gardien, qui lui apprit qu’il n’y avait pas eu d’enterrement aujourd’hui.

– C’est une bonne blague à la mode louisianaise, dit Lola.

– J’espère que non.

– Tu lui as parlé des Frazier au téléphone ?

– Bien sûr.

– Pookie nous attend peut-être devant le caveau de famille. Histoire de vérifier que nous sommes douées pour les jeux de piste.

Le gardien leur indiqua l'emplacement. Elles dépassèrent les bâtiments administratifs et Lola resta bouche bée devant un imposant mausolée garni d'une escouade d'anges.

– Ce n'est que le début, annonça Ingrid.

Elles pénétrèrent dans un quadrillage de rues tirées au cordeau, dépassèrent des tombeaux à l'allure de villas, bordés de grilles aussi baroques que celle de Magnolia Hall, encombrés d'urnes, lyres, cœurs, statues inspirées de l'Antiquité égyptienne, grecque et latine. Les stucs voisinaient avec le marbre et la pierre de taille, imposant une blancheur que bousculaient les innombrables taches sanglantes des chrysanthèmes et des bégonias. Lola ne savait plus où poser les yeux, alors qu'elles s'enfonçaient dans cette cité blême et silencieuse dont les seuls habitants étaient des archanges au visage triste et des dieux énigmatiques empruntés aux mythologies du monde.

– On dirait le Père-Lachaise puissance dix, plaisanta-t-elle pour secouer un sentiment de malaise.

Elle remarqua quelques accrocs dans cette magnificence à la fois fascinante et pompeuse ; certains tombeaux étaient en ruine, leur structure de brique perçait sous le crépi effrité. Elles mirent un certain temps à trouver le bon caveau. Dans cette débauche de villas funéraires, la dernière demeure d'Eleanor, Sherman et Ben Frazier, un édifice de pierres pâles surmonté d'une plaque de marbre blanc veiné de noir, donnait une impression de sobriété, voire d'humilité. Lola demeura silencieuse tandis qu'Ingrid murmurait une courte prière à la mémoire de son ami Ben.

– Je crois bien que Pookie nous a roulées dans la farine, Ingrid.

– *Let's go.*

– Tu as raison. Essayons de le ferrer au Cheramie Manor.

Alors qu'elles remontaient l'allée, Ingrid se figea. Lola ne vit pas le coup venir.

Une lyre de marbre m'est tombée sur la nuque, pensa-t-elle. Elle s'effondra. Avant de sombrer, elle entendit un archange crier son nom.

*

Lola revint à elle après quelques secondes qui lui parurent une éternité passée dans un mausolée vaudou. Son crâne était colonisé par le brouillard, ses jambes flasques, sa bouche souillée par la poussière de l'allée. Elle entendit Ingrid crier, se força à rouler sur le dos, redressa la tête. Ingrid bataillait contre deux spectres, ses jambes et ses bras étaient partout à la fois, son visage avait la couleur brique des mausolées ruinés.

Lola réussit à se relever. Elle ramassa son sac en plastique, les boîtes du Café Maloy y habitaient toujours. Elle tangua vers Ingrid et les deux revenants.

Ces spectres sont plutôt des hommes, pensa-t-elle, ou alors des anthropoïdes hargneux. Un métis baraqué, un Blanc au crâne taché. Le métis emprisonna les bras d'Ingrid par l'arrière. Lola put détailler ses biceps de tueur décorés de tatouages repoussants. Elle se força à rester à la verticale.

Le Blanc avança poings en avant. Ingrid exerça une torsion du bassin et lui balança un coup de tibia dans la trogne. Le métis avait chancelé. Elle lui administra un coup de pied arrière dans le bas-ventre en poussant un cri rauque. Il lâcha prise. Elle enchaîna avec un direct dans le plexus solaire et un coup de coude dans la tempe. Le métis s'effondra.

Lola entendit un déclic de cran d'arrêt, vit la lame du couteau. Elle fonça en faisant tournoyer son sac. Quelqu'un hurla un ordre où surnageait le mot « police ». Lola assomma le Blanc à l'aide de sa sélection de sauces. Sa mission accomplie, elle se laissa glisser à côté du corps mou, s'abandonna sur l'épaule malodorante. Elle avait une vue imprenable sur son crâne. Ce qu'elle avait pris pour des taches à la Sigmund Léger était des tatouages, plus répugnants encore que ceux du métis. Ils représentaient des créatures à cornes, et à becs, et à dents, bref des chimères dont il valait mieux se désintéresser.

L'ex-commissaire observa plutôt la jeune Noire en tailleur vert qui leur faisait face. Bien campée sur ses jambes fléchies, elle pointait un revolver au bout de ses bras tendus. Et elle n'avait pas l'air de plaisanter. Luttant contre un gros reste de vertige, Lola espéra que c'était bien le mot « police » qu'elle avait capté dans la bataille. La fille en vert jeta deux paires de menottes dans la direction d'Ingrid et lui demanda de les passer aux *motherfuckers*.

– Maintenant, croisez vos mains derrière vos nuques. Et pas d'entourloupe.

Elles étaient trop sonnées pour contester son style. Lola laissa tomber ses sauces en boîte et obéit, tout comme Ingrid. La fille les fouilla, rengaina son Smith & Wesson dans son holster, sortit une radio de sa poche et demanda du renfort.

– Et maintenant, on s'explique. Qu'est-ce que vous fichez ici ?

– Sergent Jackson, cette personne est mon amie Lola, articula Ingrid encore essoufflée.

– Enchantée, dit Lola.

– Nous avions rendez-vous, reprit Ingrid.

– Dans un cimetière, tiens donc.

– Avec Bret Guidry, alias Pookie.

– Je connais. Et alors ?

– Et alors, il n'est pas venu. Vous croyez qu'il nous a envoyé ces types ?

– Je ne crois rien. Qu'est-ce que vous voulez à Pookie ?

Ingrid raconta leur entretien avec le journaliste Brigsten et leur recherche de la mère de Charlize Frazier. Elle s'interrompit en voyant arriver des agents en uniforme. Le sergent Jackson s'entretint avec eux. Lola comprit que les *motherfuckers* étaient des récidivistes, déjà arrêtés lors d'une agression contre des touristes, cette fois dans le Saint-Louis n° 1. Un des agents enfila des gants en plastique, un masque, nettoya grossièrement le visage du Blanc. Et annonça qu'il avait le nez cassé. Il ausculta Ingrid.

– Vous avez de la chance. Vous n'avez pas de blessure ouverte. Sinon, il aurait fallu vous tester pour le VIH. On ne sait jamais avec ces types. Celui-là est défoncé à bloc.

Le secouriste annonça à Lola qu'elle avait un hématome de la taille d'un œuf d'alligator à l'arrière du crâne et lui suggéra un détour par l'hôpital.

– Je vous remercie, mais j'ai vu pire, répliqua-t-elle.

– On embarque tout le monde ? demanda un autre agent au sergent Jackson.

– Je me charge des filles.

Les quatre policiers emmenèrent les tatoués, et Jackson attendit d'être hors de portée d'oreille.

– Ces racailles n'ont rien à voir avec Pookie. C'est dangereux de se balader en petit comité dans les cimetières. Les braqueurs n'attendent que ça.

– Vous nous avez filées la journée entière ? demanda Ingrid.

– Ordre de Parker. Il a du mal à croire que vous vous êtes tapé des milliers de kilomètres pour réhabiliter votre copain. Son collègue français dit que vous êtes réglo, mais on ne sait jamais. Cette corrida vous a calmées ?

– Pas vraiment, répondit Ingrid.

– Vous allez chercher Pookie ?

– On va essayer, dit Lola. Mais vous savez peut-être où trouver la mère de Charlize ?

Cameron Jackson sourit, pour la première fois.

– Vous êtes flic, vous, non ?

– Ex.

– Je me disais aussi… Je sais où loge Ava, mais je n'ai pas l'intention de vous aider. Je pense comme le collègue français que vous devriez reprendre sagement votre avion.

– Pourquoi ? demanda Ingrid d'un ton sec. Vous avez des actions dans la maison Frazier maintenant que la boîte a décroché le jackpot ?

– Eh, doucement. Je ne vous ai pas manqué de respect. Vous faites pareil.

Ingrid alla s'asseoir sur une tombe en maugréant. Cameron Jackson laissa le silence blanc des archanges reprendre ses droits. Et en profita pour étudier les visages de ses interlocutrices. Ce qu'elle vit sembla l'amadouer.

– Si vous réussissez à rencontrer Ava, vous verrez d'où sort Charlize. Et vous commencerez peut-être à comprendre. Mais, de toute façon, je n'ai pas changé d'avis. L'avion direction Paris est la meilleure option.

Elles rebroussèrent chemin, traversèrent la ville mortuaire, ne croisèrent ni fantôme, ni âme qui vive. Lola, qui flottait toujours dans un état étrange, pensa brièvement à Orphée remontant l'escalier des Enfers, avec Eurydice retrouvée sur ses talons. Hadès lui avait interdit de se retourner. Sous peine de perdre Eurydice à jamais. Lola se retourna pour jeter un coup d'œil à Cameron Jakson. Qui refusa de se dématérialiser.

– Vous voulez que je vous dépose dans un hôpital ? demanda-t-elle à Lola une fois sortie du cimetière.

– Non, merci. Comme je l'ai précisé à votre secouriste, j'en ai vu d'autres. Mais vous pourriez nous déposer au Cheramie Manor.

Le sergent Jackson émit un rire aussi sonore que bref avant de monter dans une Corvette grise et de démarrer sans se retourner.

– Ingrid, ça t'est déjà arrivé de te dire que tu pourrais devenir amie avec quelqu'un sans difficulté, mais que les aléas de l'existence en ont décidé autrement ? demanda Lola.

– Pour le moment, j'ai surtout envie de botter du derrière.

– Je m'en suis aperçue. Mais n'oublions pas que nous sommes dans le Sud, ma grande. Les belles manières, le raffinement, et toutes ces sortes de choses…

– Let's go kick some ass !

35

Ingrid se précipita sur le premier téléphone venu et appela le Cheramie Manor. Elle eut un court entretien avec le concierge et raccrocha en avalant sa rage.

– « Monsieur Bret ne sera pas disponible avant ce soir ! » dit-elle en imitant une voix guindée. Et si on allait le rendre disponible, Lola ? *Right now !*

– On a de la chance, dans le fond. « Pas disponible », ça en dit long. Ça signifie que ce cher Pookie est là mais qu'il ne veut voir personne.

Lola réussit à convaincre Ingrid de repasser par le Fairchild House avant de rallier Chartres Street. Elles pansèrent leurs blessures, se redonnèrent un aspect civilisé. Lola empoigna sa valise.

– Au cas où, déclara-t-elle à Ingrid d'un ton mystérieux.

Un nouveau taxi les déposa dans Chartres Street. Lola avait lu dans son vieux guide que le Cheramie Manor était un hôtel d'une trentaine de chambres, et un petit bijou d'architecture créole avec son élégant escalier en colimaçon et ses galeries en métal ciselé. Le guide était dépassé mais ne mentait pas.

– Pookie ne se refuse rien, lâcha-t-elle avec un sifflement.

Ingrid ne répondit pas. Malgré une douche relaxante et des vêtements propres, elle fonctionnait toujours à la colère. Elles pénétrèrent dans un lobby luxueux et s'adressèrent au concierge. Il se tourna vers le tableau des clés. Lola se concentra : seules manquaient les clés de la 14, de la 22 et de la 30. De deux choses l'une, soit la ville avait déjà renoué avec le tourisme, et la saison battait son plein, ou le bel hôtel était déserté. Elle demanda une chambre simple pour une nuit. Et donna une empreinte de sa carte bancaire. Le concierge lui remit les clés de la 27.

*

Lola colla son oreille sur la porte de la 14, puis de la 22.

– Je viens d'entendre une fille appeler « Pookie », chuchota-t-elle.

Elles réintégrèrent leur chambre et firent le guet. Une brunette en robe bleue finit par sortir et prit l'ascenseur. Elles retournèrent vers la 22. Ingrid gratta la porte et prit sa voix la plus douce.

– Pookie, c'est moi. J'ai oublié quelque chose.

– Pas mon fric, en tout cas, gloussa le bonhomme avant d'ouvrir.

– Un vrai gentleman, commenta Ingrid en poussant la porte.

Pookie tomba à la renverse sur la moquette dans un grognement aviné. Il n'était vêtu que d'un peignoir de l'hôtel. En dépassaient une bouille rougeaude aux cheveux rares, et des mollets de coq. Lola entra à son tour.

– Merci pour le rencard au Saint-Louis n° 2. On a aimé.

– Un p'tit oubli. Faut pas m'en vouloir.

Ingrid le força à se relever. Elle constata qu'il avait dix centimètres de moins qu'elle et fouilla ses poches.

– Il va falloir me remettre au parfum, les filles. Je ne sais plus pourquoi vous vouliez me voir.

– On s'intéresse à la famille Frazier.

– Je ne connais pas bien ces gens-là.

Lola se dirigea vers le bar. Un meuble en acajou de belle facture recouvert d'une plaque de verre gravé. Entre deux verres sales et une bouteille de whisky subsistaient des traces de poudre. Elle y mit un doigt, le suça.

Pookie avait changé de physionomie. Il avait l'air salement enquiquiné.

– Le Cheramie Manor est un établissement très comme il faut. La fille en robe bleue peut passer pour une touriste mais la poudre ne passera pas pour du sucre, tu me suis ?

– À peu près.

– Je ne sais pas comment tu paies ton loyer au Cheramie Manor mais si j'allais toucher deux mots au directeur, je pense qu'il résilierait ton bail…

– Pas de blagues. Je suis un grand ami d'Andy. Je paie ma chambre en lui faisant de la promo auprès des célébrités. Quand Madonna ou Jennifer Lopez descendent à La Nouvelle-Orléans, c'est sur mes conseils qu'elles choisissent le Cheramie Manor…

– Épatant, le coupa Lola. Mais parle-nous plutôt des Frazier.

Il fallut que Pookie se désaltère pour retrouver la mémoire. Ingrid et Lola n'apprirent rien sur Charlize le sphinx mais découvrirent que celle que le sergent Cameron Jackson appelait Ava tenait toujours un bar de jazz et de blues dans l'Upper French Quarter : le Spice, au croisement de Bourbon et Toulouse, acquis dans les années 70, et grâce aux deniers de Sherman Frazier.

– Mais elle vous accueillera moins bien que moi. Ava, c'est un tempérament. Quand le déluge est tombé sur la ville et que des amuseurs ont voulu piller le Spice, Ava et sa tribu les ont éjectés avec quelques fusils à canon scié. Un des types est même resté sur le carreau.

– Quelle tribu ? demanda Lola.

– Ava Mendez a toujours vécu à fond la caisse. Elle a eu plusieurs Sherman dans sa vie. Et des enfants avec chacun. J'aurais bien voulu lui en faire un. Elle a un peu forci avec les années mais c'est toujours une beauté. Du sang espagnol, créole, et Dieu sait quoi encore, des yeux violets et une voix de sorcière.

– De sorcière ? s'étonna Ingrid.

– Oui, mais de sorcière vaudou.

36

Lola ne regrettait pas d'avoir investi dans une chambre à deux cents dollars. Le Cheramie Manor et le bar de la sorcière vaudou n'étaient qu'à quelques minutes de distance. Elles attendirent la nuit avant de quitter le bel hôtel. La brise de la journée avait fait place à une touffeur orageuse. Elles se mêlèrent aux passants de Bourbon Street dont une bonne partie semblait déjà imbibée. Cats Meow, Razoo, Fritzel's et autres Noonoo's Joint et Babylon House, les bars étaient tous mitoyens, de leurs portes entrouvertes sur la rue moite suintaient des effluves d'alcool et des bordées de musiques tonitruantes. Une atmosphère d'attrape-gogos, pensa Lola. Elles bifurquèrent avec soulagement dans Toulouse Street.

Un couple se disputait devant la porte close du Spice. L'ex-commissaire comprit que l'homme ignorait la fermeture du bar et que sa partenaire avait du mal à accepter la mauvaise surprise. Un portier essayait de les attirer dans un établissement concurrent. Le couple s'éloigna avec ses reproches. Lola alla interroger le portier.

– Ne vous laissez pas aller à la mélancolie, entrez donc chez nous. Ce soir, on a le groupe de Beau Williams, du zydeco à la sauce funk. Grandiose.

– J'aimerais savoir pourquoi le Spice est fermé.

– C'est pas une histoire drôle. Vous êtes sûre de vouloir la connaître ?

– Sûre.

– La patronne a perdu son fils. Alors, le bar est fermé jusqu'à nouvel ordre.

– De quoi est-il mort ?

– Aucune idée, mais c'était pas dans son lit.

– Qu'est-ce qui vous fait dire ça ?

– Dites, on pourrait trouver un arrangement. Vous entrez boire quelques cocktails maison, en échange, je vous raconte ce que je sais.

Elles acceptèrent et apprirent que le défunt était le fils aîné d'Ava Mendez. Il allait avoir quarante ans. Son père, le bluesman Nathan LeBlanc, avait connu son heure de gloire à la fin des années 60 et était mort d'overdose au cours de la décennie suivante. Le fils avait travaillé comme videur au Spice pendant un temps, mais il était connu en ville pour ses talents de braqueur. La baraka semblait de son côté car il n'avait jamais été arrêté. Dans le quartier, les malins savaient qu'il valait mieux lui parler avec respect, et l'éviter le plus possible. Depuis sa mort, Ava était dans un drôle d'état. Malheureuse, mais surtout en colère. On ne savait pas si c'était contre Dieu ou contre quelqu'un de plus tangible. En tout cas, sa tristesse était telle qu'elle avait fermé le Spice, ce qui ne lui était jamais arrivé, même au moment de Katrina. Lola promit de commander deux consommations au lieu d'une. Le portier fit un effort et lui apprit que Mendez habitait le troisième étage de la seule maison jaune d'Ursulines Street.

La musique de Beau Williams s'avéra excellente. Lola commanda un cocktail *Sex on the bayou*, puis un autre, et les dégusta sans se faire prier. Ingrid se contenta de la moitié d'une bière.

Ava Mendez n'était pas couchée, mais devait être la seule de son immeuble dans cette situation, si l'on en jugeait à la lumière provenant de son balcon. Deux hommes y discutaient en fumant des cigares, leur odeur âcre flottait dans l'air lourd.

Une adolescente aux cheveux blonds et tirebouchonnés vint ouvrir. Elle avait la peau caramel et l'air effronté.

– Mme Ava Mendez est chez elle ? demanda Ingrid.

– Ça dépend, vous êtes qui ?

– C'est une histoire un peu compliquée, on aimerait autant lui expliquer nous-mêmes, répliqua Lola.

La jeune fille hurla un « MAMAN, C'EST POUR TOI ! » strident qui réveilla sans doute le voisinage et provoqua l'arrivée d'une femme coiffée d'un turban de style africain et vêtue d'un peignoir de soie noire. Son regard était aussi magnifique que froid, ses lèvres charnues semblaient fixées sur une moue lasse. Elle avait dû être d'une beauté rare. Elle était toujours splendide.

– Je suis une amie de Ben Frazier, dit simplement Ingrid. Et j'aimerais vous parler.

Ava Mendez les toisa sans répondre, avant de leur tourner le dos. Ingrid et Lola la suivirent dans un salon à la lumière tamisée par des abat-jour recouverts de foulards et la regardèrent s'asseoir majestueusement dans un fauteuil en rotin. Du balcon provenaient l'odeur des cigares ainsi que la conversation feutrée des deux hommes. Un piano blanc tenait compagnie à des photos de musiciens encadrées. Il n'y avait pas un seul livre en vue mais une chaîne stéréo de première qualité et un téléviseur à écran plat. Sur un mannequin de bois, une coiffe et un costume de perles, plumes, paillettes et strass attendaient le prochain mardi gras. Lola paria qu'il s'agissait des atours de la maîtresse de maison. Ingrid commença son récit d'un ton confiant, comme si le mutisme et le regard électrique de la vieille maîtresse de Sherman ne l'émouvaient pas.

Ava Mendez saisit une boîte en argent posée sur une table basse, la manipula, en sortit une cigarette et l'alluma. Lola observa les mouvements sûrs et gracieux de ses doigts aux ongles carmin, tous équipés de lourdes bagues ciselées. Une odeur d'eucalyptus flotta dans l'air et se mélangea désagréablement à celle des cigares.

– Qui vous a donné mon adresse ?

Pookie n'avait pas menti. La voix valait à elle seule le détour ; elle vous faisait l'effet d'une languc de velours glissant lentement sur la douceur d'un cou.

– Personne en particulier, répondit Lola. Vous êtes très connue à La Nouvelle-Orléans.

Ava semblait ne pas avoir écouté. Elle fixait Ingrid.

– Je vous ai posé une question, lui dit-elle en écrasant sa cigarette.

– Écoutez, je ne vous veux aucun mal. J'espérais seulement que vous pourriez me mettre en contact avec Charlize. Elle saura peut-être me donner une piste au sujet de Brad, Ben et Julia.

L'expression d'Ava Mendez refroidit d'un degré supplémentaire. Elle se tourna vers le balcon.

– Jude, Mack. Rappliquez ici.

L'un avait une vingtaine d'années, de longs cheveux blonds, le nez cassé, l'autre approchait de la trentaine, avait le visage buriné d'un GI latino assorti à son pantalon de camouflage militaire, et les yeux d'Ava. Les jeunes gens ne semblaient pas plus philanthropes que leur mère.

– Ces fouille-merdes me tannent au sujet de Charlize, mais elles ne racontent que des bobards, lâcha Ava d'une voix aussi mélodieuse que si elle récitait une ode au printemps.

L'homme au regard violet fit un pas en direction d'Ingrid en extirpant un revolver de la ceinture de son jean. Il le tint d'un geste décontracté.

– On s'énerve pour rien, dit Lola. Pourquoi sortir l'artillerie ?

– Mack fait ce qui lui plaît et toi, tu la fermes, murmura Ava. C'est ta copine que je veux entendre.

– On nous a dit que vous étiez un tempérament. C'est en dessous de la vérité, lâcha Ingrid.

Jude le blond fut sur elle en deux enjambées et lui retourna deux claques musclées.

– Tu traites encore ma mère de sale nom, je te mets une dégelée.

– Il faudrait savoir si vous voulez qu'elle parle ou qu'elle se taise, dit Lola pour gagner du temps.

Mais même si elle parvenait à en gagner, elle se demandait si l'opération serait à leur avantage. Elle regrettait d'avoir ingurgité deux *Sex on the bayou*. Elle n'avait réussi qu'à se limer le sens du danger. Elles étaient dans de sales draps. Et la Sweet Louisiana n'était pas aussi sympathique que les mangeurs de Po' Boy et les confectionneurs de jambalaya le lui avaient laissé croire. Elle entendit des coups sourds en provenance du vestibule. Elle en entendit quelques autres et une voix de femme qui criait « POLICE ». L'organe du sergent Cameron Jackson n'avait en rien le velouté et le délicieux et le coulant de celui de

Mmc Ava Mendez, reine du blues, des cigarettes à l'eucalyptus, des coiffes en strass et mère d'une couvée de serpents venimeux, mais à l'instant présent Lola Jost lui trouvait des attraits sans pareils.

Mack planqua son arme dans le bar et alla ouvrir. Il revint à reculons et les mains en l'air. Le sergent Jackson faisait une fois de plus prendre l'air à son Smith - & Wesson et le pointait en direction du poitrail du Latino. Celui-ci avait l'air de trouver la situation banale. Jackson ordonna à Tirebouchonnée de sortir de la cuisine, ne tint pas compte de son jeune âge pour la fouiller du cou aux chevilles, fit de même avec tous les présents. Ingrid lui désigna le bar d'un coup de menton. Jackson y trouva le revolver de Mack et demanda à Ava Mendez pourquoi elle avait décidé de braquer ses visiteuses.

– Je suis en train de pleurer mon fils, et ces bonnes femmes viennent me chercher des poux dans la tête, répondit-elle avec sa suavité habituelle.

– Faux, dit Ingrid. Nous sommes restées polies.

Jackson attrapa sa radio d'un air exaspéré et appela une nouvelle fois des renforts.

– Je voulais juste qu'elle me donne un accès à Charlize, insista Ingrid.

– Je n'ai pas vu Charlize depuis des années, espèce de demeurée, susurra Mendez.

– C'EST À CAUSE DE CHARLIZE QUE JIMMY EST MORT ! lâcha Tirebouchonnée.

Ses lèvres tremblotaient. Tout le monde la regarda jusqu'à ce que Jude se lève, lui administre deux claques et se rassoie. La gamine fondit en larmes.

– Ne t'avise plus de toucher à ta sœur, bougre d'âne, siffla leur mère.

Jackson ordonna le calme. Elle l'obtint, et cet apaisement dura jusqu'à l'arrivée des agents. Ingrid, Lola, Ava Mendez et sa tribu furent véhiculées jusqu'au commissariat. Jackson les enferma dans des cellules séparées.

Celle d'Ingrid et Lola était déjà habitée par un groupe de filles engourdies et pelotonnées sur les bancs. Certaines les dévisagèrent, puis refermèrent les yeux en grommelant. Comparées à la tribu Mendez, Lola les trouva plutôt chaleureuses. Elle essaya de parlementer avec Jackson, mais le sergent déclara qu'on se verrait demain.

– On ne va pas rester ici ! lança Ingrid. Où est-ce que vous allez ?

– Me coucher.

Jackson signa un papier que lui tendait une solide fille en uniforme et s'en alla.

– Et dire que je me voyais déjà sur mon balcon du Cheramie à lorgner les étoiles et à respirer les lauriers en fleur, soupira Lola.

– La ferme, vieille vache ! jappa une des filles. On essaie de pieuter dans cette putain de tôle.

– Ô poésie du grand Sud, emporte-moi dans le drap de tes lys, murmura Lola.

– C'est de toi ? chuchota Ingrid.

37

Lola ouvrit un œil, puis l'autre, et se souvint qu'elle avait passé la nuit au commissariat d'Avocado Street. Elle tenta de se redresser, constata que son corps était aussi meurtri que s'il avait été piétiné par Ava Mendez menant une fanfare du mardi gras au grand complet, et qu'Ingrid était réveillée. Elle avait les yeux dans le vague, entre inquiétude et ravissement. Lola ne se demanda pas à qui elle pensait.

– On est dans cette ville depuis à peine quatre jours et j'ai l'impression que ça fait un siècle, dit Lola.

– Mais elle va la boucler, cette putain de vieille peau avec son putain de parler bizarre ! lâcha la même fille que la veille.

Lola haussa les épaules, prit son mal en patience et attendit le retour de Cameron Jackson.

Le sergent prit bien son temps. Elle arriva le teint frais, vêtue d'un jean et d'un chemisier vert d'eau, et équipée d'un grand café dans une tasse en polystyrène. Lola saliva.

– Dehors, dit Jackson.

La solide gardienne ouvrit la porte, Lola entendit une des filles marmonner « bon débarras », et suivit Ingrid. Elle s'attendait à se retrouver dans un bureau pour une confrontation avec Mendez. Mais Jackson les fit asseoir dans un coin de couloir vide.

– Où sont Ava et sa délicieuse progéniture ? demanda Lola.

– Partis. L'avocat de la famille a rappliqué dans la nuit pour payer la caution. Vous rentrez à Paris ?

– Non, dit Ingrid.

– Où est-ce que vous avez l'intention de vous faire braquer aujourd'hui ?

– On hésite.

– Je viens avec vous.

– Ah, mais non.

– De toute manière, je vais vous suivre. Alors autant qu'on soit dans la même voiture, répliqua Jackson d'un ton qui n'admettait pas la contradiction.

En quittant le commissariat, Lola retrouva la sensation de touffeur de la veille. Le ciel avait la couleur d'une marmite de plomb mal nettoyée.

– Alors ? Qui est l'heureuse victime ? demanda Jackson.

– Celeste Gould, l'infirmière qui a soigné James Arceneaux.

– Je connais. Elle ne vous apprendra rien d'utile.

– *C'est ce que nous pensons déjà connaître qui nous empêche souvent d'apprendre,* énonça Lola en français. Ce n'est pas moi qui le dis, mais Claude Bernard.

– Pardon ?

– En gros, ça veut dire que mon amie a l'intention d'enquêter avec un œil neuf, dit Ingrid.

– Je suis impatiente de découvrir les méthodes de la police française, ironisa Jackson.

Moi aussi, pensa Lola en se disant qu'elle avait connu de meilleurs jours, des nuits plus longues, des climats plus doux et des enquêtes plus carrées. Et quelques moments de certitude, certes rares, mais dont le souvenir était aussi précieux que lointain.

*

La Corvette longea un canal et s'engagea dans un paysage de grisaille et d'avenues désertes, qui pour Lola n'évoquait rien de moins qu'une calamité post-atomique. Certains feux rouges étaient abattus, d'autres se dressaient au bord des carrefours, difformes et inutiles, l'électricité n'ayant pas été rétablie. Des arbres fracassés barraient les trottoirs, leurs racines encore emprisonnées dans le macadam. Un bateau était échoué dans une tranchée boueuse, sa coque évoquait un torpillage. Ingrid expliqua qu'elles traversaient les quartiers les plus bas de la ville, ceux qui avaient été ensevelis sous trois mètres d'eau. Les avenues étaient bordées de piles de détritus hautes comme des lampadaires et qui dégageaient une odeur de putréfaction. Jackson ralentit pour éviter une carcasse de voiture. Ingrid désigna un mur sur lequel on avait écrit *help* à la bombe à peinture. Un moyen pour les naufragés de se signaler aux équipes de secours. Lola lut l'inscription *Katrina you bitch* sur un immeuble.

Elle demanda ce que signifiaient les X sur les portes. Jackson expliqua que les sauveteurs avaient marqué les maisons pour indiquer l'avancée de leurs interventions.

– De plus près, on remarque aussi la date à laquelle les secours ont fouillé à la recherche de survivants. Et le nombre de cadavres recensés.

Petit à petit, le paysage se modifia, les rues se repeuplèrent doucement. Et Lola reconnut le bruit des scies, des perceuses, visseuses, vit des hommes en casques et bleus de travail affairés à réhabiliter des maisons. Elle demanda s'il s'agissait des habitants.

– Parlons plutôt de petits entrepreneurs.

– Comment ça ?

– La plupart des gens n'ont pas envie de retaper leur maison ou ne savent pas. Alors ils les cèdent à moitié prix à ces gars-là. Qui les ressuscitent et les revendent. Ils espèrent un joli profit pour trois ou quatre mois de boulot. Ce sont des spéculateurs qui pensent que du chaos naît l'aubaine.

L'hôpital était lui aussi aux mains d'une armada d'artisans, une partie du hall avait été condamnée et livrée aux peintres. Celeste Gould se révéla une forte femme blonde au visage paisible. Elle marqua tout de même son étonnement en retrouvant le sergent Jackson, puis proposa de s'installer à la cafétéria. Lola bénit le ciel de l'opportunité qu'il lui offrait, et alla chercher des cafés et de quoi se sustenter. Elle se sentait poisseuse, avait le dos et les jambes moulus mais était heureuse pour Ingrid. Après les récents événements, une infirmière qui affichait quatre-vingts kilos de bon sens, des pieds bien sur terre chaussés de solides mocassins à semelles de crêpe et vêtue d'un uniforme immaculé et rassurant, était un changement très appréciable. Elle allait leur donner du tangible. On se concentrait sur le nœud de l'affaire. Brad et sa famille. Autant dire Brad et son passé. Et il aurait mieux valu commencer par là. Le récit de Celeste se révéla prenant.

– James Arceneaux était notre pensionnaire depuis quelques années. Avant cela, il avait fait toute sa carrière à Saint-Bernard, en tant que sergent de police. Brad habitait le quartier et venait le voir régulièrement. James était cardiaque.

« Les digues ont lâché tôt le matin, les eaux ont déferlé. Nos pensionnaires ont été surpris dans leur lit. Sept se sont noyés. On a évacué les survivants à l'étage, essayé d'enrayer la panique. Il n'y avait plus d'électricité, très peu d'eau potable et de nourriture, et les médicaments étaient inutilisables. L'arrivée de Brad Arceneaux nous a sidérés. Couvert de boue, le visage et les bras égratignés, il avait nagé depuis son domicile pour venir en aide à son père. Il a découvert un spectacle désolant. James était en état de choc. Emily Travis faisait une terrible crise d'asthme, Thomas Kline s'était démis l'épaule, Luke Hopkins délirait, et les autres gémissaient d'angoisse. Brad nous a aidés à les réconforter. On a patienté dans l'humidité, les odeurs pestilentielles et la peur pendant deux jours. J'essayais d'empêcher les pensionnaires de regarder par la fenêtre. Des cadavres flottaient dans l'eau putride. Quand Brad apercevait une barque, il s'aventurait au-dehors en nageant. Mais les embarcations étaient pleines ou leurs occupants ne voulaient pas s'arrêter.

« L'état de James se détériorait. Il était très faible, mais conscient. Il a révélé à Brad qu'il était responsable du départ de sa mère. Il lui menait la vie dure, buvait trop et la frappait parfois. Et il avait menti. Irène n'avait pas abandonné son fils. Avec la complicité de ses collègues du commissariat, James avait mis sa femme dans une situation compromettante, en montant une histoire bidon de trafic de drogue pour qu'elle ne puisse plus revenir aux États-Unis. Par la suite, Irène a écrit à Brad, mais James a caché les lettres.

« James est mort dans les bras de son fils. Quand des militaires sont arrivés, Brad était mutique. Un soldat lui a dit qu'il n'y avait pas assez de place sur le bateau, et qu'il fallait abandonner le corps. On s'est retrouvés sur une route. Je ne saurais vous dire laquelle, la ville était méconnaissable. Les militaires nous ont mis dans un convoi en partance pour l'Astrodome de Houston. J'ai cru que Brad allait se joindre à nous, mais il a refusé. Il est parti, sans un mot. C'est la dernière fois que je l'ai vu.

– Il n'a pas dit où il allait ? insista Ingrid.

– Je crois qu'il ne le savait pas lui-même.

Celeste Gould expliqua qu'il était temps pour elle de retrouver ses malades. En serrant la main d'Ingrid, elle lui dit qu'elle espérait que Brad se tirerait de cette sale affaire. Il ne méritait pas ce qui lui arrivait. Elle jeta un regard de reproche à peine voilé à Jackson, qui ne réagit pas, et s'en retourna à ses occupations.

Une fois de retour dans la Corvette, Lola se tourna vers Jackson.

– C'est ce que vous appelez « ne rien apprendre d'utile » ?

– Arceneaux a eu une vie de famille pourrie. Il a forcé sur la bouteille, trouvé un job mal payé chez un copain friqué, fiancé à une fille canon. Katrina est arrivé. Ça lui a permis d'apprendre que son père avait foutu sa mère à la porte. Qu'il était né perdant et qu'il le resterait. Il a renoué avec la bouteille, a pillé les biens de son copain et l'a flingué. Cette histoire n'est pas différente de celles que j'entends à longueur d'année. Et maintenant, à quoi ça vous avance ?

– Tiens, c'est bizarre. Vous ne lui collez pas le meurtre de Julia sur le dos, dit Ingrid en soupirant.

– Non, parce que Clarke a été exécutée dans le style des gangs. Une balle dans la nuque. Si Arceneaux l'avait tuée, ça aurait été par passion. Peut-être qu'il aurait voulu voir ses yeux avant d'appuyer sur la détente.

– Les balles venaient du même pistolet, pourtant…

– Et alors, qu'est-ce que ça prouve ?

– Mais Parker ne pense pas comme vous…

– Qu'est-ce que vous en savez ? Parker vous a fait profiter de ses théories ? Non, il vous a posé des questions.

Les trois femmes restèrent silencieuses un moment. Lola en était maintenant sûre. Le sergent Jackson faisait mieux que de jouer à la baby-sitter et d'obéir aux ordres du lieutenant Parker. Sa réaction n'était pas si agressive qu'elle en avait l'air. *Et maintenant, à quoi ça vous avance ?* Cette petite phrase pouvait signifier que Cameron Jackson en était là de ses réflexions. Elle avait remonté la vie de Brad jusqu'à la mort de James Arceneaux à Saint-Bernard. Sans vouloir le dire, elle se demandait si l'approche d'Ingrid ne pouvait pas lui permettre de rebondir.

– Vous pourriez nous dénicher les clés de Magnolia Hall ? tenta Lola.

– Ça peut se faire, répondit Jackson en mettant le contact.

Lola n'avait pas encore compris la géographie de la ville mais elle était certaine que la Corvette grise prenait la direction des bureaux de Frazier Realty, et de miss Warner.

38

Nicolet attendait que Duguin ait fini sa conversation téléphonique avec le légiste au sujet du Couturé. C'était le surnom que le commandant avait trouvé pour l'agresseur d'Arceneaux, en référence à la cicatrice qui lui barrait le ventre dans une repoussante diagonale mauve et boursouflée. À part cela, le corps n'était guère causant. Empreintes et ADN restaient muets. Le Tokarev et les lunettes de vision de nuit avaient été identifiés comme du matériel militaire russe que la mafia albanaise offrait sur le marché à un prix d'ami et en toute confidentialité. Duguin raccrocha avec son sourire de gagneur. Une attitude qu'on ne lui avait pas vue depuis un moment. Nicolet se sentit soulagé. Il était temps que le patron mette son humeur taciturne au placard et redevienne lui-même.

– Duvauchelle pense que le Couturé a été agressé à la tronçonneuse, expliqua Duguin. La blessure n'a pas plus d'un an, et il en a réchappé de justesse.

Ils sortirent de voiture. Duguin appela Moutin. Il lui ordonna de diffuser la photo du Couturé dans les médias et les commissariats, en mentionnant la cicatrice, et d'enquêter avec Fernet du côté des corps de métier susceptibles de manier ce genre d'outil.

– Et tu m'envoies deux gars interroger les artistes avec la photo. Je crois me souvenir que Jupiter Toby avait une tronçonneuse dans ses outils. L'un d'eux peut se souvenir d'un détail ou d'un lien quelconque avec le Couturé. Et tu fais vite.

Duguin raccrocha sans plus de cérémonie et Nicolet imagina sans peine l'expression de Moutin. Ils entrèrent dans l'hôpital.

Arceneaux était assis sur son lit, avec le même regard vide que d'habitude, sa grosse trogne mal rasée, son crâne quasi tondu comme celui d'un bagnard. Compte tenu du bonhomme, Duguin avait réquisitionné trois agents au lieu de deux pour l'accompagner chez le juge Brissiau. Une fois déployé, il les dépassait d'une bonne tête. Les menottes étaient trop serrées pour ses mains en battoir, et les vêtements qu'on lui avait fournis, une chemise bleue et un jean, le boudinaient. Nicolet se demanda encore une fois comment il avait réussi à survivre à la balle que le Couturé lui avait logée dans le coffre.

– Si vous avez quelque chose à me dire avant votre convocation, c'est le moment, dit Duguin.

Arceneaux ne répondit pas.

– Votre agresseur n'a toujours pas été identifié. Mais sa cicatrice correspond à une blessure faite à la tronçonneuse. Ça vous dit quelque chose ?

Nicolet vit passer une ombre dans le regard du géant.

– Je ne me souviens de rien.

– Essayez. Vous êtes au café Chez Zaza, rue de la Poterne-des-Peupliers, avec vos collègues. La patronne sait bien que vous ne prenez que de la bière sans alcool. Mais P'tit Louis déverse incognito une mignonnette de gin dans votre verre. Il vous mijote une blague. Il veut que vous fassiez la fête avec eux. Il ignore que vous êtes alcoolique.

Duguin attendit, à la fois tranquille et plein d'autorité. Il laissa un temps fou à Arceneaux, au point de se mettre en retard. Ils avaient rendez-vous à dix-sept heures chez le juge. Il leur restait peu de temps.

– Je me souviens de Zaza, de Manu, des copains. Je me souviens du panaché. C'est tout.

Pour Nicolet, le géant racontait des blagues. Il avait la gueule d'un type qui avait pris des dizaines de cuites et regretterait la dernière sa vie entière. Parce qu'elle avait fait jaillir un monstre de sa carcasse de balourd, un dingue replié dans une apparence de bonhomie, et qui avait tué une fille qui ne voulait pas de lui. On la comprenait.

Le fourgon de police stationnait à quelques mètres de l'entrée, moteur au ralenti. Une ambulance arriva, partit se garer devant les urgences. Duguin avait repéré deux jeunes qui fumaient assis sur un banc, vêtus de la combinaison verte de la société de nettoyage. Tranquilles, leur seau entre les pieds et leur balai-brosse contre le banc, ils ne devaient pas avoir plus de dix-huit ans. Duguin attendit que les ambulanciers pénètrent dans l'hôpital avec leur malade sur un brancard, puis fit signe aux agents d'escorter Arceneaux jusqu'au fourgon et à Nicolet de surveiller leurs arrières. Les agents et leur prisonnier montèrent à bord.

Un des jeunes se pencha pour ramasser son seau. Duguin s'avança, main sur le holster. Le jeune plongea une main dans le seau, en ressortit un objet rond.

– GRENADE ! hurla Duguin en se plaquant derrière une voiture.

La grenade roula sous la fourgonnette, une rafale de fusil-mitrailleur laboura les carrosseries. Duguin sentit le temps ralentir alors que la voiture qui le protégeait tressautait sous une nouvelle rafale. La grenade explosa, le souffle souleva le fourgon, le moteur explosa à son tour, l'embrasant comme une torche. Duguin tira, se recroquevilla sous la pluie de balles. Des râles, une odeur de brûlé, un bruit de moteur. Il vit une moto, deux passagers. L'un des deux tira une dernière fois. La moto disparut.

Nicolet hurlait leur signalement dans sa radio. Duguin courut vers la carcasse incendiée. Les occupants avaient réussi à en sortir avant l'explosion. Un des ambulanciers éteignait à l'extincteur la veste en flammes du chauffeur inanimé. Un agent se tenait le flanc en grimaçant. L'autre ambulancier était penché au-dessus d'Arceneaux qui gisait, yeux grands ouverts, membres en croix. Le dos blanc de l'ambulancier cachait son buste, et les éventuels impacts de balle. Duguin pensa que si l'Américain était mort, sa carrière succomberait dans la foulée.

– Comment ils ont pu planquer un fusil-mitrailleur dans un seau, patron ? glapit Nicolet.

– C'était un mini Uzi, Ludovic, très compact, sa crosse est rabattable sur le côté, mais sa cadence de tir n'en est en rien ralentie, s'entendit-il répondre d'une voix neutre et lente comme s'il commentait le catalogue d'une manufacture d'armes.

Il se souvint de ce qu'il venait d'expérimenter : l'Uzi semblait cracher au ralenti, les corps bougeaient avec une lenteur irréelle. Il avait éprouvé la même sensation la nuit où le défoncé au crack lui avait planté sa lame dans la peau.

39

La radio grésillait dans la voiture abandonnée par Jackson au croisement de Loyola Avenue et de Perdido Street, les appels codés s'égrénaient sur un rythme régulier. Le sergent réapparut avec des hot dogs, des sodas et le trousseau de clés ; elle demanda qu'on lui rembourse le prix du lunch. Lola s'exécuta en se disant qu'avec ses cinq petites lettres, « lunch » était un bien grand mot pour ces denrées vaguement consommables. Son en-cas à peine englouti, Jackson remit les gaz. Lola se sentait oppressée dans cette voiture qui emportait des odeurs de hot dogs et de fatigue. Elle fut soulagée lorsque Jackson se gara dans Harmony Street.

– Chaque fois que je mets les pieds à Garden District, je me dis qu'on a tous eu la berlue et que Katrina n'était qu'une illusion, lâcha Jackson avec un ricanement amer. Vous savez comment les habitants appellent le quartier ?

– Non, mais ça nous intéresse, répondit Ingrid.

– L'île de la Négation.

Eh bien, l'île baigne dans le calme habituel, pensa Lola, mais ses couleurs ont changé. Le ciel transformait la luxuriance émeraude de Magnolia Hall en une jungle noiraude, un souffle d'air poisseux faisait tanguer le feuillage de la haie qui dépassait de la grille. Elle pensa à des mains de diables verts, elle revit Ava la prêtresse maléfique et ses doigts déliés jouer avec la boîte d'argent, avant de l'ouvrir et de libérer la colère des serpents.

– Lola, tu te sens bien ?

La voix d'Ingrid s'égouttait à travers une gaine de coton dru. Lola sentit des mains fermes qui l'empêchaient de tomber. On l'allongea sur une surface dure. Elle flotta un temps dans le noir, revint à elle. Ingrid était accroupie à hauteur de son visage, l'air inquiet et coupable.

– On te ramène à l'hôtel, Lola. Je vais continuer seule.

– Pas question. Ça va déjà mieux. C'est la dernière ligne droite, je le sens.

– Vous êtes les nanas les plus épuisantes que j'aie croisées depuis longtemps, lâcha Jackson.

La colère dilua l'inquiétude d'Ingrid. Elle se redressa d'un bond.

– Vous nous avez bouclées dans votre tôle étouffante, Jackson, et voilà le résultat.

– Du calme, Diesel. Estimez-vous heureuse. Vous pourriez encore y être.

– Où allez-vous ?

– Chercher des glaçons dans le voisinage. Vous restez là.

– Parce que vous croyez que j'ai l'intention d'abandonner mon amie !

Lola sentit bientôt un pack glacé lui rafraîchir la nuque. Elle entendit Jackson proposer un retour au Fairchild House. Elle refusa, tint bon face à ses protestations.

– On est venues jusqu'ici à cause de la seule phrase que cette montagne de Brad a consenti à prononcer depuis que Duguin lui a mis le grappin dessus. Je n'ai pas l'intention de quitter la Louisiane sans la traduction.

– Moi non plus, dit Ingrid.

– Répète cette phrase au sergent Jackson, Ingrid, s'il te plaît.

– « À cause d'elle… Magnolia Hall… Je voulais défendre Ben. »

– Pas besoin qu'on me la répète comme si j'étais gâteuse. Cette phrase mal foutue est gravée là-haut, dit Jackson en se tapotant la tempe droite.

– Alors, qu'est-ce qu'on attend ? répliqua Lola. Allons-y.

Jackson leur montra la chambre où avait été retrouvé le corps de Ben Frazier. C'était une haute pièce carrée, aussi dégarnie que le reste de la maison, et dont les fenêtres donnaient sur le cyprès géant et, en contrebas, sur l'étang. Jackson s'adossa à la cheminée et fixa un point dans le vide. Elle doit se remémorer la scène telle qu'elle l'a découverte, il y a un an, pensa Lola. Ben Frazier avec ses deux balles dans le corps, allongé sur son lit, dans sa maison ravagée. Elle n'avait toujours pas compris ce qu'il faisait là. Et Lola ne le comprenait pas plus.

– Dans le fond, pourquoi soupçonnez-vous Brad d'avoir tué son ami ? demanda-t-elle.

– On a retrouvé ses empreintes sur deux bouteilles de whisky.

– Où ça ?

– Dans la remise pour le matériel de jardinage.

– Ça ne prouve pas que Brad les ait descendues la nuit de la mort de Ben.

– Il y avait aussi ses empreintes sur la ceinture de Frazier. Comme si Arceneaux avait rajusté ses vêtements avant de l'allonger sur son lit. Le corps avait les mains croisées sur la poitrine. Et on s'était servi d'une serviette-éponge pour nettoyer le sang de son visage. Elle a été retrouvée dans la salle de bains.

– Après le sauvetage de la maison de retraite, Brad déniche du whisky dans n'importe quel bar à l'abandon, arrive ivre mort à Magnolia Hall et tue Ben par accident. Ensuite, pour se racheter et rendre ses derniers respects au mort, il l'installe sur son lit. C'est ça votre scénario ? demanda Lola.

– Mais la ville était impraticable, lâcha Ingrid avant que Jackson ait eu le temps de répondre.

– Arceneaux a pu, sans difficulté, se rendre à pied du French Quarter à Garden District. L'île de la Négation, rappelez-vous.

– Admettons que Brad soit revenu, répliqua Ingrid. Il tombe sur une bande en train de saccager la maison. Il vient en aide à Ben. Mais Ben meurt, tué par un pillard.

– Le problème, Ingrid, ce sont les balles retrouvées dans le corps de Julia puis de Ben, dit Lola. Elles proviennent du même pistolet, et il n'y avait aucune raison pour que des pillards de hasard l'aient eu en leur possession.

– Exactement, dit Jackson. Et ça suppose la présence de l'arme à Magnolia Hall.

– Ben a pu s'en servir pour se défendre, reprit Ingrid. Il a été désarmé.

– Frazier conservait une arme dans le tiroir de son bureau, dit Jackson. Mais c'était un revolver. Un Smith & Wesson 38 SP, dûment enregistré. Je l'ai vu en perquisitionnant chez lui, après la disparition de Julia Clarke. Pourquoi se serait-il servi du pistolet ayant tué sa fiancée au lieu d'utiliser son revolver ? Ça n'a pas de sens.

– Mais Brad en possession de ce pistolet, ça en a plus pour vous ? demanda Ingrid d'un ton sec.

– Tout juste, répliqua Jackson sur le même mode.

– Lors de votre perquisition, vous avez fouillé dans la remise ?

– Bien sûr, Sherlock. Et nous n'avons rien trouvé. Magnolia Hall est une baraque aux planques innombrables. Surtout pour un jardinier qui connaît la propriété comme sa poche.

Ingrid prit un air buté.

– Allez, Ingrid, secoue-toi un peu, suggéra Lola. Brad t'a demandé de venir à Magnolia Hall, on y est. Autant que ça serve à quelque chose.

Elle proposa de faire un tour complet de la propriété et d'étudier tous ses recoins d'un œil neuf.

– Et puis n'oublions pas que trois cerveaux valent mieux qu'un.

Ingrid suivit en maugréant. Elles firent un tour complet, puis fouillèrent le parc. Le vent avait gagné en agressivité. Lola se répétait la phrase de Brad : « À cause d'elle… Magnolia Hall… Je voulais défendre Ben. » À cause de Julia ? Et défendre Ben de qui ? Peut-être bien de sa fiancée, justement. Et si Julia Clarke avait décidé, comme le mari de Charlize, que Magnolia Hall n'était pas suffisamment moderne ? Or, si Julia avait décrété que Ben et elle iraient vivre ailleurs après leur mariage, Brad Arceneaux avait pu se sentir abandonné, trahi.

Elles entrèrent dans la remise. La police américaine avait supposé que Brad Arceneaux y avait passé sa dernière nuit, histoire d'y cuver son whisky avant de fuir Magnolia Hall et La Nouvelle-Orléans. *Bis repetita placent*[1], pensa Lola. Le fait que Brad ait été retrouvé bien imbibé dans une remise, le matin de la mort de Lou Necker, n'arrangeait pas son casier et devait plaire énormément à Duguin.

Elles demeurèrent silencieuses jusqu'à ce que retentisse un coup de tonnerre.

– Il va en tomber une sévère, commenta Jackson.

1. Les choses répétées, redemandées, plaisent.

– Rien ne vaut une bonne douche après un si solide petit déjeuner, lâcha Lola pour dérider l'atmosphère.

Mais personne ne réagit.

L'amie américaine semblait déçue. Fidèle à sa méthode d'investigation, avait-elle envisagé une nuit à la belle étoile, aussi inconfortable qu'inspirante ? Le ciel venait d'en décider autrement.

– Bon, on s'évacue, annonça Jackson.

– Non, dit Ingrid.

– Le ciel va nous chialer sur la tête, vous avez remarqué ?

Jackson avait retrouvé son expression agacée. Elle avait suivi deux civiles dans leurs pérégrinations insensées et s'était égarée trop longtemps dans la nostalgie d'Ingrid Diesel. À présent, il fallait quitter l'île de la Négation et rejoindre les prairies du Réel au plus vite. Lola la comprenait. Mais elle était venue pour accompagner Ingrid.

– Je reste aussi, dit Lola.

– Vous ne pouvez pas, lâcha Jackson en agitant les clés. C'est une propriété privée. Vous vous en souvenez ?

Lola essaya de la convaincre, tandis qu'Ingrid en profitait pour se carapater. Lola continua d'argumenter, jusqu'à ce que la pluie cravache le toit.

– On se bouge ! ordonna Jackson avant de pousser un juron. Où est Diesel ?

– Aucune idée.

– Vous restez avec moi. Si vous m'avez fait une entourloupe, ça vous coûtera cher.

Jackson repassa la maison au peigne fin. Les tuyauteries chantaient un refrain lugubre. Au-delà des baies ruisselantes, les arbres étaient des silhouettes vacillantes. De pièce en pièce, les traits du sergent se durcissaient. Elle regrettait d'avoir faibli, imaginait la sanction de sa hiérarchie. Elle posa son front contre la vitre, observa les branches du cyprès géant chavirées par la tempête.

Elle sortit en courant.

Lola la retrouva au pied du cyprès, son Smith & Wesson brandi fermement au bout de ses bras ruisselants. Elle hurlait à Ingrid de descendre. L'ex-commissaire scruta la masse noire, encore assombrie par les pans de mousse qui s'emberlificotaient dans ses branches. Elle discerna une trace de couleur fugitive. C'était à peine croyable, Ingrid avait réussi à gravir l'équivalent d'un building haussmannien et continuait de grimper. Lola frissonna d'angoisse et de froid. Des hectolitres d'eau glacée lui cravachaient le corps, un vent furieux envoûtait les branches du cyprès. Le grand jardin était en rage et Jackson également, qui hurlait de plus belle et concurrençait le beuglement du vent.

– Fichez-moi la paix. Il faut que je grimpe encore.

– Descendez de ce putain d'arbre ou je vous bute, Diesel.

– J'y suis presque. Lâchez-nous, Jackson. On n'a pas besoin de vous, à la fin !

– Comment voulez-vous qu'elle se barre à la verticale ? Avec une fusée dans le derrière ? intervint Lola.

Jackson resta tranquille quelques secondes. Un sourire frissonna, à la limite de la grimace. Puis le trait blanc des dents scintilla, et elle se mit à rire. Et à rire encore. Lola fut gagnée par son hilarité. Elles étaient aussi grotesques l'une que l'autre, trempées comme des jimbalayas, leurs chaussures ruinées, de la boue jusqu'aux genoux, à regarder Ingrid faire le bonobo.

– Qu'elle se barre à la verticale ! Une fusée dans le derrière ! Elle est chaude celle-là !

Elles ne virent pas Ingrid atterrir, occupées qu'elles étaient à rugir sur l'épaule l'une de l'autre.

– SILENCE !

Lola et Jackson se turent après un dernier hoquet et se tournèrent de concert. L'amie américaine était moitié verte moitié rouge, son front et ses bras furieusement lacérés, et elle dégoulinait comme tout le monde. Dans sa main droite, elle tenait un objet métallique emballé dans un sac en plastique.

– Comment as-tu eu l'idée ?… commença Lola.

– Le Géant, c'était l'arbre favori de Brad.

Elles partirent en courant vers la remise. Une fois à l'abri, Jackson sortit son téléphone mobile de sa poche ; il était mort noyé. Elle émit un juron et ordonna une nouvelle virée jusqu'à la voiture. On s'engouffra dans la Corvette, dans les bruits de clapotis et de claquements de dents. Jackson utilisa la radio pour appeler son commissariat, et ne demanda pas des renforts, cette fois, mais son patron, le lieutenant Parker.

– Je suis à Magnolia Hall, Dave. Je crois qu'on a récupéré le Beretta qu'on cherche depuis le Déluge.

40

– Patron, on l'a retrouvé.

– Où ça ?

– Dans son parking.

Nicolet semblait tendu. Duguin voulut le questionner mais aperçut le commissaire Castillo qui le fixait de son air de prêtre inca en manque de sacrifices.

– Duguin, dans mon bureau.

Le commissaire ne lui proposa pas de s'asseoir.

– Des nouvelles des tueurs à moto ?

– Pas encore.

– En attendant, dis-moi ce que je suis censé penser de ça, dit-il en poussant un feuillet vers Duguin.

C'était un texte tapé à la machine, dépourvu d'en-tête et de signature.

« Sacha Duguin ne mérite pas les enquêtes délicates qu'on lui confie. Qu'un officier de police judiciaire entretienne une liaison avec une jeune femme impliquée dans l'affaire dont il a la charge, est inacceptable. Le fait que Mlle Diesel soit strip-teaseuse à Pigalle plaira aux amateurs de sensationnel. De nombreux citoyens trouveront à cette triste histoire une connotation simplement vulgaire. »

– Alors, Duguin ?

– L'interprétation est subjective. Les faits sont vrais.

– Ça n'a pas l'air de t'inquiéter. Ça devrait. L'allusion aux « amateurs de sensationnel » laisse penser que ce document fera le tour des rédactions.

– C'est sans doute déjà trop tard.

– Et ça tombe mal. La fusillade devant l'hôpital a excité la presse mais a surtout donné l'impression qu'on ne maîtrisait pas la situation.

– Hier, nous étions d'accord sur la stratégie.

– Hier, ce torchon fielleux n'avait pas atterri sur mon bureau.

– Vous me retirez l'affaire ?

Castillo s'enfonça dans son siège et prit son temps pour répondre.

– Tu es un bon flic, Duguin. À quoi ça ressemble ?

Duguin ne réagit pas. Castillo attendit, puis haussa le ton.

– Tu me termines cette enquête, et tu me mets le turbo. Et je ne veux plus de scandale.

Duguin s'apprêta à sortir.

– Encore une question, reprit Castillo. Pourquoi un type marié à une femme aux puissantes relations fout-il ce chouette potentiel en l'air pour une strip-teaseuse ? J'aimerais comprendre.

– Il n'y a rien à comprendre.

– Si j'étais un vieux con, je dirais que c'est de ton âge. Mais je ne suis pas un vieux con. Alors, on en reparlera le moment venu. Quand tu seras descendu de ton nuage.

Duguin repéra Nicolet et Moutin près de la machine à café. Ils interrompirent leurs conversations en le voyant arriver.

– C'est quoi, ce concours de grimaces ? lâcha-t-il. Tout le monde est au courant, c'est ça ?

– La lettre est arrivée au courrier, dit Moutin entre ses dents. Adressée au commissariat, sans précisions. Alors oui, tout le monde est au courant, patron. Et tout le monde se marre. Sauf ceux qui travaillent en direct avec vous. Ou plutôt pour vous.

– Et à part ça, ton enquête sur la tronçonneuse ?

– Si j'avais du nouveau, je vous le dirais.

Elle tourna les talons et rentra dans son bureau en claquant la porte.

– Moutin a plus de caractère que je ne le pensais, commenta Duguin.

– Elle se demande surtout si on va nous retirer l'affaire sur laquelle on a sué sang et eau.

– Il faut suer sang et eau sur chaque affaire, Nicolet. Je vais rue de l'Université. Tu viens si tu veux.

Nicolet rejoignit Duguin au parking. Le commandant lui lança les clés. Ils roulèrent un moment en silence.

– Je ne vais pas te raconter ma vie privée, Ludovic. Et je ne compte pas m'excuser. Alors autant cesser de faire la gueule.

– Je ne fais pas la gueule, patron. Je suis… oh, et puis rien.

– Tu croyais travailler avec Serpico doublé de saint François d'Assise ?

Nicolet haussa les épaules. Le trafic était dense à neuf heures du matin ; il insulta les autres conducteurs dans sa barbe, puis décida de mettre la sirène. Commandant et lieutenant ne s'adressèrent plus la parole jusqu'à la rue de l'Université. Duguin pensa à Béatrice. La guerre est entamée, se dit-il. Elle n'a pas perdu de temps et trouvé un vieux flic à la retraite ou un barbouze du ministère pour me surveiller. Je ne l'aurais jamais crue capable d'envoyer une lettre anonyme.

Ils furent accueillis par le capitaine Darsin, du commissariat du 7e. Il les mena au parking. La Porsche était gardée par un planton. Duguin enfila des gants en même temps que Nicolet. Il lui jeta un bref coup d'œil, ne récupéra qu'un visage fermé, attendit que Darsin ouvre la portière.

– Le pauvre type a perdu la tête, ou quelqu'un l'y a aidé, crut utile de dire le capitaine.

La moitié du visage avait disparu, et les débris de chair, de sang et de matière cervicale mouchetaient l'habitacle. La main droite débordait sur le siège passager, l'index encore sur la détente du Glock 17, des traces de poudre laissaient envisager un tir à bout portant. La boîte à gants était ouverte. Darsin agita un sac en plastique contenant une douille et précisa que c'était du 9 mm.

– Son notaire vient de l'appeler sur son portable, ajouta-t-il. Je lui ai expliqué que Gilbert Marquet ne serait pas à son rendez-vous pour la promesse de vente de Tolbiac-Prestige.

– Qui est-ce qui vous a prévenu ?

– La femme de ménage philippine. Il n'y a plus grand-chose à nettoyer parce que l'appart est quasiment vide, vous verrez par vous-même. Mais Marquet la gardait pour repasser ses fringues et soigner sa bagnole. Faut croire qu'il y tenait. La fille devait passer l'aspirateur chaque semaine et tout briquer au poil, même l'intérieur de la boîte à gants. Cette fois-ci, elle n'a pas été déçue. Il n'y a que le coffre qui en a réchappé.

Duguin se détourna de Darsin, chercha le regard de son jeune lieutenant. Il n'aimait pas les flics cyniques. Il s'était juré de ne jamais en devenir un.

– Pourquoi se tuer dans sa Porsche ? demanda-t-il à Nicolet.

– Surtout si on ne supporte pas d'y voir un grain de poussière. Excellente question, patron.

41

Cameron Jackson lui tendit sa valise et referma le coffre de la Corvette. Lola crut l'entendre pousser un soupir de soulagement.

– Ne me remerciez pas. Je vous ai emmenées à l'aéroport parce que je voulais être sûre de vous voir prendre ce foutu zinc.

– Si je comprends bien, c'est vous qui allez boucler nos ceintures de sécurité, répliqua l'ex-commissaire avec un sourire grande largeur.

Ingrid leva les yeux au ciel, prit sa valise et la tangente ; c'était la seule parade qu'elle avait trouvée pour échapper aux phrases qu'échangeaient Lola et Jackson. Pour échapper à leurs sentences. En anglais « phrase » se disait *sentence*, et ce n'était pas un hasard. Lola, la grande amie, avait conclu un pacte de complicité avec une flic américaine. Lola n'était pas naïve mais elle ignorait, par manque d'expérience, la détermination des flics américains. Lola, à une plus grande échelle, ignorait la détermination du peuple américain. Le peuple américain était à fond dans l'action. Et Ingrid réalisait qu'elle était peut-être bien partie à cause de cela. Pour échapper à leur détermination. Pour goûter à la saveur du doute et de la nuance.

Ses années d'adolescence dans le Sud lui avaient fait sentir l'existence d'une frontière que la guerre de Sécession n'avait jamais complètement gommée. Le Sud dans sa lenteur et dans ses doutes. Le Nord dans son énergie et ses certitudes. Évidemment, le Nord avait gagné. Et Jackson, toute sudiste qu'elle était, était nivelée. Une convertie, avec une feuille de route et des convictions. Et face à cette détermination, Ingrid n'avait que son instinct. Celui qui lui répétait, jour après jour, que l'ami Brad, le jardinier de Magnolia Hall, était un homme honnête. Et que seul le respect de la nuance laisserait une chance d'y voir clair.

Elle s'arrêta devant la machine à rayons X, posa sa valise sur le tapis. Lola pressait le pas pour la rejoindre. Elles enlevèrent leurs chaussures, les donnèrent à l'inspection, passèrent le sas électronique, on les fouilla, puis elles récupérèrent leurs bagages. Jackson les attendait de l'autre côté. Toutes les trois, elles passèrent un portillon et s'arrêtèrent avant le contrôle des passeports.

– Merci pour le coup de main, Diesel, dit Jackson. Vous avez failli vous offrir un beau gadin mais ça valait la peine.

– Ça me donne le droit d'en apprendre plus, non ?

– C'est plus une question de temps que de droit. Les empreintes sur le Beretta ne sont pas celles d'Arceneaux.

– Vous vous décidez enfin à nous le dire.

– Je viens de l'apprendre. Ne vous réjouissez pas, ça n'a fait tilt dans aucun fichier.

– L'arme est bien enregistrée quelque part.

– Elle a appartenu à un certain Douglas Fern.

– Vous l'avez interrogé ?

– Difficile, Sherlock. Fern est mort. Il était pompiste à Biloxi. Sa station-service a été braquée il y a un bail. Les gars qui l'ont descendu et lui ont volé son Beretta ne se sont jamais fait prendre. Voilà, vous en savez autant que moi, et nos routes se séparent ici.

– Eh bien, adieu, Cameron, dit Lola. Prenez soin de vous.

– Je vous retourne le compliment. Avec Sherlock Diesel comme partenaire, votre vie ne doit pas être de tout repos.

Pour une fois, Cameron Jackson ne les abandonna pas sans prévenir. Elle s'assura d'abord qu'elles franchissaient le contrôle des passeports.

– Je ne suis pas sûre que son air ravi d'être débarrassée de nous soit authentique, dit Lola en souriant et en agitant le bras.

– Je ne comprends pas comment cette sorcière arrive à te faire sourire.

– *On peut sourire et sourire et pourtant être un scélérat*, écrivait ce brave Shakespeare, votre père à tous.

– Tu avais un peu freiné sur les citations depuis notre arrivée à La Nouvelle-Orléans, ça sent fortement le retour au bercail.

– Que le vocable « bercail » est doux à mon oreille !

Elles avaient encore du temps avant l'embarquement, et Lola en profita pour faire un détour par une librairie. En cherchant un livre de cuisine cajun pour Maxime Duchamp, elle découvrit une tête de gondole garnie de la traduction américaine du *Seigneur des épices*. L'éditeur new-yorkais Seymour & Hopkins en avait concocté une version élégante. *Lord of the Spices* en lettres safran se mariait avec un portrait en pied de Louis-Guillaume Giblet de Montfaury retravaillé sur ordinateur. Sa redingote était d'un rouge plus vif, ses cheveux plus blonds, son regard plus vert. Elle en fut troublée. La ressemblance entre Louis-Guillaume et Jupiter était frappante.

– Tiens, c'est ce que tu lisais à Paris. C'est un bon livre ?

– Je ne l'ai pas terminé.

42

Darsin leur ouvrit la porte de ce que n'importe quel agent immobilier aurait appelé un appartement de grand standing. Hauteur sous plafond, moulures, parquets blonds, vue sur la tour Eiffel, luminosité, sérénité, il paraissait d'autant plus spacieux que le mobilier était rare. Ne subsistaient qu'un fauteuil et une télévision, un lit et le mobilier de cuisine. Des empreintes sur les murs pâles évoquaient des tableaux disparus. Gilbert Marquet avait connu un âge d'or, qui avait fondu, petit à petit. Dans le bureau, un technicien installé devant l'ordinateur de Marquet leur ouvrit sa boîte courrier, et Duguin retrouva le message que lui avait adressé le promoteur sur son adresse professionnelle, sduguin@ciat13.fr : « Brad a tué Lou pour moi. J'ai tué Brad. Pardon. »

– Envoyé hier, à vingt-trois heures trente-sept, précisa le technicien.

– C'est bien celui que j'ai lu ce matin à mon bureau, dit Duguin.

– Les gars de l'IJ disent que Marquet est mort entre vingt-deux heures et minuit, ça colle au poil, ajouta Darsin.

– Ce qui colle moins, c'est le style.

– Comment ça ?

– Marquet était du genre expansif. Pendant les interrogatoires, il préférait débattre, nous contredire, jurer ses grands dieux qu'il n'y était pour rien. Alors ce style laconique, ça ne colle pas.

– Au moment de se loger un pruneau dans la calebasse, on n'a peut-être plus envie de faire des phrases.

– Mais pourquoi organiser un massacre à coups d'Uzi et de grenade pour ensuite envoyer ses regrets et tirer sa révérence ?

– Et pourquoi appeler ses victimes par leurs prénoms, presque affectueusement ? renchérit Nicolet.

Duguin échangea un regard avec son lieutenant. On a retrouvé notre connivence, Ludovic ?

– « Affectueusement ? » Vous en avez de bonnes, dit Darsin en haussant les épaules.

Ils abandonnèrent l'appartement de Marquet à leurs collègues et remontèrent dans leur voiture de fonction. Duguin attendit que Nicolet ait le courage de lâcher ce qu'il avait sur le cœur.

– Dave Parker m'a appelé. On a retrouvé le Beretta des homicides Clarke et Frazier. Dans le parc de la propriété.

– Pourquoi ne m'en as-tu pas parlé plus tôt ?

– C'est Diesel qui l'a déniché.

– Elle ne m'avait rien dit. Je l'ai su par Parker. Il y a peu.

– Corinne a raison. Vous nous informez quand ça vous arrange.

– Je n'ai pas imaginé que sa présence à La Nouvelle-Orléans changerait le cours de l'enquête.

– Excusez-moi de vous dire ça, patron, mais vous n'avez jamais pensé qu'elle avait pu vous manipuler ?

L'envie de frapper Nicolet lui vint. Mais il se ressaisit. On ne récupérait pas le respect de ses hommes en leur balançant un poing dans la figure.

– Parle-moi plutôt de l'arme.

– Les empreintes ne sont pas celles d'Arceneaux. Parker et son équipe cherchent toujours.

A-t-il accentué le mot « équipe » ou est-ce l'effet de ma paranoïa ? s'inquiéta Duguin. Il se frotta le visage puis regarda la rue de l'Université. Ce chic, ce calme, cette douceur. Inchangés. Au XIXe siècle, le quartier avait déjà la même allure. Marquet avait cru vivre dans l'intemporel, dans l'immuable. On se berçait tous d'illusions.

– Marquet a toujours travaillé dans un monde de requins, dit Duguin. Ça va être dur de savoir par lequel commencer. Mais je propose sa partenaire. Mme Hutchinson. C'est à elle que profite le plus sa disparition.

Duguin se souvenait encore de l'interrogatoire de cette femme. Elle avait répondu à ses questions avec une aisance remarquable, avouant que le plaisir, et l'argent son corollaire, étaient les moteurs de sa vie. Et qu'elle envisageait de s'installer à Paris, une ville « qui correspondait à ses attentes ».

– On va au Bristol ? demanda Nicolet.

– On va au Bristol.

*

Lola guettait les valises, Ingrid une présence au-delà des baies vitrées, mais parmi les gens qui attendaient l'arrivée des voyageurs, elle ne repérait pas Sacha. Une fois les bagages récupérés, elles franchirent le sas, et Ingrid découvrit un visage bien connu. Il n'avait pas l'air gai. Elle sourit tout de même au lieutenant Barthélemy, qui garda son visage de tragédie. Ingrid imagina Sacha blessé, et pire.

– C'est gentil d'être venu, mon garçon, lança Lola. Mais qu'est-ce qui t'arrive ? Tu as avalé ton badge ?

Et puis Lola se souvint que les flics français n'exhibaient pas de badges mais des cartes. Il n'y avait que les filles comme Jackson pour vous faire claquer de gros insignes dorés sous le nez.

– C'est l'ami d'Ingrid, bredouilla Barthélemy.

– Sacha… articula Ingrid.

– Non, Brad. Duguin devait l'emmener chez le juge. Il y a eu une fusillade. Devant l'hôpital. Deux tueurs. En commando.

*

Un homme qui sentait le gorille de location leur demanda leurs cartes de police. Duguin entendit la voix de Hutch.

– Laissez entrer, Max. C'est bien le commandant Duguin.

Un parfum capiteux embaumait. Vêtue d'un tailleur blanc, Hutch était assise dans un canapé de cuir beige, l'air grave. Ses cheveux retenus par un catogan, son visage à peine maquillé faisaient ressortir ses boucles d'oreilles en diamants. Duguin se tourna vers Nicolet, il essayait d'ignorer le luxe ambiant mais y arrivait mal.

Hutch déclara avoir appris la mort de Marquet par sa femme de ménage philippine. Une fille qu'elle payait pour espionner son associé.

– Je n'avais pas envie que Gil me fasse un petit dans le dos. Je tiens beaucoup à Tolbiac-Prestige, commandant Duguin.

– Vous avez l'intention de signer avec l'Ordre et Jarmond, et malgré la mort de Marquet, c'est bien ça ?

– Mathieu Chevilly et Gervais Jarmond ont confiance en moi. La mort de Gil est un coup dur, mais la vie continue. Les affaires aussi.

– Vous lui connaissiez des ennemis ?

– À peu près tous les gens avec qui il avait fait affaire. Je me suis associée avec Gil parce que je rêvais depuis toujours de monter une opération à Paris. Sans cela, je me serais défaussée.

– Où étiez-vous, hier soir ?

– Je n'ai rien à voir avec la mort de ce pauvre Gil, commandant.

– Répondez à ma question.

– Je dînais avec des compatriotes, chez le conseiller économique de mon ambassade.

– Et votre employé ?

– Max m'accompagnait.

– Je suis réglo, dit le gorille. Je travaille pour Secury, une société de protection rapprochée, et Mme Hutchinson loue nos services.

– Depuis quand ?

Hutch posa une main apaisante sur l'avant-bras de son gorille.

– Max assure ma protection depuis la mort de Jupiter Toby, commandant Duguin.

Il vit passer une once de tristesse dans ses yeux. Lors de leur dernière conversation, elle lui avait confié qu'elle était tombée amoureuse de Paris puis de Toby. Et qu'elle n'avait « plus le cœur de repartir ».

– Vous avez reçu des menaces ?

– Non, mais on n'est jamais assez prudent. Vous voyez bien ce qui est arrivé. Et puis j'ai appris que l'homme qu'on soupçonne d'avoir tué Lou Necker avait été victime d'un attentat.

– Qui vous l'a dit ?

– Mathieu Chevilly. Je m'entends très bien avec lui.

– Vous me raconterez ça en détail, demain matin à huit heures. Au commissariat.

– Pas de problème, commandant. Quand c'est nécessaire, je sais me lever tôt.

43

Ingrid vit une femme en blanc sortir du commissariat et se diriger vers le parking. Sa silhouette surgissait du passé. Blonde, opulente, féminine.

– Julia, murmura-t-elle.

La blonde monta dans une Mercedes blanche, décapotable. Elle alluma une cigarette, la laissa coincée entre ses lèvres, fit une marche arrière agressive et manqua emboutir une voiture de police. Un agent l'interpella. Elle lui répondit en anglais. Ingrid reconnut une voix américaine. La dispute s'envenima. L'Américaine se laissa embarquer au poste. Elle ressortit quelques minutes plus tard en compagnie de Nicolet. Ils eurent une brève discussion, le lieutenant lui rendit ses papiers, attendit que la Mercedes se fonde dans le trafic, et repéra Ingrid.

– Qu'est-ce que vous voulez encore ?

– Brad est mort à cause de vous.

– On nous a attaqués à l'artillerie lourde. Le chauffeur du fourgon est blessé. On a tous failli y passer. Alors, gardez vos reproches.

– Il était sous votre garde.

– Vous avez essayé de manipuler Sacha pour récupérer de l'information. Son ex-femme et ses puissantes relations sont sur son dos. Ses collaborateurs lui en veulent. Vous ne croyez pas que c'est suffisant ?

– Je n'ai manipulé personne et je n'ai pas de comptes à vous rendre.

– Si vous avez un tant soit peu de respect pour lui, allez-vous-en.

Il s'en retourna vers le porche. Elle hésita, finit par l'appeler.

– La blonde qui discutait avec vous, j'ai cru que c'était Julia Clarke.

– Arrêtez de délirer. Clarke est morte depuis une quinzaine d'années. Vous êtes bien placée pour le savoir.

– Qui est cette femme si ce n'est pas Julia ?

– Laissez-nous travailler, Diesel. On vous l'a assez répété.

*

Églantine a mis au monde une fillette. Aglaé a les yeux dorés de sa mère et son teint de nénuphar, elle est rieuse et intrépide comme son père du temps de sa jeunesse, mais la ressemblance s'arrête là. Louis-Guillaume ne s'intéresse guère à son enfant. Ces derniers mois, il est devenu maussade, se nourrit à peine, et passe son temps dans son laboratoire, au milieu de ses herbiers et microscopes. Entre deux harassantes séances de travail, il continue de noircir les pages de ses carnets. Mais cette fois, ses écrits ne sont plus nourris par la sensualité des tropiques et les couleurs des nuages. L'amertume pointe. Celui que ses pairs appellent affectueusement le Seigneur des épices est devenu un homme sombre et silencieux.

Son ami Pierre Poivre l'invite dans ses lettres à le rejoindre à l'île de France. Il a besoin de ses lumières pour l'épanouissement du fabuleux jardin des Pamplemousses, un rêve de botaniste qui doit recenser les plus belles plantes du monde. Louis-Guillaume est intéressé. Il envisage même de quitter la France avec sa famille et de recommencer une nouvelle vie sous les tropiques, dans une île qui a tous les charmes d'« Utopie ». Mais Églantine ne l'entend pas de cette oreille. Ses arguments fusent. Aglaé est trop jeune pour supporter le voyage. « Pourquoi abandonner une vie confortable à

Paris pour une contrée où règnent les fièvres et les moustiques ? »

Louis-Guillaume se résout à l'immobilisme. Désormais, il ne se déplace plus que vers ses entrepôts de Nantes et de Lorient pour son commerce d'épices. À l'occasion de ses séjours dans ces ports, Églantine écrit à Louis-Guillaume des lettres dans lesquelles pointent les germes de la discorde…

Lola referma son livre, l'air pensif. Le botaniste filait un mauvais coton et elle avait mal pour lui. Elle se souvint des paroles de son libraire préféré. *C'est l'histoire d'un homme qui conquiert un monde mais perd la femme aimée.*

44

Une semaine s'était écoulée depuis leur retour en France, et Ingrid chipotait devant le plat du jour, une dorade au fenouil pourtant mitonnée avec le savoir-faire et la générosité de Maxime Duchamp. Les *Belles* faisaient le plein. Des voix étrangères se mêlaient à celles des habitués. Une famille de Néerlandais semblait ravie de l'ambiance et du contenu des assiettes ; Chloé la serveuse traduisait le menu à un Écossais.

Maxime avait conseillé un sancerre fruité à Lola, et elle avait servi d'office un verre au lieutenant Barthélemy en exigeant de lui « un rapport circonstancié ». Grâce à ses relations au ciat du 14e, le jeune lieutenant connaissait les derniers développements de l'affaire Necker. On savait depuis un moment que le promoteur Marquet avait été retrouvé mort dans son parking. Les résultats du labo ne racontaient pas un autre scénario que celui du suicide. Dans un mail adressé à Duguin, le promoteur affirmait avoir engagé Arceneaux pour tuer Necker avant de l'éliminer à son tour. Les deux malfrats responsables de l'attentat couraient toujours. Barthélemy, Duguin, Lola et tous les flics du monde pensaient qu'on avait peu de chances de les retrouver.

Malgré ces morts violentes, Tolbiac-Prestige prenait forme. Hutchinson, Jarmond et Chevilly venaient de signer la promesse de vente. L'associée américaine de Marquet était la mystérieuse blonde vue au volant d'une décapotable devant le commissariat du 13e ; Lola avait été formelle lorsque Ingrid lui avait donné sa description. L'ex-commissaire avait contacté le sergent Jackson au sujet de Hutch. Celle-ci était bien qui elle prétendait être : Carolyn Hutchinson, née Carolyn Hunter, mariée à Steve Hutchinson, un homme d'affaires de soixante-quatre ans basé à Panama.

Le squat avait été évacué. Les religieuses avaient déménagé. Le rêve du Centre artistique Jarmond était mort avec Lou Necker. Et Mme Hutchinson avait annoncé son intention de s'installer dès que possible dans les anciens appartements de sœur Marguerite ; elle comptait être la première habitante de Tolbiac-Prestige.

Avant son départ pour Compiègne, sœur Marguerite avait fait enterrer Jupiter Toby dans le caveau familial des Giblet de Montfaury ; à cette occasion, religieuses et artistes s'étaient réunis pour la première et sans doute la dernière fois dans le jardin du couvent de la Miséricorde. Quant à la mort de Brad, elle ne semblait plus intéresser personne. On ignorait les dispositions prises pour ses obsèques. Barthélemy *supposait* que son corps était encore à l'Institut médico-légal.

Ingrid réfléchissait. Parce que la réalité nous appâtait avec quelques péripéties, nous laissait espérer une montée en puissance et une impressionnante explosion finale, on l'envisageait vigoureuse et exubérante. On prévoyait des séparations passionnées, ouvertes sur des revirements surprenants, alors qu'on n'avait droit qu'à un théâtre d'ombres, celui des silhouettes fantomatiques des amis morts et des amours fracassées qui se dissolvaient dans le brouillard. La réalité n'était qu'une vieille chaussette qui finissait un jour ou l'autre par perdre son élasticité.

À La Nouvelle-Orléans, le passé de Brad était remonté violemment à la surface, mais avait à présent la couleur grise des détritus oubliés par Katrina. L'affaire Lou Necker avait démarré dans la douleur, occasionné son lot de rebondissements, mais elle s'étiolait et ne trouvait pas de conclusion.

– Et Hutch joue la collaboration, expliquait Jérôme Barthélemy. Duguin l'a imaginée derrière le meurtre de Necker, le suicide de Marquet et l'attentat contre Brad, mais il n'a aucun moyen de le prouver, pas le début d'une preuve.

– Tu sais s'il a interrogé P'tit Louis ? demanda Lola.

– Il l'a même cuisiné sévèrement. Mais P'tit Louis jure que l'idée de verser de l'alcool dans le verre de Brad était la sienne. Il était jaloux de l'amitié qui le liait à Manu. Il avait entendu des collègues dire que Brad était un ancien alcoolique. P'tit Louis a voulu lui jouer un mauvais tour.

– Mais il s'est bel et bien acheté un iPod, intervint Ingrid. Avec quel argent ?

– Il a juré à Duguin l'avoir trouvé à Montsouris, sur un banc. Au lieu de le rapporter aux gardiens, il l'a gardé. Or un ado est venu le réclamer récemment. P'tit Louis a dit la vérité.

Ingrid soupira. La réalité avait plus d'un vieux tour dans son sac éreinté. Elle désamorçait vos dernières cartouches, lentement. Ah, si lentement…

45

Cette nuit-là, Ingrid renoua avec les classiques. Elle choisit une chanson de Marvin Gaye, le fourreau noir, les gants verts et la perruque rousse. Elle pulvérisa un temps la mollesse du monde en s'offrant tout entière à son public. Une fois son numéro terminé, elle s'attarda devant le miroir, crut l'espace d'une seconde fixer une inconnue. À force de danser au *Calypso*, elle avait fini par oublier les traits de son double ; le visage de Gabriella Tiger la Flamboyante était devenu familier, ou presque invisible, comme celui des *disparus* dont parlait Lola.

Elle enleva sa perruque, la déposa sur son portant, brossa les longues mèches. Elle se débarrassa de ses fards et retrouva sa personnalité. Une sensation flottait dans sa mémoire comme un minuscule rafiot de papier oublié par un gamin dans un caniveau. Les gamins d'aujourd'hui ne pliaient plus de bateaux dans de vieux journaux, ne se délectaient plus de leurs appareillages dans de maigres ruisseaux urbains. Les gamins d'aujourd'hui étaient les maîtres des univers toujours plus éclatants que les créateurs de jeux électroniques imaginaient pour eux, sans discontinuer, et dans les moindres détails. La dernière fois qu'Ingrid avait transformé une page de journal en bateau, elle avait huit ou neuf ans, et vivait en Floride. Les orages étaient terrifiants mais faisaient jaillir des rivières que des caravelles troussées dans le *Miami Herald* empruntaient avec fierté pour rallier des deltas de légende.

Elle quitta le *Calypso*, retrouva la place gavée de néons, la file à la borne de taxis, les grappes d'inconnus qui allaient de cabaret en cabaret, de peep-shows en bars à gogos, le lent troupeau des voitures et des bus de touristes. Pigalle n'avait pas sommeil, Pigalle ne s'endormirait qu'aux premières lueurs de l'aube. Et pourtant Pigalle se traînait, divaguait comme un badaud suralimenté et insomniaque. Le vent s'était levé, à défaut de graciles caravelles il chassait les emballages graisseux, les carcasses de sodas, les capotes oubliées, les tristes reliquats d'une nuit comme une autre. Il faisait aussi frissonner le feuillage des platanes du boulevard, mais Ingrid n'entendait plus la chanson de ce frémissement, elle se demandait si elle aimait encore ce quartier, et par extension Paris.

Elle partit en direction de la rue Notre-Dame-de-Lorette, pensa à la première visite de Sacha. La nuit où il s'était glissé dans la foule du *Calypso*, la nuit où il était venu déposer son inquiétude à ses pieds et lui dire d'éviter de rentrer seule. Mais un souvenir plus récent écrasa cette sensation précieuse. Celui de leur dernière conversation téléphonique. Elle avait bataillé comme jamais, ne le laissant pas parler. Elle lui avait hurlé qu'il était responsable de la mort de Brad. Il y avait eu ce silence dangereux qu'elle n'avait pas évalué assez vite. Et il avait raccroché. Depuis, elle avançait dans le coton.

Elle marcha plusieurs minutes, le corps fatigué, l'esprit vide. Et puis l'image de Hutch ressurgit. Hutch blonde comme une autre femme, blonde comme Julia. *Duguin l'a imaginée derrière le meurtre de Necker, le suicide de Marquet et l'attentat contre Brad, mais il n'a aucun moyen de le prouver, pas le début d'une preuve.* Un taxi arrivait. Elle le héla.

Elle se fit déposer devant les ateliers Jarmond. Elle composa le code, franchit le porche. Elle remonta le couloir à peine éclairé par la lumière qui provenait de la rue ; jonché de mobilier et de matériel fracassés, il évoquait le calme lugubre qui suit le passage d'un ouragan. Elle entra dans un atelier, ouvrit la baie sur le jardin. Les façades du couvent n'étaient soulignées que par la pâleur de la lune, le sombre rectangle de la serre disparaissait dans la masse pétrifiée du jardin. Elle se pencha, interloquée par une ombre fugitive, et reconnut la silhouette d'un chat beige qui disparut derrière le puits.

Elle attendit que ses yeux s'habituent à la pénombre, repéra un rai de lumière dans l'appartement de sœur Marguerite. Hutch était-elle déjà installée dans son nouveau domaine ? Elle ne savait pas ce qu'elle était venue chercher ici. Peut-être le courage d'aller voir Hutch et de lui demander pourquoi sa présence résonnait dans sa mémoire. Ce ne pouvait pas être la seule ressemblance avec Julia. Après tout, Ingrid n'avait jamais rencontré la fiancée de Ben Frazier, hormis par photo interposée.

Elle crut percevoir une mélodie, peut-être un solo de guitare. De guitare rock. Difficile de savoir d'où il provenait. De l'immeuble déserté par les religieuses ? Elle s'attarda et entendit un grincement. Les volets du bureau de sœur Marguerite s'ouvrirent sur un homme. Il s'accouda à la fenêtre, alluma une cigarette et fut rejoint par un autre inconnu. Les deux hommes portaient des salopettes claires et d'étranges calots blancs. Ingrid comprit qu'il s'agissait de peintres en bâtiment, ils avaient relevé leurs masques sur leurs têtes le temps d'une pause. Pressée de s'installer, Hutch pressurait ses artisans. Ils travaillaient en musique et avaient sans doute choisi du rock pour se tenir éveillés.

Elle monta à l'étage, vers l'atelier de Nora. L'odeur de térébenthine était aussi forte que du temps où le CAJ vibrait d'activité. Ingrid ne fut pas surprise d'y trouver le grand tableau, à sa place habituelle. Nora reviendrait-elle le chercher ? Dans le fond, il fallait lui souhaiter de se libérer du souvenir de Lou, en abandonnant le tableau en même temps que ses regrets.

Les trois Vampirellas semblaient émerger du cadre. Leurs visages blafards scintillaient dans l'obscurité. Ingrid s'approcha. La concentration passionnée d'Alberta se lisait dans les muscles saillants de ses bras nus, dans ses mains noueuses resserrées sur ses baguettes argentées, et jusque dans sa chevelure que Nora avait imaginée compacte, en fragments de corail. Carmen avait l'air d'un bloc de granit, seules ses mains semblaient vivantes et se confondaient avec la matière de sa basse. Elle fixait Lou. Yeux exorbités, bouche béante, le cou tendu, Lou chantait. Son chant ressemblait à un cri. Nora avait reproduit le visage d'une femme en train de mourir asphyxiée. Instinctivement, Ingrid porta sa main à son cou et prit une inspiration. Elle fut interrompue par le vrombissement de son téléphone, consulta l'écran. L'appel venait de l'ingénieur du son du *Calypso*.

– Ingrid, je t'ai cherchée partout à la fin de ton numéro !

– J'étais trop fatiguée pour m'attarder, Laurent. Désolée.

– S'il te reste un peu d'énergie, je te conseille le Mora Mora, un bar karaoké de la rue de Berry. Vanon Zand y a ses habitudes.

– Qui ça ?

– C'est un Antillais, patron d'une maison de disques. Il m'a appris qu'il avait failli signer les Vampirellas. D'ailleurs il a toujours une copie de la maquette que tu m'as refilée.

Ingrid se sentit ragaillardie. Elle remercia chaleureusement Laurent, quitta les ateliers, partit en courant à la recherche d'un taxi.

– Signé, c'est vite dit. Disons que j'étais intéressé.

Vanon Zand était un grand gaillard décontracté, vêtu d'un costume noir en lin qui laissait apparaître le col et les poignets d'une discrète chemise sombre à fines rayures blanches et le flamboiement régulier d'une montre de prix. Les trois blondes sculpturales qui l'accompagnaient se désintéressaient de sa conversation avec Ingrid et écoutaient des jumelles dotées de crinières pâles leur balayant les reins assassiner une chanson de Dalida avec entrain. Cette nuit, Paris est peuplé de blondes félines, pensait Ingrid, et Hutch ne dépare pas l'ambiance.

– Lou savait ce qu'elle voulait, reprit Zand. J'ai passé un moment à lui expliquer qu'elle n'était pas la seule. Des milliers de musiciens talentueux rêvent de percer. Qu'est-ce qui fait la différence ? Personne ne le sait vraiment, mais autant mettre toutes les chances de son côté. Il faut bien sûr avoir quelque chose à dire, mais aussi savoir écouter les gens qui ont de l'expérience. Mais j'admets qu'il y avait une ambiance singulière dans la maquette que Lou m'avait fait écouter.

– On m'a dit que vous aviez gardé une copie ?

– Oui, pour mes associés. Et j'ai dit à Lou de conserver l'original ailleurs que dans un squat ouvert à tous les vents. Elle l'a confié à un ami sûr.

– Brad ?

– Oui, un gars qui n'était pas du métier. Aucun risque qu'il lui pique ses idées.

– Elle venait seule ?

– La première fois, avec Carmen et Alberta. Ensuite, en solo. Et à mon avis, c'était la bonne idée.

– Pourquoi ?

– Vous avez écouté leur musique ?

– Bien sûr.

– Vous savez donc que Lou était la meilleure. C'était ça le problème.

– Le mauvais choix de ses partenaires ?

– Ou le fait qu'elle ne les tirait pas dans la bonne direction. Et puis Lou en faisait trop. Elle voulait diriger son centre artistique, y ouvrir un cabaret, se coltiner des promoteurs, aider un type à pondre un bouquin susceptible d'intéresser le ciné, et que sais-je ? Je lui ai dit que la musique exigeait un investissement total. Jouer ou manager, il faut choisir.

Les jumelles avaient fini leur numéro. La salle applaudissait poliment, quelques hommes poussaient des sifflets enthousiastes. Une des amies de Zand frôla Ingrid pour filer vers la scène ; son parfum évoquait les effluves les plus musqués du jardin de la confrérie, ceux qui montaient de la terre à la nuit tombée. Une fois sur scène, la fille caressa ses hanches généreuses moulées dans une robe noire avant d'attaquer *Je suis venu te dire que je m'en vais* avec conviction. Ingrid écouta un moment, elle avait toujours eu un faible pour la mélancolie de Gainsbourg, et l'amie de Zand savait bouger et chanter à la fois. Ingrid pensa lui demander s'il avait reçu la visite d'un flic prénommé Sacha, mais se retint.

– Lou ne voulait pas choisir ?

– Sur la fin, elle commençait à m'écouter. Elle sentait bien que son groupe avait démarré comme un bidouillage entre copines, et qu'il fallait passer à la vitesse supérieure. Dans le fond, Carmen et Alberta sont plus passionnées que Lou ne l'était. Ces deux-là ne peuvent pas vivre si elles ne jouent pas tous les jours. Mais Lou avait plus de recul. Et de maturité. Le public ne vient pas écouter des caractériels se défouler sur scène. Il veut qu'on lui tende un miroir. Il n'a rien à apprendre, il veut se reconnaître. Pour l'émouvoir, il faut mettre le paquet et dépasser ses petites angoisses narcissiques. J'ai expliqué en clair à Lou ce que j'avais en tête.

– Vous pouvez me l'expliquer aussi ?

Ingrid prit un taxi au rond-point des Champs-Élysées et se fit conduire rue de Tolbiac. Elle comprenait à présent pourquoi on avait retrouvé le CD des Vampirellas à l'hôtel des Arts. Ce n'était pas Brad qui l'avait pris à Lou, mais la jeune fille qui le lui avait confié. Ingrid avait sans doute une longueur d'avance sur l'enquête de Sacha. Cette pensée ne lui fit aucun bien.

Une fois dans les ateliers Jarmond, elle monta directement à celui des rockeuses. Les façades de la confrérie étaient plongées dans l'obscurité, et les peintres enfin partis se coucher. Elle commença sa fouille. Zand avait fini par admettre qu'une proposition de contrat existait et qu'il l'avait remise à Lou. Elle devait l'étudier avant de reprendre contact avec lui. Ce qui expliquait pourquoi la musicienne avait conservé les documents au lieu de les confier à Brad. Elle avait une grave décision à prendre, et besoin de temps pour réfléchir. Ingrid avait demandé une copie à Zand, mais il lui avait expliqué qu'après la mort de la rockeuse, le projet de contrat avait sombré dans la corbeille de son ordinateur.

Ingrid ausculta le contenu de l'armoire métallique, ne trouva que des partitions en vrac et une pile de *Guitare Live* et de *Rock & Folk*. Elle inspecta le dessous des matelas, renversa de vieux cartons, désarticula un ampli cabossé à la recherche d'une cache sophistiquée. Elle passa les ateliers au crible. Bredouille, elle revint dans celui des Vampirellas, entrouvrit la baie et se laissa tomber sur un matelas. Elle n'avait quasiment aucune chance de dénicher le contrat. Et si par miracle elle y arrivait, que pourrait-elle prouver ? Qu'il existait un malaise au sein des Vampirellas ? Elle admit ce qu'elle n'avait pas osé s'avouer jusque-là. Un document tangible lui donnerait une bonne excuse pour revoir Sacha. Regarde ce que j'ai trouvé. Cesse de m'en vouloir. Je me suis mêlée de ton enquête, et alors ? Qu'est-ce que je devrais dire ! Brad est mort. Et je t'en veux. Je t'en veux et tu me manques. Ta voix, ta peau, tes bras, ta bouche. Tu me manques, Sacha.

La brise lui caressa le visage et le cou, apporta ses odeurs florales. Elle imagina que Sacha pénétrait dans l'atelier obscur et s'allongeait à ses côtés. Elle revécut leurs caresses, s'endormit sans s'en apercevoir.

Vanon Zand avait passé un costume blanc. À califourchon sur une chaise, au centre de la scène, il tenait le micro d'une main nonchalante, chantait en souriant sur la bande-son. C'était une musique à laquelle jamais personne n'avait pensé. Une musique à la fois métallique et chaude. Une mer d'aluminium chahutée de photons. On se demandait combien de guitares avaient été nécessaires pour produire pareil effet. Derrière Zand, trois beautés en fourreau léopard et cymbales en guise d'auréoles faisaient les chœurs. Leurs fronts avaient été marqués d'un Z au fer rouge, elles s'offraient le plus beau moment de leur vie, chantaient en pleurant de joie. Ce qui n'empêchait pas la plus petite de s'occuper d'une boîte à rythmes aux pulsations de forêt électronique.

Je lui ai dit : Lou, trahir n'est pas pire que boire l'eau de mer / Je lui ai dit : Lou, laisse l'enfant de bohème tomber dans l'ornière / Je lui ai dit : Lou, ta guitare est un dragon qui a faim / Je lui ai dit : Lou, ne joue plus dans la cour des nains…

Mais où est donc la percussionniste ? se demanda Ingrid. Pas au point, cette fille invisible. Elle tape à contretemps. Elle se trompe lamentablement. Vanon va la virer… Zand va la zapper…

46

Ingrid se réveilla dans la pénombre, avec une sensation de froid humide ; elle laissa sa mémoire et ses yeux retrouver les contours de l'atelier. Le claquement métallique dans son dos, elle l'avait pris pour les percussions de l'orchestre qui jouait dans son rêve. Elle se leva, ferma la baie chahutée par une brise inattendue qui confondait printemps et automne.

Et elle entendit la guitare. Et comprit d'où provenait sa plainte.

Les paroles de Vanon Zand lui revinrent comme un boomerang. *Carmen et Alberta sont plus passionnées que Lou ne l'était. Ces deux-là ne peuvent pas vivre si elles ne jouent pas tous les jours.* J'aurais dû penser que les Vampirellas ne se laisseraient pas intimider par la descente de Jarmond et reviendraient aux ateliers. Elles n'ont pas les moyens de s'en passer. Les lieux où jouer du rock à Paris sans ameuter les voisins ne sont pas légion.

Elle se glissa dans l'escalier qui menait au sous-sol. La musique lui parvenait, toujours étouffée, mais elle avait gagné en volume, suffisamment pour qu'on sache que la guitare crachait une rage noire. Ingrid s'arrêta à mi-chemin, retrouva les odeurs de la cave, les images de la bataille rangée avec les casseurs. Elle se revit faisant face à Sacha, ses yeux noirs et concentrés, sa chemise tachée de ce qu'on pouvait prendre pour du sang. Elle pensa faire marche arrière, lui téléphoner, lui demander son aide. Puis elle se dit qu'il allait les rejeter, elle et ses théories fumeuses. Il refusait la confrontation, ne répondait plus à ses appels, alors pourquoi réagirait-il à celui-ci plutôt qu'à un autre ? Elle réfléchit encore, sortit son mobile de la poche de son jean et composa le numéro personnel de Sacha. Elle entendit le message se dérouler. Cette voix grave qu'elle aimait tant. Un ton neutre de répondeur.

– Allô ! Sacha, c'est moi. Je suis prête à discuter. Je me suis calmée, je peux tout comprendre. Et j'ai du nouveau. Je suis aux ateliers Jarmond. Appelle-moi. À n'importe quelle heure et… *Well, anyway,* appelle-moi, OK ?

Son message était confus. Il sentait la reddition. Elle raccrocha en soupirant, posa son front sur le portail de métal, sentit les vibrations de la musique pénétrer son crâne. Le portail lui résista puis s'ouvrit en grinçant sur ses gonds rouillés. Ingrid attendit sur le seuil de la cave illuminée. La guitare éjectait ses spirales colériques à plein volume. Elle avança parmi les machines au rebut et les débris métalliques, vers la musique qui pulsait derrière l'énorme marteau-pilon. Elle se prit les pieds dans un câble, trébucha, se rattrapa à une tuyauterie gluante. La guitare s'interrompit un quart de seconde, puis reprit le solo. Avec une rage redoublée, se dit-elle en continuant d'avancer. Elle dépassa le marteau-pilon.

Carmen jouait, visage grimaçant, buste tordu au rythme de ses riffs déchaînés, sa guitare reliée à un gros ampli reposant de guingois sur le sol craquelé de la cave. La Gibson noire de Lou, pensa Ingrid.

Il ne devait pas faire plus de 16°C entre ces murs épais et moites, mais Carmen ruisselait de sueur. Elle eut un sourire carnassier en apercevant sa visiteuse et accéléra le rythme. Son médiator disparaissait, dévoré par sa vélocité, elle se mordait les lèvres, grognait de plaisir. Ingrid pensa qu'elle redoublait de prouesse technique pour l'épater. La Vampirella se lança dans une phrase déchirée, guitare à la verticale, muscles bandés, et poussa un cri de victoire qui se réverbéra sur les murs en même temps que les dernières notes. Ingrid eut l'impression qu'elles lui avaient pénétré la peau et vrillaient ses entrailles. Puis tout se calma, et elle retrouva le patient travail de la condensation, l'humble mélopée des gouttes tombant sur les tôles grignotées par le temps.

– Tu n'as pas ton clébard, aujourd'hui ?

– Où est Alberta ?

– Je te parle de ton chien, tu me parles d'Alberta. Tu as un problème plus épais que ce que je croyais, yankee.

Tu as aimé mon morceau ? Ça s'appelle *Possession* et c'est moi qui l'ai écrit.

– Pour toi ou pour le public ?

– De quoi tu parles ?

– Vanon Zand dit qu'il y a une grande différence entre le défoulement et le don. Il a toute une théorie là-dessus.

– Je ne connais aucun Zanon Vand, et tu me fatigues déjà, répliqua la guitariste en s'épongeant le front avec la manche de sa redingote.

L'habit était souillé. Comme les cheveux ramassés sur un côté de son visage en paquets graisseux. Carmen avait dû dormir au petit bonheur la chance, à l'affût d'un moment pour revenir aux ateliers et jouer, jouer enfin, épuiser la guitare de Lou et une partie de la frustration qui la rongeait. Elle s'accroupit près de l'ampli pour débrancher sa guitare. Ingrid pensa qu'il était temps de reculer, de refermer la porte de fer, d'appeler à l'aide. Mais Carmen arracha le câble, se redressa d'un bond et fut sur elle en quelques enjambées. L'attention d'Ingrid s'immobilisa sur un détail idiot : les dents de la rockeuse serraient très fort le médiator rouge. Carmen lâcha la Gibson. Comment une artiste pouvait-elle abîmer un tel instrument ? Alors que la musicienne lui passait le câble autour du cou, Ingrid s'arc-bouta, tenta de se libérer. Carmen avait la force d'un homme.

– Je te rends un peu d'air, tu me dis ce qui m'intéresse. Compris, yankee ?

Ingrid hocha la tête. La rockeuse relâcha la pression. Ingrid tomba à genoux, hoquetant, cherchant son souffle. Carmen noua le câble comme une laisse, et la projeta au sol d'un coup de pied dans le ventre. L'Américaine ne put retenir un cri. Un objet tranchant lui avait entamé le flanc gauche. Elle se palpa d'une main tremblante et ramena du sang.

– Qu'est-ce que tu sais de Vanon Zand ?

Elle raconta le rendez-vous, sa fouille des ateliers à la recherche du contrat.

– Tu me plais quand tu vas droit au but, répliqua Carmen après un temps de réflexion.

Elle tira sur le câble et arracha un nouveau gémissement à sa prisonnière.

– Tu ressembles à un chien. Mais attention, je parle d'un pauvre chien, pas d'un dalmatien à médaille d'argent.

La rockeuse sembla se relaxer puis s'absorber dans ses réflexions. Ingrid pensa à Sigmund. Alberta avait dit quelque chose à son propos : *Ce dalmatien sait reconnaître les honnêtes gens*. Le dalmatien s'était trompé au sujet de Carmen. Sigmund était un chien de psychanalyste, pas un chien policier. Sa perception du Bien et du Mal était différente de celle des humains. Elle entendait les gouttes frapper les tôles et cherchait une voix humaine par-delà leur rengaine. Celle d'un peintre inconnu, celle, bien brave, de Romain, celle, pincée, de sœur Marguerite, et même celle de Hutch avec ses accents rauques. Elle aurait donné une fortune pour entendre la voix de n'importe qui, racontant n'importe quoi. L'angoisse lui vrillait le corps, comme le dernier écho de *Possession*. Elle essayait d'apaiser sa gorge saccagée, de réguler son souffle. Il fallait toujours commencer par le souffle pour dompter la panique. Elle avait besoin de sa voix pour se battre. Le dialogue avec l'ennemi était du temps de gagné.

– Tu veux que je t'explique ce qu'est le don, déclara soudain son bourreau.

– Oui, bien sûr… parce que je sais écouter, Carmen. Plus que n'importe qui… et plus que Lou.

– Ta gueule, yankee. C'était pas une question. Carmen va t'expliquer ce qu'est le don. Pas besoin d'un baratin à la con. D'une entourloupe pour sauver ta peau.

– Carmen, je n'essaie rien contre toi. Je suis venue seule…

– Tais-toi, écoute et profite. Le don, c'est de la sueur et de la colère. Ce n'est pas pour les petites poupées yankees qui mettent des jeans troués mais pètent dans la soie. Le don, c'est répéter, et répéter, et répéter. Jusqu'à ce que les pognes soient en feu, jusqu'à ce que le corps ne tienne plus en l'air. Le don, c'est la recherche d'un morceau, pendant des mois et des mois. Le don, c'est chialer comme un môme quand on l'a enfin trouvé. Le don, c'est quelque chose que les Lou et les Vanon du monde ne connaîtront jamais. Parce que ce sont des vautours. Ils te volent ton énergie, tes inventions, tes tripes, ton sang, et ils te jettent. Tu n'es plus assez bonne pour eux quand ça commence à marcher. Le seul don qu'ils connaissent, c'est celui du business. C'est ça le don, mon chien. Un os sec et blanc, une fois qu'on a bouffé tout ce qu'il avait autour.

– Lou n'était pas si dure…

– C'est chouette ce qui se passe entre nous, yankee. J'ai toujours eu envie d'un chien.

Carmen esquissa un sourire presque doux. Elle tira sur le câble à plusieurs reprises. Ingrid ne résista pas, elle sentait sa blessure au flanc palpiter tel un cœur malade. Elle s'agrippa au câble, tenta de limiter la tension sur son cou.

– Dommage, yankee.

– Qu'est-ce qui est dommage ?

– Que j'aie pas les moyens d'entretenir un clébard. J'ai juste les moyens de survivre. Mais je l'ai bien compris, et depuis toute môme. C'est pour ça que je suis toujours là. Tu me croiras pas, mais c'est les rats qui m'ont appris ce que je sais. À part la guitare, bien sûr. Les rats sont les champions de la survie. La preuve, ici, y a que moi qui les embroche. Et ils ne mouftent pas. Parce que je suis la Reine des rats. Normal, c'est moi qui ai le plus d'imagination. D'ailleurs, j'ai une idée pour toi, yankee.

Le médiator réapparut au bord des lèvres de Carmen. Elle l'avait gardé dans sa bouche pendant son laïus. Elle tira Ingrid jusqu'à ses pieds.

– Ouvre la bouche, yankee. Je vais t'administrer la communion.

– *What ?*

Carmen s'assit sur son ventre et lui fourra le triangle de plastique dans la bouche. Elle résista. La rockeuse la gifla jusqu'à ce qu'elle obéisse et avale.

– Amen ! Il nous fallait bien ça, yankee. On est dans une confrérie religieuse, après tout. Et tu vas assister à un enterrement.

– Quel enterrement ?

– Le tien, idiote. Tu seras magnifique dans ton caveau de terre. Au milieu des fleurettes du beau Louis-Guillaume. Tu vas le rejoindre. Ça fait des siècles qu'il s'emmerde, le pauvre. Vous êtes faits l'un pour l'autre.

Ingrid pensa à Romain. Impossible que le raffut ne le réveille pas.

– Yankee, je sais ce que tu penses. N'oublie pas que t'as affaire à la Reine des rats. Ses fidèles farfouillent les recoins et lui racontent ce qui s'y passe. Romain s'est tiré. Romain ne dort jamais dans son lit le samedi. C'est un vieil esclave, mais pas au point de ne pas prendre un jour et une nuit de congé. Il a une copine aussi ratatinée que lui dans le quartier. La Reine sait tout, yankee. Mais assez causé. Après la communion, la mise en bière. Prête ?

– Tu es d'une lâcheté incroyable, Carmen. C'est sûrement pour ça que Lou voulait s'évacuer des Vampirellas. Elle ne pouvait pas avoir confiance en toi. *Do you hear me, motherfucker ?* Bats-toi à la loyale, au moins. *Piece of shit ! Fucking cow !*

Le dialogue ne marche pas, je vais cravacher son fichu orgueil, se promit l'Américaine en continuant d'insulter sa tortionnaire. Il me faut du temps, un temps précieux comme l'argent. Elle y pensait à cause de la Gibson que Carmen tenait serrée contre elle. La superbe guitare de Lou, à la coque goudron striée par les cordes argentées, lançait des éclairs lunaires sous les rampes encrassées des néons de la cave.

Quand elle n'eut plus d'insultes à sa disposition, elle s'arrêta, haletante. Le visage de Carmen était aussi glacial que sur le tableau de Nora. Elle fit un pas en avant, brandit la guitare en hurlant. Ingrid se raidit, roula sur le côté. La Gibson s'abattit. Ingrid plongea dans le noir.

47

Quelqu'un faisait de gros efforts pour gravir un glacier, vaincre un col à vélo, boucler le marathon de Paris ou gagner la Coupe du monde de boxe thaïe en restant en vie. Elle entendait ses ahans réguliers, ses grognements rythmant ses gestes répétitifs, son acharnement…

Ingrid ouvrit les yeux sous un ciel étoilé, les referma aussitôt tant la douleur dans son crâne était forte. Elle tenta de bouger, se crut paralysée, la colonne vertébrale brisée. Puis elle comprit que ses membres étaient ligotés, sa bouche entravée par un adhésif. Elle perçut l'odeur du compost, le crissement des insectes, se souvint des menaces. *Tu vas assister à un enterrement… prête ?… n'oublie pas que t'as affaire à la Reine des rats…* Elle se tortilla, réussit à pivoter. Une ombre ondulait dans le halo oblique d'une lampe posée sur la margelle du vieux puits. Carmen. Carmen qui se démenait comme le diable, une pelle à la main. Elle attaquait à coups puissants et réguliers, grognant sous l'effort, projetant des gerbes de terre qui venaient grossir une sale petite colline. La rockeuse de granit n'avait pas chômé. Elle était à mi-cuisses dans la tombe qu'elle creusait avec acharnement.

Ingrid voulut hurler mais n'émit qu'un gargouillis ; elle rampa vers la grille qui laissait voir un maigre bout de porche. Derrière, la rue de Tolbiac. La vie, les gens normaux. Sa blessure ne la faisait plus souffrir, la peur de la mort la galvanisait. Elle sentit les fleurs de Romain s'écraser sous son corps, entendit leurs tiges craquer, leurs corolles éclater, sentit la plume des pollens sur son cou trempé de sueur. Elle rampait toujours. Les bruits de pelle s'interrompirent. Carmen redressa la tête, s'immobilisa, s'extirpa du trou. Elle s'accroupit à côté d'Ingrid, posa un doigt terreux sur son front.

– Tu es vraiment marrante. On te l'a déjà dit ?

Elle se redressa d'un bond et, du plat de l'outil, la frappa sur la hanche. Une myriade de comètes rouges décollèrent des reins d'Ingrid pour égratigner ses paupières.

– Si tu te calmes pas, les prochains sont pour ta gueule. Vu ?

Ses yeux s'emplirent de larmes d'effroi et de rage et lui brouillèrent le ciel. Elle se força à l'immobilité. Écouta Carmen travailler, creuser et creuser, toujours sur le même rythme. Le bruit d'une mobylette traversa le silence opaque, et la pitoyable pétarade du pot d'échappement trafiqué prit le temps de mourir dans le lointain. Ingrid supplia Sacha de capter sa prière. Sa prière qui voguait dans le néant comme un fragile rafiot confectionné dans un vieux *Miami Herald*.

Après une éternité, les coups de pelle cessèrent. Des pas lourds raclèrent le gravier. Ingrid sentit une main rugueuse se poser sur sa joue, une respiration saccadée.

Carmen en nage. Carmen en gardienne de l'enfer et du paradis.

– Yankee, c'est l'heure.

Elle essaya de ruer. La Vampirella la souleva d'un seul mouvement et la balança sur son épaule. Elle la déposa dans la fosse, l'arrima avec des piquets de métal passés entre ses liens. Puis elle prit la lampe, éclaira le visage d'Ingrid couchée sur le dos et qui se débattait. Un piquet céda, les autres tinrent bon. Une pelletée de mottes atterrit dans la fosse. L'Américaine tourna la tête. Son imagination prit possession de ses sens comme un cheval fou. La terre la recouvrait, pénétrait son nez, ses poumons, ses yeux. Elle gagnait en puissance. Devenait flot dru. Gagnait en démesure, devenait compacte, étau, comprimait sa poitrine, rompait sa cage thoracique, qui craquelait comme corolle de tulipe. Le manque d'oxygène mettrait le feu à ses poumons, à son cerveau. À tout ce qu'elle avait aimé, ses sentiments les plus délicats, ses désirs les plus intenses. Les pelletées s'enchaînaient, inexorables. Elle essaya d'articuler le nom de l'homme aimé, mais il fut pilonné par les coups répétés de la terre qui réclamait son dû, qui l'absorberait bientôt, comme elle en avait absorbé des milliards avant elle… sans faire d'histoires… en oblitérant lentement celle des hommes…

Elle ouvrit la bouche, aspira l'air à travers l'adhésif. Son oreille gauche était obturée, la droite percevait des grattements, des cris. Des cris lointains, à travers les tombereaux de terre qui la recouvraient. Mais le monde s'allégea. Il s'allégea et s'allégea encore. Elle sentit des mains qui la palpaient, vite, et on dégagea son visage. Et son cou, ses épaules. Elle espéra les mains de Sacha, mais reconnut la voix de Nicolet. Il la tirait à lui avec l'aide d'un autre homme. Un ballet de torches zigzagantes découpait l'espace du jardin à coups de diagonales furieuses. Ingrid reconnut la silhouette massive de Carmen, encadrée par des agents.

La géante les dépassait d'une tête, elle hurlait.

– Puisque j'vous dis que j'voulais juste lui faire peur !

Un officier criait qu'on lui apporte un kit de premiers secours. Ingrid cherchait Sacha, ne le voyait nulle part.

*

Castillo fit signe à Duguin, qui abandonna Carmen Dautou aux mains de Nicolet et de Fernet, puis suivit son patron dans le couloir.

– Où en est-on ?

– Elle vient de craquer. Nicolet rédige le procès-verbal. Lou Necker allait enregistrer un disque et avait décidé d'évacuer sa bassiste. Un musicien de studio devait la remplacer. Elle lui avait caché la vérité, mais Dautou a trouvé un projet de contrat dans ses papiers. Elle l'a rejointe au parc. Elles se sont disputées. Carmen a agi sous le coup de la colère. Quand Ingrid Diesel l'a accusée, Carmen prétend qu'elle a voulu lui coller la peur de sa vie et la forcer au silence en faisant mine de l'enterrer.

– Tu y crois ?

– Je crois plutôt qu'elle avait l'intention de passer à l'acte.

– Tu étais au courant de cette rivalité entre les deux rockeuses ?

– Non.

– Où est Ingrid Diesel ?

– Elle est revenue des urgences. Elle est avec Corinne.

– Il va falloir que tu trouves un truc, Duguin. Sinon les journalistes vont se régaler. Quand ils sauront que c'est Diesel qui a levé le lièvre. En se mêlant une fois de plus de ton boulot. D'un autre côté, on pourrait dire que la fin justifie les moyens. Mais moi, je ne veux plus de bordel. Si cette fille a envie de se faire dessouder, qu'elle le fasse ailleurs que sur notre palier. Entendu ?

Duguin n'avait pas l'intention de répondre. Castillo mit quelques secondes à le comprendre, et tourna les talons. Le commandant entra dans le bureau de Moutin. Elle s'adressait à l'Américaine d'un ton peu amène. Ingrid et Duguin échangèrent un regard difficile à interpréter.

– Si je gêne, vous me le dites, patron.

– Tu gênes, Corinne.

Le lieutenant Moutin emporta son triste pardessus. Duguin alla s'asseoir derrière le bureau. Il chercha ses mots et finit par donner un coup de poing dans une pile de dossiers qui valdingua dans un coin.

– Tu te rends compte que tu as failli être enterrée vivante !

Elle avala sa salive, refoula une envie de lui reprocher sa dureté. Elle avait cru le perdre. Elle avait appris sa leçon. Il ne pouvait pas le comprendre ? Il ne pouvait pas brûler des étapes inutiles et la prendre dans ses bras ?

– Carmen Dautou avait bien choisi son emplacement, poursuivit Duguin. Sous le tas de compost. Le jardinier de la confrérie n'aurait rien remarqué. Personne ne t'aurait retrouvée. Ou alors un bulldozer de Tolbiac-Prestige. Et encore. C'était insensé de provoquer cette fille !

L'angoisse familière des derniers jours revint, ce vertige, cette peur qu'il ne l'aime pas. Que tout cela n'ait été qu'une passade d'homme occupé, trop sollicité. Un coup de sang… Et ça faisait des heures qu'elle attendait dans ce bureau sinistre avec cette femme lieutenant mal embouchée. Il n'était même pas venu prendre de ses nouvelles…

– Tu m'as appelé sur mon téléphone personnel. Celui que je n'utilise jamais quand je travaille. J'ai écouté les messages machinalement. Ça s'est joué à un cheveu, Ingrid. Je ne sais même pas pourquoi j'ai consulté ce foutu répondeur.

À cause des ondes mentales, Sacha. À cause d'elles. Tu ne sens pas tout ce qui nous unit ? Des liens qui ont la finesse de l'herbe… Comment ne les sens-tu pas ?

– J'y serais arrivé seul, mais ça m'aurait pris plus de temps. Au lieu de ça, il a fallu que tu démontres au monde entier que tes intuitions sont géniales. Me faire passer pour un con en filant enquêter à La Nouvelle-Orléans ne t'a pas suffi. Y a-t-il une raison pour que ça s'arrête ?

Il n'attendait pas de réponse. Il cherchait plutôt une phrase. Celle qu'ils ont un mal fou à prononcer. Et pourtant, c'est toujours la même. Elle décida qu'il lui restait quelque fierté. Elle ne le laisserait pas la mettre en pièces.

– Maintenant que tu sais qui a tué Lou, tu peux me relâcher. J'ai vu le soleil se lever dans ce bureau. Ça n'avait aucun intérêt.

Duguin sut ce qu'elle allait faire. Se lever, tourner les talons, s'arrêter devant la porte, attendre un changement d'attitude. Et c'est ce qu'elle fit. Avec le rythme et le brio que seules maîtrisent les meneuses de revue et les grandes têtues. Il avait pensé lui dire quelque chose comme : ça ne marchera jamais, toi et moi. Parce que tu m'empêcheras de devenir ce que je veux. Et que je finirai par te le reprocher. Ça me déchire de te le dire mais… Il hésita, quelques secondes, et se tint à la décision qu'il venait de prendre.

– Tu es libre, Ingrid.

48

Il passa devant le bureau vide de la réception, s'enfonça dans le couloir. Les tableaux des religieuses extatiques, des évêques cauteleux, des abbés enthousiastes et autres missionnaires déterminés avaient été décrochés, et tournés vers le mur. On les avait contraints à l'humilité, à l'imminence de l'oubli. Seul un portrait du sémillant seigneur des épices était toujours suspendu, et Louis-Guillaume Giblet de Montfaury souriait à son aise, désormais seul habitant de ces murs redevenus séculaires. La porte du bureau de sœur Marguerite était entrouverte, une chanson de Madonna s'en échappait. Duguin entra.

Elle portait un tailleur blanc à gros boutons dorés, elle avait relevé ses cheveux en un chignon sage, ses yeux n'étaient maquillés que d'un léger trait d'eye-liner, sa bouche d'une touche de rose nacré. Le soleil la nimbait, il s'accordait à sa nouvelle douceur. Elle s'était débarrassée des tentures, les avait remplacées par des voiles qui moussaient sur le parquet. La lumière entrait à plein et ruinait lentement les milliers de traités de botanique, les vies exemplaires de saints et de saintes, les Mémoires des grands érudits chrétiens.

Il pensa qu'elle avait l'air d'un ange. Un ange démissionnaire certes, et avide de goûter aux plaisirs terrestres et aux péchés les plus variés, mais un ange tout de même. Elle était forte, son talent était dense comme l'iris de ses yeux, seule survivance noirâtre dans cette docilité convoquée. Elle savait jouer les caméléons et ressembler au désir de ses partenaires. Sa pétulance avait été gommée, ses pigments violents avaient cédé le terrain à l'évocation d'une neige de printemps, il n'y avait plus que son regard pour la trahir. Et cette voix, cette voix si rauque.

– Commandant Duguin ! C'est une surprise. J'allais justement me dénicher un restaurant agréable pour le déjeuner. Un restaurant modeste, mais de qualité. Vous m'accompagnez ?

– Un restaurant modeste ?

– Vous ne vous souvenez pas ? Je vous ai dit que je savais vivre autrement que dans le luxe. Allez, offrez-vous une récréation. Nous parlerons.

– De quoi ?

– De ce qui vous plaira. Je suis sûre qu'il est facile de parler avec vous. J'aime votre voix. Et je vais vous l'avouer carrément : vous me plaisez. Nous reviendrons ici après le déjeuner. Et vous passerez l'après-midi et la nuit avec moi.

Il lui sourit. L'imagina face à lui, installée dans le restaurant de Rachid. Mangeant un tajine d'agneau sans en laisser une miette, buvant un vin lourd de l'Atlas, tentant de le séduire avec son rire de gorge. Il avait toujours pensé que les criminels avaient un appétit de vivre au-dessus de la moyenne. Il repartit dans le couloir d'un pas vif. Elle courut avec agilité sur ses très hauts talons pour le rejoindre. Il la laissa glisser son bras sous le sien. Elle l'arrêta pour poser un baiser léger sur ses lèvres, et lui prit la main. Ils s'engagèrent dans le long couloir aux portraits retournés. Elle s'arrêta devant celui de Louis-Guillaume.

– Aide-moi à le décrocher, dit-elle.

Ils le déposèrent contre le mur, elle voulut qu'il le retourne. Elle essaya de l'embrasser une nouvelle fois, il la poussa par l'épaule en direction de la sortie.

Hutch se figea quand elle aperçut le lieutenant Nicolet qui attendait dans le hall.

Elle lâcha le bras de Duguin, s'écarta. Elle fit bouffer sa chevelure, rajusta le tombé pourtant parfait de son tailleur.

– Vous ne savez pas ce que vous perdez, commandant Duguin, dit-elle d'une voix maîtrisée.

– Vous avez rendez-vous, madame Hutchinson. Mais pas avec moi.

Elle monta docilement à bord de la voiture banalisée. Et admira Paris pendant tout le trajet.

– J'aime cette ville, commandant, dit-elle alors que Nicolet garait la voiture devant le commissariat. Les dérapages policiers n'arriveront pas à m'en dégoûter.

Son amour pour Paris sonnait vrai. Cette femme avait de grands moments de sincérité. Comme toutes les reines du mensonge, pensa Duguin, celles qui mélangent si bien la vérité à leurs contes qu'elles finissent par tisser une toile sans accroc.

*

– Bonjour, Charlize, dit Brad Arceneaux.

Le visage de Charlize Frazier demeura un instant en suspens. Mais elle revint vite à elle, très vite, pareille à ces marées qui distancent les fuyards et lissent la grève comme si de rien n'était.

– Le paradis ne m'a pas trop plu, alors j'ai décidé de revenir, continua Brad. J'espère que tu ne m'en veux pas.

– Qui est ce clown ? demanda-t-elle à Duguin.

– Un homme qui vous avait oubliée, Charlize. Maintenant, il se souvient de vous. Il lui a fallu du temps, mais il y est arrivé.

49

Avec son épais pansement blanc, il avait l'air d'une montagne à laquelle se serait attaché un petit nuage. Brad avait perdu une oreille mais retrouvé la mémoire. À sa sortie du commissariat, Ingrid, Lola et Barthélemy l'avaient entraîné aux *Belles*. Installé devant un café, dans la cuisine parfumée de Maxime, Brad racontait son passé ressuscité.

– Les soldats ont embarqué les rescapés de la maison de retraite. J'ai marché jusqu'au French Quarter. Les vitrines étaient fracassées, les pillards filaient avec des cartons plein les bras. Dans un bar, le patron, un vieux, m'a menacé avec un hachoir. Quand il a vu que je me foutais de son coupe-coupe comme du reste, il s'est recroquevillé dans son coin, et m'a laissé boire.

« J'ai repris la route, saoul comme une vache, dans les rues épouvantées, je parlais à mon père comme s'il était toujours là et pouvait me répondre, et d'ailleurs il me répondait. Une partie de moi réfléchissait encore. Je pensais à Ben. À Magnolia Hall livré aux gangs.

« Il faisait noir comme dans un four mais il faut croire que le whisky m'avait donné des yeux de chat. L'électricité avait sauté à Garden District comme ailleurs, je voyais le jet des lampes torches des maraudeurs au travail dans les villas. La grille de Ben était ouverte. J'ai entendu des gens s'insulter. Ça venait de la maison. J'ai récupéré ma tronçonneuse dans la remise.

« Un couple menaçait Ben. L'homme était armé. J'ai cru que la femme était Julia. Et puis j'ai réalisé que c'était Charlize, revenue pour se venger de Ben. Ben qui l'avait repoussée. L'homme a tiré. J'ai foncé sur lui, il a essayé de se barrer. Je l'ai coursé, et salement blessé. Charlize m'a heurté avec une voiture, et elle a embarqué le salopard.

« Ben est mort dans mes bras. Je l'ai déposé dans son lit, je l'ai nettoyé de son sang. Et je l'ai veillé.

« J'ai trouvé le pistolet. Je crois bien l'avoir ramassé avec un des sacs plastique dont se servait la cuisinière pour ses surgelés. Je suis allé voir le Géant. Ses branches étaient devenues cinglées sous le vent déchaîné. J'ai cru qu'il me parlait, qu'il me disait de cacher l'arme dans son tronc. En redescendant, je me suis cassé la figure. Je me suis traîné jusqu'à la remise.

« Au matin, à part mon père, le French Quarter, le vieux au hachoir, la gnôle, je ne me souvenais de rien. Je suis revenu dans la maison, j'ai vu Ben. Il avait été abattu, mais ça avait été un accident, et quelqu'un l'avait couché respectueusement dans son lit. Et ce quelqu'un ne pouvait être que moi.

« J'ai marché longtemps, l'âme en morceaux, sûr d'avoir tué mon meilleur ami sous l'effet de l'alcool. Une patrouille m'a emmené à l'aéroport. Et m'a collé dans un avion pour Dallas. J'avais toujours mon passeport et de l'argent. Je me suis décidé à prendre un avion pour la France. Mon père avait mis le paquet pour me séparer de ma mère. Je voulais la revoir.

« En arrivant, j'ai découvert qu'elle était morte. J'ai vécu comme un clodo. Jusqu'à ce que je rencontre Manu. Je savais qu'Ingrid vivait à Paris. J'avais décidé d'aller la voir une fois retapé.

« Les mois ont passé. Un jour, j'ai croisé un fantôme. Une femme, belle comme Julia, et qui faisait son jogging à Montsouris. Je l'ai suivie. Ce n'était pas Julia, mais une Américaine qui lui ressemblait. La voir me faisait mal, et je ne savais pas pourquoi. Je suis devenu copain avec Romain. En jardinant avec lui, j'ai pu espionner la femme blonde. J'ai appris qu'elle s'appelait Hutchinson. Je n'ai pas fait le rapprochement. Pour moi, Charlize était une brunette, maigrichonne et capricieuse, qui voulait sa place au conseil d'administration de Frazier Realty, et que Ben ne prenait pas au sérieux.

« J'ai rencontré Lou, on s'est bien entendus, jusqu'à ce que sœur Marguerite me jette. Lou a été tuée. On m'a saoulé. Et j'ai replongé. Quand Manu m'a dit qu'elle avait été étouffée dans le parc, j'ai pensé que j'étais un monstre. Et que ce monstre l'avait tuée comme il avait tué Ben. Manu m'a caché chez Zaza. Et j'ai essayé de me souvenir.

Lola réfléchissait, faisait le lien avec ce que le commandant Duguin avait bien voulu lui apprendre. La nuit de Magnolia Hall avait été une chape de plomb sous laquelle un meurtre avait été enseveli. En revoyant Brad à Paris, Charlize avait eu peur que ce crime ne remonte à la surface. Jim avait donc saboté le harnais de Brad. Et raté son coup.

– La chance a souri à Charlize quand Carmen a tué Lou, dit Lola. Charlize a alors dirigé les soupçons sur Brad et Marquet en déposant l'argent et les photos à l'hôtel des Arts. Jim LeBlanc devait retrouver Brad, l'éliminer et mettre son assassinat sur le dos de Marquet. C'était compter sans la combativité de Brad.

– LeBlanc serait resté un cadavre inconnu sans l'idée de Sacha Duguin d'envoyer ses empreintes à ses collègues louisianais, ajouta Barthélemy.

– Mais sans les acrobaties d'Ingrid dans un cyprès géant, personne n'aurait constaté qu'elles coïncidaient avec les empreintes retrouvées sur le Beretta, continua Lola. Jim LeBlanc n'avait jamais été fiché dans son pays. J'ai appelé Cameron Jackson, elle vient d'interroger la mère de Charlize et de Jim. Ava Mendez maudit sa fille. Charlize lui avait appris la mort de Jim mais refusait de lui révéler pourquoi le corps n'était pas rapatriable.

– Charlize et son frère étaient inséparables, reprit Barthélemy.

– Surtout pour les mauvais coups, continua Lola. On sait à présent que Jim LeBlanc a tué le pompiste de Biloxi et volé son arme.

– Il s'en est servi plus tard pour abattre Julia après l'avoir enlevée, dit Barthélemy.

– Quand Sherman Frazier s'est enfin décidé à la reconnaître, Charlize a cru que le monde était à sa portée, ajouta Lola. Et qu'il suffisait d'exiger pour obtenir, et de tuer si ça ne suffisait pas. Duguin et Parker pensent qu'elle a demandé à son frère de tuer la fiancée de Ben. Elle a voulu devenir le genre de femme qu'il aimait. Et supprimer l'original.

Brad semblait épuisé. Duguin avait employé les grands moyens avec lui. L'idée du gilet pare-balles et de la diffusion aux médias de la fausse mort du Cajun était de lui. Il avait passé des heures à lui pressurer la cervelle, avait utilisé les services d'un hypnotiseur pour l'aider patiemment à recouvrer des pans de sa mémoire. Il l'avait fait assister derrière le miroir sans tain à tous les interrogatoires de Charlize, alias Hutch. Avant de tenter la confrontation. Il avait fait preuve d'une patience, voire d'un acharnement remarquable.

– C'est quand même un numéro, ce commandant Duguin ! lâcha Barthélemy d'une voix admirative.

Ingrid garda le silence, pelotonnée contre son ami Brad ; sa main posée sur l'avant-bras massif paraissait fragile, pour une fois. Lola se dit qu'il fallait laisser le cœur de l'amie américaine cicatriser. Il lui faudrait beaucoup de temps, et encore plus d'amitié. Elle accepta l'invitation de Maxime, qui proposait une nouvelle tournée de café, participa encore un peu au réconfort de Brad Arceneaux et déclara qu'elle avait un rendez-vous à ne pas manquer.

50

– Du jour où Sherman l'a reconnue, Charlize n'a plus été la même. Ava Mendez m'a expliqué qu'elle avait entamé une lente métamorphose. Elle a dilué jusqu'à sa dernière goutte de sang créole, pour ressembler à une belle blonde de la bonne société. Mais elle revenait régulièrement au bercail. Pour renouer avec qui elle était, et enrôler Jim dans des coups pendables.

– Comment ont-ils supprimé Julia ?

– Ava Mendez n'en est pas sûre, mais elle pense, d'après des bribes de discussions entre Jim et Charlize, qu'ils l'ont appâtée avec un concert de blues au Spice. Julia avait été membre d'un groupe de blues à l'université, elle a accepté leur invitation surprise, un soir en sortant de son travail. Elle n'est jamais arrivée à destination. Charlize a peut-être fait miroiter à Jim l'idée d'une rançon pour le faire passer à l'acte. Ce qu'elle voulait en réalité, c'était supprimer sa rivale. On a cherché bien loin. Et oublié que plus de soixante-dix pour cent des crimes trouvent leur source dans le proche environnement des victimes.

– Le problème avec Charlize, c'est qu'elle était à la fois Charlize et quelqu'un de très différent.

– Et quelqu'un qui, à défaut du séduisant Ben Frazier, s'était offert un vieux mari, riche et bourré de relations, mais dénué de scrupules. Steve Hutchinson fait mine d'ignorer que Carolyn Hunter épouse Hutchinson s'appelle en réalité Charlize Frazier. Je suis persuadé que la fausse identité de sa femme l'arrangeait pour ses transactions en tous genres, depuis sa planque de Panama. Il a déjà engagé une pointure du barreau pour la défendre, mais notre dossier est solide. En partie grâce à vous, Sacha.

– C'était un travail d'équipe, Dave. Vous nous avez aussi beaucoup aidés.

*

Elle lui sourit, demanda si elle pouvait fumer. Il lui répondit que non.

– Vous ne savez vraiment pas ce qui est bon, lui dit-elle d'un ton provocant.

– Vous essaierez ce style sur le lieutenant Parker. Il viendra vous chercher quand la justice française en aura fini avec vous.

Son sourire s'effrita mais elle réussit à donner le change. Il la vit se recomposer, redresser le buste, arranger sa chevelure en faisant tintinnabuler son bracelet.

– Vous connaissez Jim LeBlanc ?

Elle resta silencieuse.

– L'inconnu du parc, l'homme qui a tenté à plusieurs reprises de tuer Brad Arceneaux. Votre frère.

– Mon demi-frère.

– Si vous voulez.

– Jim me servait de chauffeur. Il avait un passé, mais depuis qu'il travaillait pour moi, il s'était calmé. Je n'ai jamais pensé que ses mauvaises habitudes lui étaient revenues.

– Pourquoi ne pas nous avoir signalé sa disparition ?

– Jim était fantasque. Il lui arrivait de disparaître pendant de longues périodes. Je n'ai pas imaginé deux secondes qu'il était mort.

– Sa photo a été diffusée dans tous les journaux.

– Admettons.

– Admettons que quoi ? Que vous saviez qu'il avait tenté de tuer Brad ?

– Quand je l'ai compris, j'ai su que ça allait torpiller Tolbiac-Prestige.

– C'est après la mort de LeBlanc que vous avez engagé le gorille de Secury. Parce qu'avant ça, votre frère vous servait de garde du corps. Et plus encore. C'est vous qui avez demandé à LeBlanc de tuer Arceneaux.

– À quoi ça m'aurait servi ?

Elle s'était composé un visage amusé. Duguin passait et repassait devant le miroir sans tain, savait que Castillo, Moutin et Fernet écoutaient.

– À éliminer le témoin du meurtre de Ben Frazier, dit Ludovic Nicolet. On a retrouvé le Beretta de LeBlanc à Magnolia Hall.

– Au moment de Katrina, j'étais avec ma famille. Le French Quarter n'a pas été inondé. Qu'est-ce que j'aurais été faire ailleurs ?

– Ce n'est pas ce que dit votre mère, reprit Duguin.

Pour la première fois, il la vit vaciller. Elle avait pâli.

– Ava Mendez ne vous pardonne pas d'avoir entraîné Jim LeBlanc. Elle pense que vous êtes responsable de sa mort, elle est prête à témoigner contre vous. C'est fini, Charlize.

– Je pense que vous avez trop d'imagination, commandant. Vous êtes sûr que je ne peux pas fumer ?

– Sûr. Ava a toujours préféré Jim. Son fils, son aîné. Vous en avez souffert, Charlize.

– Ma mère vous a fait des confidences ?

Elle continuait à sourire. Duguin sentait la fêlure sous la carapace. C'était lointain ; c'était là.

– Vous avez dû lui avouer qu'il était mort. Vous lui avez menti en racontant une histoire de braquage qui aurait mal tourné. Elle ne vous pardonnera jamais.

Elle se passa la main dans les cheveux puis se massa la nuque. Ses gestes restaient souples, lents, féminins. Son regard amusé.

– Vous avez tué Ben, et ensuite, ça a été Jupiter. L'un ne voulait pas de vous, l'autre souhaitait récupérer sa liberté.

– Jupiter Toby est mort d'une crise cardiaque.

– Difficile à croire.

– Il buvait trop.

– Il était jeune, et en assez bonne forme. Et puis, il y a Marquet. Celui que vous appeliez affectueusement Gil. Il était tellement aux abois qu'il ne vous a pas vue venir. C'est vous qui l'avez suicidé dans sa Porsche. Ou bien vous vous êtes offert les services de petits tueurs comme pour le coup de l'attentat devant l'hôpital. Je crois plutôt à la deuxième solution. Vous avez toujours fait faire le sale boulot par les autres. Peut-être parce que vous manquez de courage.

– Vous m'imaginez plus noire que je ne le suis, Sacha. Vous pensez : Hutch a de l'argent, elle peut s'acheter un tueur n'importe où, n'importe quand. Et mettre un contrat sur n'importe quelle peau. Vous vous dites qu'à cause de moi, il vous faudra toujours regarder au-dessus de votre épaule. Vous avez failli y passer un jour. Ça vous a rendu parano.

Duguin réalisa qu'elle avait bien fait son travail et s'était renseignée sur lui. Cette femme ne laissait rien au hasard. Mais malheureusement pour elle, elle ne pouvait pas s'empêcher de le faire savoir. Elle avait besoin qu'on sache qu'elle était la meilleure. Une grave faiblesse.

– C'est une menace, dit Nicolet en prenant des notes sur son calepin. Je suis témoin.

– J'admire votre imagination, reprit-elle à l'intention de Duguin comme si elle n'avait pas entendu le lieutenant.

Elle avait retrouvé sa prestance. Elle était redevenue cette jolie blonde, à l'aise en toute circonstance. Mais ses yeux étaient deux puits de haine.

La porte s'ouvrit sur le commissaire Castillo.

– Je prends le relais, Duguin. Tu rentres te reposer.

Duguin récupéra sa veste sur le dossier de sa chaise. Charlize Frazier eut du mal à cacher sa déception. Il l'entendit penser : « Tu ne restes pas, tu ne veux pas faire le tour de ma noirceur… »

– À demain, patron.

Il sortit sans accorder un regard à Charlize Frazier, referma la porte sur une question du commissaire que traduisit immédiatement Nicolet dans son anglais impeccable. Charlize était en de bonnes mains. Si elle ne craquait pas dans la nuit, on la retravaillerait au petit matin.

C'était la première fois qu'il lâchait du lest. Quelques semaines plus tôt, il n'aurait jamais joué en équipe. Il aurait été le dernier matador, paré pour la mise à mort. Aujourd'hui, il se sentait partie prenante d'un groupe. Une sensation nouvelle, et intéressante.

La pendule du couloir indiquait vingt-deux heures trente. Il quitta le commissariat, releva le col de sa veste et regarda le ciel de Paris. On y distinguait quelques étoiles. Il décida d'aller faire des longueurs à la piscine Joséphine-Baker. Elle était ouverte jusqu'à minuit, elle flottait sur la Seine et sous les étoiles, et elle portait un joli nom. Celui d'une meneuse de revue.

Il loua un maillot et une serviette, fut étonné de trouver tant de monde dans une piscine la nuit. Mais les gens étaient plus occupés à discuter, fraterniser ou se séduire qu'à s'imposer des longueurs.

Duguin nagea jusqu'à ce que son corps demande grâce. Il éprouva alors une sensation de grande liberté. Dans les vestiaires déserts, il resta un moment assis sur le banc, immobile, les yeux fermés, goûtant le silence.

Il quitta la piscine, héla un taxi sur le quai Panhard-et-Levassor. Il hésita un instant, finit par donner l'adresse de la rue Tagore. Le chauffeur s'avéra chauffeuse. Une femme d'une cinquantaine d'années qui voyageait avec son chien. Un quadrupède trop odorant et abruti par des heures passées sur un siège de voiture. Elle écoutait une de ces émissions nocturnes et feutrées, menée par une animatrice à la voix suave. Des auditeurs appelaient, surtout des femmes. L'une d'elles venait d'être quittée par l'homme de sa vie et tentait de prendre l'événement avec philosophie.

– « Aujourd'hui, une de mes amies m'a fait cadeau d'une devinette du tonnerre, Anna. Elle n'a l'air de rien mais elle fait du bien… »

– « Faites-nous-en profiter, Sylvie. »

– « Quel est le point commun entre les nuages et les hommes ? Quand ils s'en vont, on peut espérer une belle journée… »

Duguin capta le regard de son chauffeur dans le rétroviseur, puis détourna la tête et s'abandonna dans la contemplation de Paris.

51

En plus du livre de Bolodino, Lola avait apporté une bouteille et trois coupes. Elle en tendit une au jardinier.

– Vous savez, madame Lola, je n'aime pas trop le champagne.

– Fais un effort, Romain, c'est un rituel, pas une séance de dégustation.

Elle posa la troisième coupe sur le caveau des Giblet de Montfaury et porta un toast.

– À toi, Jupiter.

Romain imita son geste.

– À toi, mon grand.

Ils se turent un moment.

– Vous croyez qu'il aimait tant que ça les bulles, madame Lola ?

– Non, pas vraiment. Mais ce n'est pas de sa faute s'il y a toujours eu une femme pour lui en proposer.

Lola goûta un instant la puissance des tubéreuses, magnifiée par l'humidité de la nuit. Puis elle déclara avoir une brouette de questions au sujet de la serre. Romain se lança dans une longue explication, un rien confuse, mais qu'elle sut interpréter.

On savait depuis toujours que Louis-Guillaume était un botaniste de grande classe. Un de ces intrépides capables de défier les océans, les fièvres, les coupe-coupe locaux et les sabres bataves pour faire profiter l'humanité des végétaux extraordinaires que recelait la planète. On savait que les plantes étaient comme les gens, tantôt bénéfiques, tantôt moins. On n'ignorait pas que certaines espèces, très particulières, donnaient la mort.

Brad Arceneaux savait tout cela, grâce à sa mère qui se passionnait pour le jardinage et la botanique. Irène Morin avait eu le temps d'inculquer à son fils le mystère des cornouillers, les légendes des cyprès, des figuiers, des cèdres, de l'okoumé, de l'hévéa, bref tous les secrets du monde vert. Lorsqu'il avait visité la serre, Brad avait expliqué à Romain que le bel arbre aux branches fournies, aux feuilles étoilées, aux fleurs aussi blanches que parfumées, n'était pas une espèce reposante. Le *Cerbera odollam*, connu de l'Indonésie aux Indes, et bien que baptisé du rigolo patronyme de Pong Pong par les Malais, cachait dans ses graines une toxine létale, très difficilement décelable. Il suffisait de la mélanger à un plat relevé pour en dissimuler le goût. Des milliers de gens, dont de nombreuses femmes, avaient péri à cause de lui. Leur cœur s'était arrêté, en apparence de la façon la plus naturelle. Leurs meurtriers étaient des lâches mais pas des imbéciles. Ils avaient confié au Pong Pong le soin d'éliminer pour eux l'épouse devenue gênante, trop vieille, trop grosse, trop amoureuse d'un autre, la belle-fille pas assez fortunée, ou peu douée pour fabriquer des garçons. Cet arbre ouvrait les portes de l'après-monde et les refermait vite et sans bruit.

Brad avait mis Romain en garde. Mais Romain avait haussé les épaules. Certains étaient maîtres des épices, lui était maître de la serre. Il en possédait la clé. Il en était le dépositaire. Du haut du ciel, Louis-Guillaume Giblet de Montfaury comptait sur lui. Son jardin avait été suffisamment grignoté comme cela ; il était désormais hors de question de rogner un plant, de grappiller un massif, et a fortiori d'abattre un arbre. Un arbre rare, venu de si loin, et depuis si longtemps. Un arbre dangereux mais beaucoup moins qu'un tigre, après tout. Il suffisait de rester à distance du Pong Pong, et il ne ferait de mal à personne.

– Et puis, tu n'avais pas lu le livre de Bolodino.

– Non. Bolodino savait pour l'arbre ?

– Bolodino l'a su grâce à Brad, lui aussi. Je viens enfin de réussir à le joindre au téléphone. Grâce au Pong Pong, Bolodino a découvert qu'il tenait une histoire sensationnelle, et universelle.

– Mais ça veut dire que sœur Marguerite savait ?

– Disons qu'elle voyait les choses comme toi. Il ne fallait pas abattre le Pong Pong. Il ne fallait plus toucher à l'œuvre de Louis-Guillaume. Et pourtant, c'est cet arbre qui a fait du botaniste un tueur.

– On en est sûr ?

– C'est l'intuition de Bolodino. Il affirme que la jalousie a consumé petit à petit le cœur de Louis-Guillaume. Le gentilhomme qui mettait ses connaissances au service de la vie a changé de chemin. Il s'est souvenu que chaque jardin d'éden abrite un serpent venimeux. Je vais te lire un passage que Louis-Guillaume a rédigé dans ses carnets, au moment de son grand voyage avec Bougainville :

Les Anciens croyaient à l'Arbre de Vie. En ce siècle des Lumières, sous de lointaines latitudes, des hommes se prosternent encore devant des arbres cosmiques dont les branches s'allient au ciel et dont les racines plongent au plus profond de la Terre nourricière et en aspirent toutes les bontés. Mais qui connaît la puissance de l'Arbre de la Nuit ? Son feuillage foisonne, ses fleurs aux pures corolles embaument, ses fruits imposants à la carapace brillante et à la pureté d'ellipses invitent le novice au festin. Cependant, le voyageur ignorant doit prendre garde à ne pas se laisser tenter par leur ampleur et leur chatoiement. Celui qui sait écouter la voix des nymphes laisse ces cadeaux vénéneux se dessécher lentement et devenir des globes fibreux, et fuit leurs graines comme la peste...

– Louis-Guillaume a empoisonné son rival Archambaud avec les graines ?

– Bien sûr. Et, comme prévu, Archambaud est mort discrètement. Sans les symptômes habituels des poisons connus à l'époque. Ses contemporains ont sans doute pensé que son cœur avait lâché. C'est ce qui est arrivé à Jupiter. L'histoire s'est répétée. Mais cette fois, c'est un Giblet de Montfaury qui est mort.

– Alors, vous pensez que je suis responsable pour Jupiter ?

– On est tous responsables. Même si c'est Hutch qui a empoisonné son repas. Elle avait pour habitude d'abreuver, meubler et nourrir Jupiter. Les analyses du contenu de l'estomac n'ont rien montré. Parce qu'il faut savoir qu'on cherche ce poison spécifique pour le détecter.

– Mme Hutchinson savait ce que la serre abritait ?

– Je suppose qu'elle a lu la traduction américaine du *Seigneur des épices*. Hutch voulait tout savoir concernant Tolbiac-Prestige. Elle pense que l'information est une sève. Elle a raison. Je ferai cadeau de ma théorie au commandant Duguin et à son équipe. J'espère vivement qu'ils en feront le meilleur usage. Mais j'ai plutôt confiance.

– Mme Hutchinson est donc entrée dans ma serre pour voler des graines de Pong Pong. Sans que je m'en rende compte.

– Sans que tu t'en rendes compte, tu en es sûr ?

Il se donna une contenance en caressant ses rouflaquettes.

– D'accord, j'ai su que quelqu'un avait forcé la porte…

– Et puis ?

– Et puis, je me suis dépêché d'oublier. À vivre dans ce jardin, on finit par ne plus écouter le chahut du monde.

– Oui, je m'en doute.

– La serrure était un peu tordue. Alors, je l'ai changée, sans faire d'histoires. J'ai pensé que les artistes étaient venus rôder par là. Ils avaient de drôles d'idées, mais je ne voulais pas essayer de les comprendre. Tous ces saltimbanques étaient amoureux du jardin de Louis-Guillaume. Tous rêvaient de profiter de sa beauté, de sa tranquillité. C'était d'autant plus attirant que sœur Marguerite en interdisait l'accès.

– Tu as pensé que, comme tous les arbres, le *Cerbera odollam* resterait figé dans son anonymat, respirerait sans bruit et ne dérangerait jamais personne. C'est toi qui avais eu l'idée de la fausse étiquette ? Le *Bulua clempendris ?* C'est bien ce nom-là ?

– Ou le *Culua belendris*, je ne sais plus.

– Peu importe.

– Je me suis dit que tant que cet arbre ne disait pas son nom, il restait inoffensif. Vos yeux sont pleins de larmes, Lola.

– Les tiens aussi.

– Oui, mais moi, je ne vais pas pleurer. Tandis que vous, ça en prend le chemin.

Et Lola fondit en larmes. Des larmes chaudes qui venaient du ventre, et roulaient sur ses joues, dans l'obscurité des vestiges du jardin de Louis-Guillaume. Elle sortit un mouchoir de son sac et reprit sa conversation.

– Et ça te dérange que je pleure ?

– Non, ce qui me dérange, c'est de ne pas pouvoir pleurer avec vous. J'ai été élevé à une époque où les hommes ne pleuraient pas. Ou alors, seulement à la guerre. Vous voyez, mes larmes restent coincées derrière les hublots solides de mon éducation.

– Oui, je vois ça. Mais quand on aura fini la bouteille, tu pleureras.

– Garanti ?

– Garanti.

– C'est dommage que Brad ne puisse pas être des nôtres. On aurait pu ritualiser avec lui.

– Je compte remettre ça avec Brad.

– Ah bon ?

– Oui, mais avec une bouteille d'eau gazeuse.

– C'est plus prudent, Lola. Et avec votre amie blonde et son chien, vous comptez ritualiser aussi ?

– Ça va être plus difficile.

– Pourquoi ?

– Sigmund n'aime pas sortir la nuit, et Ingrid a été brutalisée par la puissance du regain.

– J'aimerais bien que vous me racontiez.

Pas de problème, pensa Lola en agrippant la bouteille de champagne. La nuit printanière est à nous, elle nous caresse, nous berce dans l'odeur de ses épices et de nos souvenirs, et nous soulage.

– Oui, parce qu'il vaut mieux avoir des remords que des regrets, Romain.

– Vous êtes sûre ?

– En général, non. Mais pour ce qui est de l'amour, j'en suis certaine…

DU MÊME AUTEUR

Baka !

Viviane Hamy, 1995, 2007

Sœurs de sang

Viviane Hamy, 1997
et « J'ai lu », nº 6573

Travestis

Viviane Hamy, 1998
et « J'ai lu », nº 5692

Techno Bobo

Viviane Hamy, 1999
et « J'ai lu », nº 6114

Vox

Prix Sang d'encre, 2000
Viviane Hamy, 2000
et « J'ai lu », nº 6755

Strad

Prix Michel-Lebrun, 2001
Viviane Hamy, 2001

Cobra

Viviane Hamy, 2002

Passage du Désir

Viviane Hamy, 2004
et « J'ai lu », nº 8026
et « Points Policier », nº P 2057

Les Passeurs de l'étoile d'or

(photographies de Stéphanie Léonard)
Autrement, 2004

La Fille du samouraï

Viviane Hamy, 2005

Mon Brooklyn de quatre sous
Après la Lune, 2006

Manta Corridor
Viviane Hamy, 2006

Régals du Japon et d'ailleurs
Nil, 2008

Achevé d'imprimer

RÉALISATION : IGS-CP, À L'ISLE D'ESPAGNAC
IMPRESSION : CPI BRODARD ET TAUPIN, À LA FLÈCHE
DÉPÔT LÉGAL JANVIER 2009. N° 98991 (50097)
Imprimé en France

Collection Points Policier

DERNIERS TITRES PARUS

P1452. Une question d'honneur, *Donna Leon*
P1453. Little Scarlet, *Walter Mosley*
P1476. Deuil interdit, *Michael Connelly*
P1493. La Dernière Note, *Jonathan Kellerman*
P1494. La Cité des Jarres, *Arnaldur Indridason*
P1495. Électre à La Havane, *Leonardo Padura*
P1496. Le croque-mort est bon vivant, *Tim Cockey*
P1497. Le Cambrioleur en maraude, *Lawrence Block*
P1539. Avant le gel, *Henning Mankell*
P1540. Code 10, *Donald Harstad*
P1541. Les Nouvelles Enquêtes du juge Ti, vol. 1
Le Château du lac Tchou-An, *Frédéric Lenormand*
P1542. Les Nouvelles Enquêtes du juge Ti, vol. 2
La Nuit des juges, *Frédéric Lenormand*
P1559. Hard Revolution, *George P. Pelecanos*
P1560. La Morsure du lézard, *Kirk Mitchell*
P1561. Winterkill, *C.J. Box*
P1582. Le Sens de l'arnaque, *James Swain*
P1583. L'Automne à Cuba, *Leonardo Padura*
P1597. La Preuve par le sang, *Jonathan Kellerman*
P1598. La Femme en vert, *Arnaldur Indridason*
P1599. Le Che s'est suicidé, *Petros Markaris*
P1600. Les Nouvelles Enquêtes du juge Ti, vol. 3
Le Palais des courtisanes, *Frédéric Lenormand*
P1601. Trahie, *Karin Alvtegen*
P1602. Les Requins de Trieste, *Veit Heinichen*
P1635. La Fille de l'arnaqueur, *Ed Dee*
P1636. En plein vol, *Jan Burke*
P1637. Retour à la Grande Ombre, *Hakan Nesser*
P1660. Milenio, *Manuel Vázquez Montalbán*
P1661. Le Meilleur de nos fils, *Donna Leon*
P1662. Adios Hemingway, *Leonardo Padura*
P1678. Le Retour du professeur de danse, *Henning Mankell*
P1679. Romanzo Criminale, *Giancarlo de Cataldo*
P1680. Ciel de sang, *Steve Hamilton*
P1690. La Défense Lincoln, *Michael Connelly*
P1691. Flic à Bangkok, *Patrick Delachaux*
P1692. L'Empreinte du renard, *Moussa Konaté*
P1693. Les fleurs meurent aussi, *Lawrence Block*
P1703. Le Très Corruptible Mandarin, *Qiu Xiaolong*
P1723. Tibet or not Tibet, *Péma Dordjé*
P1724. La Malédiction des ancêtres, *Kirk Mitchell*

P1761. Chroniques du crime, *Michael Connelly*
P1762. Le croque-mort enfonce le clou, *Tim Cockey*
P1782. Le Club des conspirateurs, *Jonathan Kellerman*
P1783. Sanglants trophées, *C.J. Box*
P1811. - 30°, *Donald Harstad*
P1821. Funny Money, *James Swain*
P1822. J'ai tué Kennedy ou les mémoires d'un garde du corps *Manuel Vázquez Montalbán*
P1823. Assassinat à Prado del Rey et autres histoires sordides *Manuel Vázquez Montalbán*
P1830. La Psy, *Jonathan Kellerman*
P1831. La Voix, *Arnaldur Indridason*
P1832. Les Nouvelles Enquêtes du juge Ti, vol. 4 Petits meurtres entre moines, *Frédéric Lenormand*
P1833. Les Nouvelles Enquêtes du juge Ti, vol. 5 Madame Ti mène l'enquête, *Frédéric Lenormand*
P1834. La Mémoire courte, *Louis-Ferdinand Despreez*
P1835. Les Morts du Karst, *Veit Heinichen*
P1883. Dissimulation de preuves, *Donna Leon*
P1884. Une erreur judiciaire, *Anne Holt*
P1885. Honteuse, *Karin Alvtegen*
P1886. La Mort du privé, *Michael Koryta*
P1907. Drama city, *George P. Pelecanos*
P1913. Saveurs assassines. Les Enquêtes de Miss Lalli *Kalpana Swaminathan*
P1914. La Quatrième Plaie, *Patrick Bard*
P1935. Echo Park, *Michael Connelly*
P1939. De soie et de sang, *Qiu Xiaolong*
P1940. Les Thermes, *Manuel Vázquez Montalbán*
P1941. Femme qui tombe du ciel, *Kirk Mitchell*
P1942. Passé parfait, *Leonardo Padura*
P1963. Jack l'éventreur démasqué, *Sophie Herfort*
P1964. Chicago banlieue sud, *Sara Paretsky*
P1965. L'Illusion du péché, *Alexandra Marinina*
P1988. Double homicide, *Faye et Jonathan Kellerman*
P1989. La Couleur du deuil, *Ravi Shankar Etteth*
P1990. Le Mur du silence, *Hakan Nesser*
P2042. 5 octobre, 23h33, *Donald Harstad*
P2043. La Griffe du chien, *Don Wislow*
P2044. Les Nouvelles Enquêtes du juge Ti, vol. 6 Mort d'un cuisinier chinois, *Frédéric Lenormand*
P2056. De sang et d'ébène, *Donna Leon*
P2057. Passage du Désir, *Dominique Sylvain*
P2058. L'Absence de l'ogre, *Dominique Sylvain*
P2059. Le Labyrinthe grec, *Manuel Vázquez Montalbán*
P2060. Vents de carême, *Leonardo Padura*
P2061. Cela n'arrive jamais, *Anne Holt*